SU DULCE CURVILÍNEA

UNA NOVELA ROMÁNTICA DE UNA CHICA
CURVILÍNEA EN UN PUEBLO PEQUEÑO

EN BUSCA DEL GALÁN DE PAPEL
LIBRO TRES

MARY E THOMPSON

BluEyed
Press

EN BUSCA DEL GALÁN DE PAPEL

¡Bienvenidos de nuevo a Cala MacKellar! Es tan bueno verte otra vez. No te pierdas nada de lo que sucede en el pueblo y suscríbete al boletín de Mary.

Libro 3

Su Dulce Curvilínea

Colin

¿Por qué me mudé a un pueblo pequeño donde todos se conocen entre sí y todos saben más sobre mi familia que yo? Pensé que podría ser anónimo, pero esa palabra no existía para mis nuevos vecinos. Todos querían conocerme, hablar conmigo, salir conmigo.

No había tenido tantas propuestas de citas en toda mi vida adulta.

Pero la única mujer con la que yo quería tener una cita evitaba cuidadosamente el tema. Y a mí.

Hasta que no tuvo elección.

Elise

El "felices para siempre" no estaba en mi futuro. Estaba bien con eso. Había superado mi pasado y a mi ex que casi me destruyó. Las aventuras de una noche con hombres a los que nunca volvería a ver me venían perfectamente.

Pero Colin me hizo desear más. Me hizo preguntarme si podría tener más.

Alerta de spoiler, no podía.

Una aventura rápida con mi más reciente match de una aplicación de citas debía ayudarme a olvidarme de Colin. Excepto que, mierda, mi match era Colin.

Salí de allí a toda prisa. Le dije que era una mala idea.

Pero él no era como los demás. Un rechazo no lo hizo salir corriendo a la siguiente cama donde meterse. Me quería a mí. Solo a mí.

Y no iba a rendirse hasta derribar cada una de mis defensas.

Eres más fuerte de lo que crees. Nunca dejes de luchar por el amor.

ELISE

Realmente no hay nada mejor que un día al aire libre. Una brisa fresca, el suave balanceo del barco, el canto de los pájaros, el olor del agua dulce y las flores. El verano aún no había llegado, pero estaba tan cerca que casi podía saborearlo. Estaba lista para quitarme de encima el invierno y volver a estar afuera y libre.

Primero, tenía que soportar una capacitación por la que ya había pasado otras cinco veces. Nadie se libraba, ni siquiera si eras de los antiguos. Lo que significaba que yo estaba allí, otra vez.

—¡Hola! —escuché desde el otro lado de la habitación. Levanté la mirada y encontré a mi amiga, Ava Bailey, saludando con la mano y corriendo hacia mí. Ava y yo trabajábamos juntas en los paseos en barco de Tours from the Cove. Ella se iba de Cala MacKellar durante el invierno por sus estudios, pero había regresado para su tercer verano como guía.

—Hola —dije, abrazándola cuando se sentó.

Ava era muy de abrazar. Lo había sido desde el día en que nos conocimos. También era universitaria y seguía siendo toda brillante y feliz, como se supone que debe ser una persona cuando tiene veintiún años y toda la vida por delante.

—Tu cabello se ve genial. ¿Cómo estuvo tu invierno? —preguntó.

—Gracias —dije, tocando mis mechones morados. Era mi color más reciente—. El invierno estuvo bien. Ocupado pero no una locura. ¿Y tú? ¿Cómo van las clases?

—Genial —dijo con una sonrisa—. No puedo creer que solo me quede un año más.

—Asumiendo que pases tus exámenes —bromeé.

Ava me empujó y sonrió—. Cierto. Solo estaré aquí hoy, luego viajaré durante unas semanas hasta que terminen los exámenes. Pero espero poder seguir haciendo esto incluso después de graduarme.

Ava estudiaba educación secundaria con un certificado en ELA y esperaba mudarse a tiempo completo a esta zona para enseñar en escuela media. Si lo lograba, continuaría trabajando en verano como guía turística para ganar dinero extra. Esperaba que todo le saliera bien.

—¿Es demasiado pronto para empezar a buscar trabajo? —pregunté.

Ava asintió—. Un poco. Me queda un semestre de clases y luego un semestre de prácticas de enseñanza. Espero conseguir un puesto aquí y quedarme después, pero no sé de ningún profesor de Cala MacKellar que esté pensando en irse.

Sonreí—. La gente tiende a quedarse aquí para siempre.

—Lo entiendo perfectamente.

Ava creció a unas horas de distancia, al otro lado de los Adirondacks. Cala MacKellar se encuentra a lo largo del río San Lorenzo, al oeste de las montañas. Una pequeña ensenada separa la ciudad del río, dándonos oportunidades para nadar y pescar en una zona tranquila relativamente intacta por las aguas profundas y poderosas del San Lorenzo.

Era mi hogar. Un santuario de cierta manera. Era el único lugar donde quería vivir, el único lugar donde podía imaginarme viviendo.

—Entonces, ¿qué has estado haciendo? ¿Has conocido a alguien nuevo?

Negué con la cabeza y forcé una sonrisa. Ava era una compañera de trabajo y muy dulce, pero no me conocía bien. No sabía que conocer a alguien nuevo no iba a suceder. Ya había pasado por eso y tenía las cicatrices para demostrar que lo había sobrevivido.

—No. Ya sabes cómo es aquí. Todos se conocen entre sí.

Ava asintió solemnemente—. Es realmente la única desventaja de vivir aquí. Pero como no crecí aquí, no es tan malo para mí. Todavía hay muchos hombres nuevos por descubrir.

Sonreí—. Definitivamente. Ojalá encuentres uno bueno.

—Dios, eso espero. Estoy harta de estar soltera.

—Necesitas algunas amigas —le dije con una risita. Si no tuviera mi grupo de amigos, me volvería loca, pero no porque estuviera esperando un hombre. Tener buenas amistades mejoraba todo.

—También necesito eso —dijo Ava con una carcajada. Enredó su larga cola de caballo oscuro alrededor de su mano y la balanceó sobre su hombro. Era bonita con una nariz linda y ojos color avellana detrás de unas gafas que la hacían parecer un poco nerd. Era curvilínea como yo, pero mientras yo podría usar ropa de maternidad aunque nunca hubiera estado embarazada, Ava se parecía más a Marilyn Monroe con sus curvas sexys y proporcionadas.

Nuestro jefe y dueño de la compañía, Walter Coronado, se movió al frente de la sala. Todos guardaron silencio. Walter era un buen jefe y trataba a todos sus empleados como familia. Por eso la gente volvía año tras año a trabajar para él.

—Hola a todos. ¿Están listos para volver al agua?

Todos vitoreamos.

—Bien. Yo también estoy listo. Vamos a repasar algunos conceptos básicos que la mayoría de ustedes ya han escuchado antes, luego hablaremos sobre los tours que ofreceremos este verano. Estoy realmente emocionado por este verano y no puedo esperar a compartirlo con todos ustedes.

—¡Woohoo! —gritó Ava.

Walter le sonrió—. Me alegra ver que estás igual de emocionada, Ava. ¿Cómo te fue en la escuela?

—Bien —dijo Ava—, pero estoy lista para volver aquí por unos meses.

—Estamos felices de que hayas podido regresar. Para los que son nuevos, tenemos muchos eventos para empleados para que todos se conozcan. Espero que participen —dijo Walter, mirando a los ojos de todo el personal.

Me recosté en mi asiento en la parte trasera de la sala y observé a los demás. A la mayoría los conocía de años anteriores trabajando en los barcos. Algunas caras eran nuevas. Cada verano, el personal se volvía más y más joven. No los operadores, sino los guías. Yo era una de las más mayores que quedaban, y a los veintinueve años, normalmente no me consideraba vieja.

Lo entendía, sin embargo. El verano pasado, una de las otras guías estaba a punto de casarse. Otra estaba embarazada. Una estaba terminando la universidad y no volvería a la zona. Era el tipo de trabajo al que la mayoría de la gente no se aferraba por mucho tiempo. Pero a mí me encantaba. Me encantaba hacer bromas con los turistas y estar al aire libre y saber que estaba segura porque no había dónde esconderse en los barcos. Ningún lugar donde quedar atrapada o acorralada o...

Alejé esos pensamientos y me concentré en lo que Walter estaba diciendo. Todos teníamos que tener licencias de pesca, CPR y certificaciones de salvavidas. Para conducir el barco, se requería una licencia de capitán, y la mayoría de nosotros no la teníamos, pero en una emergencia, todos sabíamos cómo usar la radio y obtener ayuda si era necesario. Walter no se arriesgaba con sus clientes o empleados.

La parte de seguridad era un repaso para mí, pero escuché de todos modos. Cuando llegó la hora del almuerzo, llegaron dos enormes bandejas de sándwiches, cortesía de Walter. Ava y yo agarramos comida y volvimos a nuestros asientos.

—Esto está muy bueno —dijo con la boca llena—. Me moría de hambre. No desayuné esta mañana.

—¿Por qué no?

—Estoy probando eso del ayuno intermitente. Una amiga mía perdió un montón de peso haciéndolo.

—No necesitas perder peso —le dije.

Ella negó con la cabeza—. Oh, definitivamente sí. Si pudiera bajar unos veinte kilos, me vería mucho mejor.

—¡No necesitas perder veinte kilos!

Ava puso los ojos en blanco—. Sí, realmente lo necesito.

—Las curvas son atractivas, y si alguien que te gusta no puede ver eso, entonces no deberías estar con él.

Ava sonrió—. Desearía tener tu confianza. Me pasan por alto todo el tiempo por las chicas delgadas. Estoy un poco harta de eso. Solo quiero que un chico me vea y que sus ojos hagan ese movimiento perezoso de arriba abajo antes de que sonría y pregunte cómo me llamo.

—La universidad no es el momento para juzgar a los hombres por la calidad de sus elecciones —dije.

Ella se rio—. Cierto, pero pensé que ya habría conocido a alguien a estas alturas. Si no encuentro a El Elegido este año, me preocupa que voy a estar soltera para siempre.

—¿Sería realmente lo peor del mundo? —pregunté.

Se encogió de hombros—. ¿Lo peor? No. Pero no quiero estar soltera. No sé cómo has permanecido soltera tanto tiempo.

Sonreí—. Buenos vibradores.

Ava se atragantó con su bebida y luchó por respirar mientras tosía el agua. Le di una palmada en la espalda y me sentí mal por escandalizar.

—Dios —resolló—. Tienes que avisarme antes de decir algo así.

—Lo siento —dije, sonriendo irónicamente.

—No, no lo sientes —dijo Ava.

Negué con la cabeza—. No, no lo siento.

Nos reímos.

—¿De qué me perdí? —preguntó Walter, girando la silla frente a nuestra mesa para quedar mirándonos.

Ava y yo intercambiamos una mirada y volvimos a reírnos.

—Créame —dijo Ava—. No quiere saberlo.

Asentí.

Walter levantó una ceja oscura hacia nosotras y negó con la cabeza—. Finjan que no pregunté. ¿Cómo está mi equipo de ensueño este año? ¿Están listas para manejar los barcos grandes?

Ava y yo intercambiamos una mirada y asentimos.

—Bien. Voy a mantenerlas juntas tanto como sea posible. Elise, mientras Ava termina la escuela, te emparejaré con algunos de los guías más nuevos. Necesitamos encontrar un tercero para enviar con ustedes dos en algunos de sus viajes. Necesitas hacerme saber quién trabaja bien contigo.

—Estoy segura de que cualquiera estará bien —dije automáticamente.

Walter sonrió—. Estoy seguro de que así será, pero quiero estar seguro. No le costará a nadie su trabajo, pero confío en tu juicio. Sé que encontrarás a alguien genial para sumar a tu equipo.

Aprecié la confianza que tenía en mí, pero yo era una persona de segundo plano. Podía pararme frente a los invitados y hacerlos reír, pero no era buena cuando se trataba de conocer a mis compañeros de trabajo o averiguar quién encajaba bien con los clientes y quién no.

La única razón por la que Ava y yo éramos amigas era porque ella no se rindió en conocerme. Siempre fue amable, pero fue ella quien hizo el esfuerzo durante los últimos años.

—Ella encontrará a alguien increíble, ¿verdad? —preguntó Ava con mucha más confianza de la que yo sentía.

Asentí—. Sí.

Walter mantuvo mi mirada un minuto más, luego asintió y nos preguntó cómo estábamos.

—Bien. Lista para que comiencen los tours —dijo Ava—. Y lista para que terminen los exámenes.

Walter se rio—. No lo apresures. La universidad debería ser una época divertida. Un tiempo para encontrarte a ti misma y descubrir quién eres. Esos fueron algunos de los mejores años de mi vida. Todo va cuesta abajo después de la universidad.

Walter y Ava se rieron, pero tuve que forzar una sonrisa y contener la bilis que amenazaba con salir. La universidad fueron los tres peores años de mi vida. Tan malos que dejé la universidad un año antes y terminé mi carrera en línea. Solo el hecho de que estuviera viva y sobreviviendo por mi cuenta hacía que la vida después de la universidad fuera mucho mejor que la universidad.

El listón estaba bajo para mí.

Walter se levantó y golpeó la mesa—. Volvamos a ello. Elise, hablaremos en unas semanas más o menos sobre tu primera impresión con algunos de los novatos. ¿Están listas para un tour?

Asentimos y limpiamos nuestro almuerzo. Walter condujo al grupo afuera hacia los barcos. Los barcos turísticos no podían atracar en la Ensenada debido al agua poco profunda, así que estábamos justo al sur de la ciudad, en la orilla del río. El San Lorenzo era lo suficientemente profundo para los barcos que Walter tenía. Todos los seis.

—Ooh, me gusta ese —dijo Ava cuando vio el barco nuevo y brillante en el agua en el muelle de Tours from the Cove.

Me reí—. Por supuesto que sí.

—Oh, vamos —dijo Ava—. Es precioso.

Asentí—. Lo es, pero soy más del tipo de cosas bien usadas.

Ava sonrió—. Sí, sí, lo sé. Tiene que estar rodado para que sepas que es bueno.

Sonreí y la seguí hasta la cubierta del primer barco. Era uno de los más grandes de la flota. Cove 1 y Cove 2 se utilizaban para los tours que iban constantemente a los castillos locales y otras atracciones turísticas.

Walter recorrió el barco por el bien de los novatos, mostrándoles todas las pequeñas cosas que necesitaban saber al respecto. También les recordó que siempre trabajarían con un miembro experimentado de la tripulación, por lo que tendrían muchas oportunidades para aprender los entresijos de cada barco.

Como Cove 2 era exactamente igual que Cove 1, pasamos al siguiente muelle y subimos al barco más pequeño, el que se usaba solo para tours privados. No se usaba a menudo, pero estaba allí y era un buen barco.

El último muelle albergaba los tres barcos que prefería, incluido el nuevo que encajaba en la misma categoría de tamaño. Eran los barcos utilitarios. Los barcos que se utilizaban para cruceros regulares pero que llevaban aproximadamente la mitad de personas. Estos eran los cruceros de almuerzo, los cruceros de cena y los cruceros al atardecer. Había conducido uno de ellos varias veces en cruceros realmente tranquilos. Me hizo pensar en obtener mi licencia de capitán, pero aún no había tomado esa decisión. Especialmente porque los barcos grandes me asustaban.

Cuando subimos a la cubierta del barco nuevo, Ava suspiró—. Es precioso.

Sonreí—. Sí que lo es.

—¿Ves? Te dije que te encantaría.

Me reí. Escuchamos el discurso de Walter y luego salimos del barco y bajamos por el muelle con los demás. Walter nos despidió cuando regresamos a la sala de entrenamiento.

—Esperaba que tuviéramos tiempo para tomar algo y ponernos al día, pero tengo clase por la mañana. ¿La próxima vez? —preguntó—. Volveré este fin de semana.

Asentí—. Suena bien. Conduce con cuidado de regreso a la escuela.

—Sí, mamá —dijo Ava con una sonrisa. Me abrazó nuevamente, luego caminamos en direcciones diferentes hacia nuestros vehículos.

Conduje hacia el norte más allá de Cala MacKellar y pensé en detenerme en el pueblo, pero estaba lista para llegar a casa. Entré en mi vecindario y saludé a la Sra. Lockhart. Su casa móvil era la primera después de la entrada, y ella era la vigilante no oficial del vecindario. Nada sucedía sin su conocimiento, o su aprobación a veces. Saber que siempre estaba vigilando me hacía sentir más segura y era una de las razones por las que compré mi casa cuando regresé a Cala MacKellar.

Algunas personas menospreciaban los parques de casas móviles, o comunidades de viviendas móviles si eras elegante, pero me encantaba donde vivía. Mis vecinos se cuidaban entre sí. Nos reuníamos regularmente para encuentros improvisados, y todos colaboraban para ayudarse mutuamente. Y en nuestra área del norte del estado de

Nueva York, había muchas comunidades como la nuestra, llenas de personas que eran dueñas de su propia casa sobre ruedas.

Estacioné mi coche compacto en reversa en el lugar junto a mi casa móvil y revisé mis espejos antes de bajarme. Satisfecha de que no hubiera nadie alrededor, salí, cerré el auto con llave y subí de un salto los dos escalones hasta mi puerta. Abrí la puerta y entré, cerrando y poniendo llave a la puerta detrás de mí. Escuché, aunque sabía que estaba sola, solo para asegurarme.

Mi casa móvil era pequeña con un plano abierto, justo como me gustaba. Nadie podía esconderse porque mi armario no tenía puerta y mi dormitorio tampoco. La única puerta era la del baño, y estaba completamente abierta con una vista clara a través de la cortina de ducha transparente.

Me serví un vaso de agua y lo llevé al sofá. Encendí la televisión y llamé a mi madre.

—¿Cómo estuvo? —dijo mi madre cuando contestó el teléfono.

—La capacitación estuvo bien, mamá.

—¿Estaba Ava allí?

—Sí. Le queda un año más y todavía espera encontrar un trabajo de enseñanza aquí. También está buscando un puesto de práctica docente para el segundo semestre.

—Preguntaré por ahí —dijo mamá. Mi madre también era profesora, pero estaba en la Escuela Secundaria Cala MacKellar. Dijo que si Ava quería trabajar con ella, la aceptaría sin pensarlo, pero Ava estaba decidida a enseñar en la escuela media.

—Gracias, mamá. ¿Cómo estuvo tu día?

—Bien. Papá y yo sacamos el barco del garaje. Ian va a echarle un vistazo.

—Bien. Avísame cuando quieras que te ayude a ponerlo en el agua.

—Si Ian dice que está bien, entonces pronto. Bob y Sandy ya tienen el suyo en el agua. Salieron hoy. Dijeron que estaba hermoso. Un poco frío, pero precioso.

—Definitivamente fue un buen día. Walter compró uno nuevo para tours. A Ava le encantó.

—Pero a ti no —dijo mamá con una sonrisa en su voz—. Siempre te gustan las cosas que tienen los bordes gastados.

—Es mejor cuando todos los fallos ya han sido resueltos.

Mamá se rio—. Bueno, no siempre puedo estar en desacuerdo contigo. ¿Vendrás a cenar mañana por la noche? Chelsea dijo que quizás vendría. Deberías llamarla.

Asentí e hice una nota mental para comunicarme con mi prima. Crecimos como hermanas, ambas hijas únicas de hermanas. Nuestras familias pasaron mucho tiempo juntas cuando éramos más jóvenes. Chelsea y yo nos distanciamos cuando fui a la universidad, pero nos habíamos acercado nuevamente en los últimos años al estar de vuelta en la misma ciudad.

—Planeo ir. Hablaré con ella. ¿Vendrán la tía Cathy y el tío Ken?

—Sí. Y tal vez algún día ustedes dos chicas traerán a alguien para ocupar esos últimos dos lugares en la mesa.

Hice un ruido neutral y dejé que mi madre divagara. Ella sabía que tuve una relación seria con Andy en la universidad, pero nunca lo conocieron. Él nunca quiso viajar conmigo cuando iba a visitar a mi familia, y eventualmente, dejé de visitarlos. Durante casi un año, no vi a mis padres por su culpa.

Ahora sé que era una cosa más que él quería controlar. Pero él era la razón por la que nunca llevaría a alguien a ocupar el asiento vacío junto al que me sentaba en la mesa. Tal vez Chelsea tendría un hijo algún día y podría ocupar ambos asientos.

No es que pensara que eso haría que mi madre dejara de hablar sobre mi necesidad de establecerme.

—…nunca lo veo suceder. Simplemente no entiendo a los jóvenes de ahora. Esperando para siempre para casarse y tener hijos. ¿No sabes que si no empiezas a tener hijos pronto, podrías no ser capaz? Quiero decir, ya no eres tan joven, no biológicamente.

—Lo sé, mamá —dije. Nunca ganaría la discusión con ella, así que estuve de acuerdo y culpé a mi falta de interés en las citas por haber crecido con casi todos los hombres solteros del pueblo. Ella me dijo que debería ampliar mis horizontes y salir con hombres que no vivieran cerca, pero le dije que no iba a conducir dos horas de ida y vuelta para una cita.

Y ella pensaba que mi generación estaba loca.

—Prométeme que me darás un nieto algún día, Elise —suplicó. Era así como terminaba cada conversación.

—Prometo que lo intentaré —dije, como siempre hacía.

Resopló porque quería más que eso, pero ambas sabíamos que heredé mi terquedad de ella, así que eso era lo mejor que podía esperar.

—Te quiero, mamá —le dije para aliviar parte de la irritación.

—Te quiero, Elise. Hablaremos pronto. Preguntaré si alguien conoce a algún hombre soltero que no esté a más de una hora de distancia. Te avisaré.

—No, mamá…

—Adiós, cariño.

—Mamá… —Miré mi teléfono—. Y me colgó. —Negué con la cabeza. No podía decir que la culpaba. En algún momento quise tener hijos. Dos, quizás tres. Con un gran patio para jugar y un esposo que nos adorara a todos.

Ese sueño terminó el día que terminé en el hospital.

2

COLIN

$\mathcal{M}$e quedé mirando mi teléfono durante más tiempo del que parecía sensato. El mensaje no cambió. No se reorganizó en algo que tuviera sentido. Simplemente se quedó ahí, rogándome que respondiera.

RAMSEY HOLLAND

Algunos de nosotros nos reuniremos en O'Kelley's para tomar una copa. Deberías unirte.

Verifiqué el número dos veces y me pregunté si estaba perdiendo la cabeza. Era mi abogado. Sí, Cala MacKellar era un pueblo pequeño, pero ¿lo suficientemente pequeño como para socializar con tu abogado?

Parecía un tipo bastante agradable. Había conocido a su hijo y a su esposa, y eran amables. Pero todo eso era básicamente trabajo. Lo invité a la granja para asegurarme de que supiera por qué estábamos luchando. Él sugirió una gran inauguración y era justo que estuviera allí ya que fue su idea. Pero no salíamos juntos.

Demonios, ni siquiera sabía qué o dónde estaba O'Kelley's. Tal vez era una señal de que necesitaba salir más. O quizás era una señal de que mi negocio iba a tener éxito.

Aunque, ¿socializar con mi abogado ayudaría con eso?

Diablos, no tenía idea de lo que estaba haciendo. Todo lo que sabía era que estaba exhausto y realmente no tenía ganas de charlar con un montón de desconocidos.

Gracias, pero creo que me quedaré en casa esta noche. ¿La próxima vez?

Entiendo. Definitivamente.

Guardé mi teléfono sin mirarlo de nuevo. Era mi abogado. No salías con alguien a quien pagabas para trabajar para ti.

—¿Qué estás haciendo? —preguntó Nicky Holbrook mientras colocaba una cerveza en el escritorio para mí.

No pude evitar reírme.

Se sentó y levantó una ceja, preguntándome silenciosamente qué me parecía tan gracioso.

Negué con la cabeza. —Mi abogado acaba de invitarme a tomar una copa.

—¿Y?

Me encogí de hombros. —Dije que no porque no creo que sea buena idea salir con alguien a quien le pagas.

Nicky me dio una sonrisa irónica y negó con la cabeza. —Entonces supongo que esta otra cerveza también es para mí.

Me reí y agarré la botella antes de que pudiera quitármela. Nicky trabajó para mi abuela durante años. Una eternidad si le creías. Se hicieron amigos, y Nicky se quedó incluso después de que ella enfermara y dejara de mantener la Granja de Jarabe de Arce de la Familia Jones. Cuando ella falleció, Nicky aún se quedó, para asegurarse de que no pasara nada. No le pagaban. No tenía instrucciones. Simplemente se quedaba porque era ese tipo de hombre.

—Las cosas aquí no son iguales a donde creciste, Colin. La gente aquí se cuida mutuamente. Se preocupan. Y tu abogado te invita a tomar una copa a veces. No significa que tengas que ser amigos, pero significa que pueden serlo si quieren.

Desenrosqué la tapa de la botella y la tiré en el bote debajo de mi escritorio. Uno de los muchos proyectos que esperaba concretar algún día. No sabía qué iba a hacer con todas las tapas de botella, pero eventualmente se me ocurriría algo.

—No tengo tiempo para amigos —le dije a Nicky—. Trabajo ochenta horas a la semana. Cuando termino, apenas puedo mantenerme en pie, y mucho menos salir a tomar una cerveza.

—¿Pero puedes quedarte en casa y tomar una?

Puse los ojos en blanco.

—Escucha, chico, lo entiendo. Solo has estado aquí unos pocos meses. Es difícil conocer gente nueva. Pero pasar el rato conmigo todo el tiempo no va a ser bueno para ti. Soy viejo, gruñón y demasiado terco. Si no tienes cuidado, terminarás como yo.

—No sé si eso sería tan malo.

Nicky se rió, con una risa áspera y desgastada. Nunca había sido fumador, pero lo parecía. Le gustaba tanto el whisky como la cerveza, y pasaba más que su justa parte de horas afuera en el frío. Culpaba al frío en lugar del whisky por su sonido áspero.

—Créeme, no quieres terminar como yo. La vida es mejor cuando tienes una mujer a tu lado y algunos amigos con quienes tomarte una cerveza de vez en cuando.

Negué con la cabeza. —Tal vez algún día, pero las cosas están demasiado ocupadas ahora mismo. Necesito concentrarme en la granja durante los primeros años. Asentar las cosas. Luego lo pensaré.

Nicky negó con la cabeza. —Te arrepentirás. Ya te estás haciendo viejo.

—¡Oye! Treinta y nueve no es viejo.

Nicky sonrió y levantó su cerveza hacia mí. —Cuarenta sí lo es. Solo te quedan dos meses.

—Cuarenta todavía no es viejo. Y si la mujer no es la correcta, no vale la pena.

—¿Hablas por experiencia? —preguntó Nicky.

Me encogí de hombros. Todavía nos estábamos conociendo, y yo no era muy hablador. No compartía mucho sobre mi pasado, y especialmente sobre mis errores pasados.

—No he sido un monje durante treinta y nueve años.

—Eso significa que o eres demasiado exigente para permitir que entre la adecuada o sabes exactamente lo que quieres en una mujer. ¿O un hombre? Nunca pregunté.

—Sé lo que quiero en una mujer. Si creyera que he conocido a la correcta, la dejaría entrar.

Mi mente se dirigió a la amiga de Ramsey. Elise. Ella estaba en la gran inauguración, pero solo nos conocimos por un momento. Apenas un momento. Era impresionante de una manera que la mayoría de los hombres pasaban por alto. La vi de espaldas antes de ver su rostro, y admito que fue una estupidez, pero maldita sea, sus curvas me hicieron salivar antes de acercarme. Cuando ella se volvió y me sonrió, fue tentativamente, pero sentí como si me hubiera golpeado un rayo.

No la había visto desde entonces, pero tampoco me había aventurado lejos de la granja. No estaba mintiendo cuando dije que el trabajo ocupaba todo mi tiempo.

Nicky se levantó y deslizó su botella vacía en el contenedor junto a la puerta. —Todavía creo que deberías ir a encontrarte con tu abogado para tomar una copa. Tal vez tiene una amiga linda con la que puede engancharte.

Me reí y negué con la cabeza, pero no podía negar que

tenía razón. Si quería conocer a Elise y tal vez llegar a conocerla, Ramsey era una conexión con ella.

—Piénsalo. Y duerme un poco esta noche. No necesitas estar aquí cuando llegue por la mañana.

Asentí aunque ambos sabíamos que probablemente lo estaría. Nicky golpeó el marco de la puerta y se fue, dejándome en mi oficina tranquila y solitaria.

Mi abuela trabajaba en el granero, pero decidí que necesitaba expandirme más. Trasladé la oficina a uno de los dormitorios de la casa principal, y tenía planes para derribar las paredes de la oficina en el granero para poder hacer más allí. Era otro proyecto para Algún Día. Realmente necesitaba anotar algunos de ellos.

Saqué mi teléfono para buscar una aplicación de listas y en su lugar hice clic en la aplicación de mensajes. Había pasado una hora desde que Ramsey me envió el mensaje. ¿Cuánto tiempo pasaba la gente en un bar, si O'Kelley's era un bar?

Busqué el lugar y encontré una dirección. No estaba lejos, y aunque volví a dudar de mí mismo, agarré mi sudadera y me dirigí a mi camioneta.

El pueblo estaba tranquilo, pero no esperaba mucho en una noche de martes. Escuché las indicaciones mientras mi teléfono me las leía y encontré el lugar justo en el paseo marítimo. Definitivamente estaba en una gran ubicación y, a juzgar por los autos estacionados fuera, era popular.

Encontré un lugar a una cuadra de distancia y caminé de regreso al bar. El interior estaba un poco oscuro, pero no tan oscuro como para que no pudiera ver. Escaneé rápidamente el lugar y no creí ver a Ramsey.

El camarero encontró mi mirada y asintió una vez, ya fuera como invitación o reconociendo que me estaba observando, no estaba seguro. Dependiendo de la persona, definitivamente podría ser cualquiera de las dos cosas.

Me acerqué a la barra y tomé un taburete en el medio.

—¿Qué puedo servirte? —preguntó el camarero.

Era un tipo grande, casi de mi altura, con ojos oscuros y barba oscura. Su gorra de béisbol mostraba el logotipo de la escuela secundaria local, y su camiseta blanca se estiraba sobre su pecho, asegurándose de que todos supieran que podía patearles el trasero si se salían de la línea.

—Una cerveza. Lo que tengas de barril.

Él señaló la lista. —Podría adivinar por ti o podrías elegir una. Tú decides.

—Una Bud suena bien —le dije.

Asintió y tiró de la palanca. —Eres el nieto de Cleotha, ¿no es así?

Asentí, curioso de que el hombre frente a mí conociera a mi abuela.

—Era una buena señora. Lamento tu pérdida.

Asentí nuevamente. —Gracias.

Mi abuela era una buena mujer, pero también era un poco un misterio para mí. Mis padres se conocieron en la Granja de Jarabe de Arce de la Familia Jones, y cuando mi madre murió, mi padre no pudo quedarse en la zona. Le recordaba a mi madre, y eligió irse para poder concentrarse en mí en lugar de dejar que su dolor lo ahogara.

Pero eso significó que crecí sin mi abuela o mi madre. Mi padre fue maravilloso, y todavía somos cercanos, pero había una parte de mí que sabía que a veces era demasiado hosco.

—Soy Hudson. Este es mi lugar —dijo el camarero—. La primera bebida va por mi cuenta ya que nunca has estado aquí. Espero que vuelvas.

—Gracias —dije—. En realidad, se suponía que debía encontrarme con alguien aquí.

—No me digas que es alguien de esa aplicación de citas —dijo Hudson con un gemido.

—¿Aplicación de citas?

Puso los ojos en blanco. —Una de las locales es una genio de la tecnología o algo así e hizo una aplicación. Todas las mujeres de por aquí están locas por ella, pero como saben que no toleraré tonterías de nadie, están conociendo a sus citas aquí. ¿Con quién se supone que ibas a encontrarte?

Negué con la cabeza. —Nadie de la aplicación. Mi abogado en realidad. Ramsey Holland. Él sugirió que pasara por aquí.

Hudson se relajó. —Lo siento. Los perdiste por unos diez minutos.

Me encogí de hombros. —Tal vez la próxima vez.

Hudson asintió. —Oye, encantado de conocerte. Si necesitas algo más, házmelo saber. La cocina cierra a las nueve esta noche, así que si tienes hambre, necesitamos hacer un pedido pronto.

Tomé el menú y le di las gracias, dándome cuenta de que tenía un poco de hambre. No me tomó mucho tiempo decidir qué comer y hacer mi pedido. También pedí otra cerveza y eché un vistazo al bar a mi alrededor.

Había una pista de baile a un lado. Los baños estaban por el pasillo. Una vieja rocola se encontraba en la esquina delantera y las mesas de billar formaban un cuadrado en la parte trasera. Los reservados bordeaban el frente y el costado del espacio con mesas esparcidas en el medio. Las camareras se movían con bandejas de comida, bebidas y sonrisas para toda la gente.

No estaba increíblemente concurrido, pero estaba más concurrido de lo que esperaba para un bar de un pueblo pequeño en un día laborable.

—Hudson, voy a tomar un refresco —escuché gritar a una mujer desde unos taburetes más allá.

Me di la vuelta y observé cómo se inclinaba sobre la barra y agarraba la pistola de soda. Sus pechos se aplanaron en la parte superior, su trasero en el aire. Sacó la lengua por el costado de la boca mientras miraba, completamente concentrada en el líquido que llenaba su vaso.

Se detuvo a la mitad y volvió a poner la pistola de soda, luego colocó el vaso en la parte superior y se apartó de la barra.

Elise.

No tenía ningún sentido que estuviera tan hipnotizado por ella. Tenía su cabello morado recogido en un moño despeinado. Una sudadera negra ocultaba la parte superior de su cuerpo. Los jeans abrazaban sus piernas. Incluso llevaba zapatos que parecían pantuflas. El pelo se deslizó por su cara, y ella sopló por el costado de su boca para apartarlo y luego tomó un sorbo de su bebida.

Ella definía la palabra linda. Y con esas curvas, definía la sensualidad.

Giró la cabeza y encontró mi mirada. Casi tan rápido como me vio, apartó la mirada, sus ojos deslizándose más allá de los míos como si yo no fuera nadie importante. Aunque, en realidad no lo era. Nos conocimos una vez, y no fue por mucho tiempo. Tal vez ni siquiera me recordaba.

Abrí la boca para decirle algo, pero ella bajó de un salto y se dio la vuelta. La vi caminar entre la multitud, sonriendo a la gente mientras se movía. Cuando se detuvo, se sentó en una mesa con otras mujeres, mujeres que no conocía pero que reconocía.

Supuse que saludar estaba descartado. Ni siquiera había querido conocer a mi abogado, y definitivamente no iba a entrometerme con un grupo de mujeres que no conocía solo para saludar a una.

—¿Conoces a Elise? —preguntó Hudson.

No lo había oído regresar, pero no me sorprendió. Dejó claro que no iba a dejar que yo, o cualquier otra persona, se metiera con su bar.

Negué con la cabeza. —No realmente. Vino a la gran

inauguración y nos conocimos, pero eso es todo. Es amiga de la esposa de Ramsey.

Hudson asintió. —Sí. Todas ellas son amigas.

Miré la mesa nuevamente, justo a tiempo para ver a Elise echar la cabeza hacia atrás y reírse de algo que alguien dijo.

Cuando finalmente aparté la mirada, Hudson se había ido, pero sabía que lo había notado. No estaba siendo precisamente sutil. Mi cena llegó, entregada por uno de los camareros, no por Hudson. Comí y terminé mi cerveza, metí unos cuantos dólares en el frasco de propinas. Asentí hacia Hudson y le agradecí por la cerveza.

Justo antes de llegar a la puerta, Elise y una de sus amigas lo hicieron.

—Oye, ¿no eres el tipo de la granja de jarabe de arce? —me preguntó su amiga.

Asentí. —Lo soy. Soy Colin.

—Eso es. Nos conocimos en la gran inauguración. Encantada de verte de nuevo, Colin. Soy Trinity. Y esta es Elise.

Estreché la mano de Trinity y luego ofrecí mi mano a Elise. Ella se quedó mirándola durante un largo momento hasta que su amiga la empujó. Elise forzó una sonrisa y metió su mano en la mía por el más breve de los momentos. Ese rápido contacto fue suficiente para enviar una chispa a través de mí, pero Elise claramente no sentía lo mismo.

—No te habíamos visto aquí antes —continuó Trinity.

—Oh, um, sí, he estado trabajando como loco. En realidad estaba aquí para encontrarme con alguien. Eh, Ramsey. Creo que lo conocen.

Trinity se rió y asintió. —Lo conocemos. Pensé que ibas a decir que te estabas reuniendo con alguien de En Busca del Galán de Papel.

—¿Qué es eso? —le pregunté.

—Es una aplicación de citas. Sin juzgar si lo hacías —dijo Trinity.

—No, yo... honestamente, no tengo tiempo para salir con nadie.

—¿De verdad? Bueno, es una lástima —dijo Trinity—. Tal vez las cosas se tranquilicen para ti en algún momento. Pero mucha gente está ocupada en verano, ¿verdad, Elise?

Empujó a Elise, y ella asintió.

—Elise trabaja para Tours from the Cove, paseos en barco. Comienzan pronto, y ella va a estar muy ocupada. Eso es lo que sucede cuando vives en un área que cierra durante el invierno.

Asentí e intenté averiguar qué estaba pasando.

—Bueno, deberíamos irnos —dijo Trinity—. Fue agradable verte de nuevo.

—A ti también —le dije. Les sonreí a ambas, pero Elise apenas me reconoció. Traté de convencerme de que era lo mejor.

Salí detrás de ellas, pero caminaban en dirección opuesta a donde estacioné mi camioneta. Entré y encendí la calefacción, necesitando un poco de calor para combatir el frío de la noche primaveral.

En mi viaje a casa, traté de decidir si Trinity estaba coqueteando conmigo o si estaba tratando de conseguir que invitara a salir a Elise. Cuando llegué a casa, me di cuenta de que realmente no importaba porque no tenía tiempo para salir con nadie. No tenía tiempo para hacer nada.

Pero quería ver a Elise de nuevo.

Aunque sabía que no debería, busqué la aplicación de citas que Trinity mencionó. Antes de poder convencerme de no hacerlo, descargué la aplicación. No la abrí, pero estaba allí. Si no otra cosa, tal vez cuando estuviera listo para salir con alguien, podría conocer a alguien.

Tal vez Elise estaba en ella.

3

ELISE

Me subí la cremallera de la chaqueta y me recogí el pelo en una coleta. Iba a hacer frío en el agua durante mi primer tour, pero valdría la pena estar fuera al aire libre con el viento y el agua arremolinándose a mi alrededor.

La temporada turística no estaría en pleno apogeo hasta dentro de unas semanas, pero a Walter le gustaba empezar temprano para que pudiéramos hacer algunas travesías antes de que las cosas se volvieran demasiado ajetreadas. Especialmente para los novatos. Era bueno para ellos formar parte de grupos más pequeños antes de enfrentarnos a grupos que casi llenaban los barcos.

El estacionamiento de empleados estaba tranquilo cuando llegué. Las otras compañías de tours no zarparían sus barcos hasta la semana siguiente, lo que era agradable para nosotros. Cerré mi coche con llave y me colgué la mochila al hombro, estremeciéndome por el frío en el aire.

—Hola, soy Cami —dijo una mujer, acercándose a mí. La reconocí de la capacitación como una de las nuevas contrataciones para el verano—. Eres Elise, ¿verdad?

Asentí.

—Sí, soy yo. Trabajaremos juntas hoy. ¿Estás lista?

Ella asintió con una amplia sonrisa. Tenía ese aspecto fresco y nuevo de alguien que nunca había hecho esto antes. Definitivamente tenía energía, lo que sería algo bueno cuando estuviéramos en nuestro cuarto viaje del día y todavía nos quedaran dos más. Su cabello oscuro estaba recogido en una gruesa coleta. Era inteligente y no llevaba maquillaje, y tenía unas mallas debajo de su sudadera y chaqueta de Tours from the Cove.

—Siempre he querido hacer algo así. Crecí un poco al norte de aquí y trabajé mientras estudiaba en la universidad. Todavía no estoy totalmente decidida sobre lo que quiero hacer con mi vida, así que pensé que trabajar aquí durante un verano sería divertido. Quizás más tiempo si me gusta.

Sonreí. Siempre me preguntaba si era una pequeña ofensa cuando los novatos me hablaban de trabajar allí unos años hasta que decidieran qué hacer con sus vidas, o si simplemente eran despistados. Cami tenía un aire despistado.

Y además, no importaba lo que pensaran. Yo amaba mi trabajo. Me divertía todos los días y era libre. Nadie podía decirme qué debería hacer conmigo misma.

—Es un gran trabajo. Siempre que no te importe el sol, el viento y hablar —le dije.

Cami se rió.

—Puedo manejar todas esas cosas. ¿Cuánto tiempo llevas haciendo esto?

—Seis años —le dije, preparándome para el respingo y el intento de disimular su asombro. Había hecho una carrera de un trabajo que la mayoría de la gente probaba durante uno o dos veranos. No siempre importaba que su opinión no fuera importante. La gente menosprecia a los demás todo el tiempo.

—¿En serio? Eso es genial. Eso realmente me da esperanzas de que este va a ser un gran lugar para trabajar.

—Lo es —le dije honestamente. Vaya, sí que me sorprendió.

—Qué guay. Ahora de verdad no puedo esperar a empezar.

Sonreí y le sostuve la puerta.

—Entonces vamos.

Tuvimos una breve reunión con Walter, luego nos dividimos en nuestros equipos para el día. Cami se mantuvo a mi lado mientras nos dirigíamos a nuestro barco.

—Vaya. Es precioso. ¿Cuánta gente cabe en éste?

—Puede llevar ciento cincuenta personas, pero no vamos a tener tantas hoy. Tendremos suerte si los barcos se llenan a un tercio de su capacidad.

Cami asintió. Se estaba poniendo un poco pálida, pero su color regresó ligeramente.

—Eso es bueno. No estaba preparada para tanta gente.

—¿Te pones nerviosa al hablar frente a un grupo grande? —le pregunté.

Ella negó con la cabeza.

—Normalmente no. Estudié teatro, pero eso era interpretar un papel. Tenía un rol. Esto soy yo.

Me encogí de hombros y negué con la cabeza.

—No tiene que serlo. Puedes crear la personalidad que quieras ser cuando estés ahí arriba.

—¿Cómo? Mi nombre está justo aquí en mi camisa.

Me reí.

—Cierto, pero no tienes que ser tú, Cami. Hay otras mujeres llamadas Cami en el mundo. Tal vez eres Cami que está visitando la zona durante el verano y busca casarse con un hombre mayor y rico. O tal vez eres Cami que es tímida y callada y quiere mantenerse reservada. O tal vez eres Cami que es ruidosa y divertida y siempre está de fiesta. Puedes ser quien quieras porque las posibilidades de que vuelvas a ver a la mayoría de las personas del barco son mínimas o nulas.

Sonrió e inclinó la cabeza.

—Nunca lo había pensado así. Guau. Me encanta la idea. ¿Tú haces eso?

Sonreí.

—Nunca lo diré.

Se rió, sin insistir por más información. Generalmente la gente tomaba esa afirmación como una broma. La verdad estaba demasiado cerca de casa para contarla. Ni siquiera Ava conocía todo mi verdadero yo. Conocía la versión que compartía en el trabajo.

Mis amigos sabían más que nadie. Sabían que había estado en una mala relación que me impidió querer otra jamás. Sabían que no estaba bien y que probablemente nunca lo estaría. Y sabían que yo quería que todos ellos fueran felices más que cualquier otra cosa en el mundo. Algunos de ellos conocían la mayor parte de la historia, pero había cosas que nunca le conté a nadie. Cosas que no podía admitir.

—¿Qué otros consejos tienes para mí? —preguntó Cami, trayéndome de vuelta a nuestra conversación.

Le recomendé que conociera a la tripulación de todos los barcos porque nos movían mucho, y fui honesta sobre Walter pidiéndome que evaluara a los novatos para encontrar a un tercero que trabajara regularmente con Ava y conmigo.

—Me encantaría eso, pero sé que si no me recomiendas, habrá una buena razón. ¿Puedo preguntarte algo?

Asentí y me concentré en ella.

—Si hay algo que haga que tú creas que podría mejorar, ¿me lo dirás?

Asentí de nuevo.

—Lo haría de todos modos. Este es un gran trabajo, pero en última instancia, estamos aquí para trabajar. Si hay algo que tú o cualquier otra persona está haciendo que afecta nuestra capacidad de ganar dinero, no tengo miedo de compartirlo. Tengo algunas reglas personales y, justo o no, exijo que todos las cumplan.

—¿Cuáles son?

Sonreí.

—Primera, no ligar con pasajeros. Esto no es tu aplicación de citas. Segunda, no usar lenguaje que sería inapropiado alrededor de invitados de todas las edades. Y tercera, no ventilar tus trapos sucios en el trabajo, ni con los invitados ni con los compañeros. Si eres amiga de alguien aquí, está bien, pero ve a otro lugar para hablar de cosas personales. Los invitados escuchan mucho y no quieren verse arrastrados a tu drama.

Cami asintió.

—Suenan como buenas reglas. Puedo vivir con ellas.

—Bien, porque vas a tener que hacerlo. ¿Estás lista?

Asintió de nuevo y me siguió al timón. Ned estaba dentro realizando sus verificaciones previas. Esperamos pacientemente hasta que terminó su paso y se volvió hacia nosotras.

Los ojos marrón oscuro de Ned se iluminaron cuando me vio. Dejó la tabla y me levantó en brazos.

—Maldición, qué bueno verte, Elise. ¿Cómo estuvo el invierno?

—Bien —dije, devolviendo el abrazo a Ned. Habíamos trabajado juntos desde que empecé allí. Era como un padre para mí, siempre cuidándome y asegurándose de que estuviera bien. Pidió que yo trabajara con él cuando recién comenzaba, y nos habíamos mantenido cercanos—. Tenemos una novata con nosotros hoy. Esta es Cami. Cami, este es Ned. Es el mejor capitán que tenemos, así que trátalo bien.

—Encantada de conocerte —dijo Cami con una amplia sonrisa.

—Igualmente, señorita Cami. ¿Es tu primera temporada con nosotros?

Cami asintió.

—Sí. Siempre quise hacer esto, y finalmente me estoy lanzando.

Ned negó con la cabeza.

—No hay zambullidas en mis barcos. Mi objetivo es mantenernos sobre el agua.

Cami se rió cuando Ned le guiñó un ojo.

—Me gusta ese plan.

—¿Podemos ayudar? —le pregunté a Ned.

Negó con la cabeza nuevamente.

—Nah, yo me encargo. La saqué ayer para asegurarme de que todo estuviera en perfectas condiciones. Solo estoy revisando para asegurarme de que no me perdí nada. Sin embargo, no he estado detrás de la barra.

Asentí y le apreté el brazo.

—Nos encargaremos de eso. Avisa si nos necesitas.

—Lo haré. Gusto en verte, y un placer conocerte, Cami.

—Igualmente —dijo ella con una sonrisa.

Volvimos hacia la parte trasera del barco. El bar de snacks siempre estaba bien abastecido, pero siendo la primera travesía, era posible que algunos de los artículos hubieran cambiado o aún no estuvieran. Cami y yo revisamos la lista y movimos las cosas a donde queríamos que estuvieran detrás de la barra. Para cuando terminamos, la oficina estaba llamando sobre nuestra lista.

—Hola, Elise —dijo Wendy a través del auricular—. Tenemos cuarenta y siete registrados. Otros seis compraron boletos, pero aún no he sabido de ellos. Estamos listos para empezar a embarcar cuando ustedes lo estén.

Miré a Cami. Ella alzó las cejas en señal de pregunta, y dije:

—Ve a preguntarle a Ned si está listo, por favor.

Cami asintió y corrió hacia el frente donde Ned todavía estaba mirando alrededor.

—Estamos consultando con Ned, pero en la parte de atrás estamos bien.

—Entendido —dijo Wendy. Ella sabía que solo tomaría unos segundos preguntarle a Ned y estaba esperando la respuesta.

—¡Está listo! —gritó Cami, saliendo disparada del timón y corriendo de vuelta hacia mí.

—Tranquila —le dije—. Relájate y respira. Tenemos mucho tiempo y un largo día. No te agotes antes de que empiece nuestro primer viaje.

Cami asintió y se hundió en uno de los bancos. Llamé a Wendy para decirle que estábamos listos, y ella dijo que los pasajeros vendrían en camino.

—Hora de saludar a nuestros invitados —le dije a Cami.

Ella me siguió hasta el lado del puerto donde embarcarían los invitados. Me paré en el muelle, y Cami se paró en el borde del barco. Observamos mientras nuestros primeros invitados del día, y del año, caminaban por el muelle hacia nosotras.

—Bienvenidos —dije con una amplia sonrisa—. Gracias por acompañarnos hoy.

—Gracias —respondieron muchos mientras pasaban apresuradamente junto a mí para abordar.

Cami repitió el mismo breve discurso a todos, haciéndoles saber que había asientos arriba o debajo y que podían elegir su lugar y se les permitiría moverse durante el crucero.

Los invitados entraron hasta que el muelle quedó vacío. Respiré un breve suspiro de alivio al no conocer a nadie en el barco. Hablar frente a conocidos siempre era más difícil que hablar frente a extraños.

—La fila se ha terminado y solo faltan unos pocos más por venir —le dije a Cami—, así que ¿por qué no vas a pararte detrás de la barra en caso de que alguien quiera algo antes de irnos?

Ella asintió y se puso una sonrisa antes de alejarse.

Incliné la cabeza hacia atrás y dejé que la luz del sol calentara mi rostro. Para el final del verano, estaría harta de ello, pero por ahora, estaba disfrutando del calor en mi piel fría. Llevaba jeans y mi camiseta de Tours from the Cove, pero la cubrí con una sudadera y un cortavientos con el logo de Tours from the Cove. Se nos exigía usar ropa de la marca para que los invitados supieran que éramos la tripulación.

—¿Llego tarde? —preguntó una voz, sobresaltándome. Sus pasos eran silenciosos en el viejo muelle de madera y no lo oí venir. Estaba cerca, y casi salté, lo que me habría enviado al agua helada.

Entonces abrí los ojos y deseé haber saltado. Porque eso me habría sacado del tour.

—Um, no —dije, obligando a mi corazón a calmarse y a mi rostro a esbozar una sonrisa—. Todavía tenemos algunos pasajeros por abordar. Hay asientos arriba o debajo de la cubierta. También tenemos un bar de snacks abajo.

—Gracias. Yo, um... lo siento, no sabía que estarías aquí. Hudson, el camarero de O'Kelley's, mencionó que trabajabas para esta compañía, así que me apunté a un tour porque pensé que si trabajabas aquí sería bueno, pero no me di cuenta... Soy Colin. Hablamos la otra noche. En O'Kelley's. Y soy el dueño de Jones Family Maple Farm. Nos conocimos en la inauguración. Melody nos presentó.

Asentí y recé para que mi sonrisa permaneciera en su lugar. Sabía exactamente quién era. Por eso deseaba estar en cualquier lugar menos allí. Porque era el tipo de hombre del que necesitaba mantenerme alejada. El tipo que podía desarmarme con una mirada, que podía hacer que lo deseara con una sonrisa, y que me asustaba porque lo mismo era cierto sobre mi ex.

—Oh, um, sí, te recuerdo. Gusto en verte de nuevo. —

Afortunadamente, más personas llegaron detrás de él—. Deberías encontrar un asiento. Zarparemos pronto.

Colin asintió y subió al barco como si no se diera cuenta de que algo extraño estaba sucediendo. Eso era bueno, pero me puso aún más nerviosa. Andy solía hacer lo mismo. Era ajeno a cómo me sentía. Ahora sabía que no era ignorancia, era falta de interés, pero en ese momento, así se sentía.

Otra razón para mantenerme alejada de Colin Jones.

Sonreí y di la bienvenida a los nuevos pasajeros, marcándolos en el contador que tenía en la mano. Llamé por radio a Wendy y confirmé el número con ella. Dijo que estábamos listos para partir. Transmití el mensaje a Ned, luego revisé con Cami. Ella estaba bien detrás del bar de snacks y quería verme trabajar unos días antes de intentar dirigir un tour. No le dije que de todas formas esa era la política, pero se lo explicaría en otro momento. Parecía que podría encajar bien, y quería ayudarla.

Tomé los auriculares y los aseguré alrededor de mi cuello. Posicioné el micrófono e intenté mirar alrededor sin que fuera demasiado obvio lo que estaba haciendo. Cuando no vi a Colin abajo, cerré los ojos y respiré profundo, rogando haberlo pasado por alto aunque sabía que no era así.

Me obligué a sonreír mientras subía las escaleras. Era peor de lo que pensaba. No solo estaba arriba, estaba en la primera fila, lo que significaba que no había forma de convencerme a mí misma de que no estaba observando cada uno de mis movimientos y pendiente de cada una de mis palabras.

Hora de sacar a Elise Confiada.

—¡Buenos días a todos! —dije alegremente mientras pasaba por las filas de bancos hacia el frente del barco—. Es un día hermoso para nuestro primer tour de la temporada. Soy Elise, y seré su directora de crucero hoy. Sean amables conmigo porque nunca he estado aquí antes. Vamos a ver las Cataratas del Niágara, ¿verdad?

Los murmullos de preocupación eran lo que esperaba.

Me reí y negué con la cabeza.

—Es broma. Este es mi sexto año como guía para Tours from the Cove. Crecí en esta zona y he vivido aquí toda mi vida excepto los pocos años que estuve en la universidad. ¿Cuántos de ustedes están aquí en su primer viaje a las Mil Islas?

Algunas manos se levantaron.

—Bien. Bienvenidos al lugar más hermoso de la Tierra.

Hubo algunas risitas y algunos asentimientos.

—Las Mil Islas es un lugar de vacaciones verdaderamente impresionante que atrae a visitantes de todas partes. Para ser considerada una de las Mil Islas, una isla debe tener al menos un pie cuadrado por encima del nivel del mar durante todo el año y albergar un árbol vivo. Todas las islas están en Canadá o en los Estados Unidos. Ninguna está dividida entre los dos países. ¿Alguien sabe cuántas islas componen las Mil Islas?

Algunas personas levantaron las manos.

—¿Mil?

Negué con la cabeza.

—Más que eso.

—¿Dos mil?

—Menos.

—Mil quinientas.

Sonreí.

—Más.

—¿Mil setecientas cincuenta?

Me reí con el resto de los pasajeros.

—Estoy detectando una tendencia aquí. Y más.

—Mil ochocientas.

—Más.

—Mil novecientas.

—Menos.

—Mil ochocientas cincuenta.

—Más.

—Mil ochocientas setenta y cinco.

—Menos.

—¿Mil ochocientas sesenta?

—Se acercan, pero más. —Levanté dos dedos muy juntos.

Juntos, los pasajeros contaron hasta que dijeron mil ochocientos sesenta y cuatro.

—¡Por fin! —exclamé—. ¡Correcto! Hay mil ochocientas sesenta y cuatro islas. Y ahora que todos hemos aprendido sobre eso, estamos en el agua donde podemos empezar a ver algunas de ellas. —Señalé hacia el lado canadiense del río—. A mi derecha está Canadá. Como todos saben, a la izquierda están los Estados Unidos. El río San Lorenzo divide los dos países. Muchas de las islas son islas privadas propiedad de una persona o familia. Si están buscando una casa, la isla que se aproxima a nuestra izquierda está actualmente en venta. La casa se encuentra en una isla privada en los EE. UU. Es una bonita casa de dos mil cuatrocientos pies cuadrados. Los vendedores han incluido los barcos y todos los muebles de la casa con el precio de lista muy razonable de dos punto tres millones.

Las risas y los jadeos se mezclaron.

Sonreí.

—Si eso es un poco bajo para ustedes, les mostraré otra que es tres veces más grande y solo el doble de precio. Mientras estamos aquí buscando casa, asegúrense de dejarme su número de teléfono si tienen hijos. Yo también estoy buscando casa.

Eso provocó muchas risas. Evité cuidadosamente mirar a Colin. No estábamos saliendo. No éramos nada. Y estaba interpretando mi papel. Pero tenerlo sentado allí era la razón por la que no me gustaba tener conocidos en el barco. Me ponía nerviosa.

Miré alrededor, comprobando dónde estábamos, y señalé algunos de los puntos de referencia. Just Room Enough Island, la isla habitada más pequeña de los Estados Unidos, era lo suficientemente grande para una casa y una pequeña área seca junto a ella. A los turistas les encantaba ver la isla con su casa que casi parecía flotar a veces.

Seguimos por el río, mirando otras casas notables. Compartí la rica historia del área y los piratas que una vez vivieron allí. Fue solo cuando comencé a contar la historia de George Boldt y su esposa, Louise, que miré a Colin.

Entonces no pude apartar la mirada.

olin me miraba a mí en vez del Castillo Boldt mientras nos acercábamos. Su mirada me observaba, pendiente de cada una de mis palabras. Seguí hablando, contándole sobre el amor que George Boldt tenía por su esposa y la devastación que le causó perderla. Abandonó la propiedad, para nunca regresar, y detuvo toda la construcción después de enterarse de su muerte. Permaneció durante setenta y tres años como un monumento a su amor mientras los duros inviernos y las aguas del río San Lorenzo hacían estragos. Un faro de amor perdido durante casi un siglo.

—La Autoridad del Puente de las Mil Islas compró la propiedad por un dólar y ha trabajado para restaurar el castillo a su belleza original. Todavía queda trabajo por hacer y partes de Heart Island por restaurar, pero la belleza del Castillo Boldt y Heart Island es evidente. Al acercarnos, pueden ver el castillo desde el frente. A un lado está la central eléctrica. Daremos la vuelta y atracaremos en la parte trasera, y pueden recorrer la isla el tiempo que quieran. George y Louise habrían recibido a los invitados con las puertas abiertas de par en par en un día como hoy. Les habrían sonreído y saludado invitándolos a entrar y compartiendo su amor con ustedes. Espero que sientan un poco de su magia hoy.

Terminé con una sonrisa, pero mi corazón latía con fuerza. Siempre decía algo similar, asegurándome de que los visitantes supieran que no iban a un museo, sino a un hogar. Un lugar donde se suponía que debía haber una familia. Un lugar donde se habrían celebrado fiestas, nacimientos y bodas si la tragedia no hubiera ocurrido.

George y Louise eran reales para mí. Quería que fueran reales para todos los demás. Pero cuando deseé magia para todos con los ojos de Colin fijos en los míos, pensé que quizás yo misma había encontrado un poco de esa magia.

Tan pronto como atracamos, bajé del barco. Era mi trabajo, pero me aseguré de hacerlo bien para no arriesgarme a quedar atrapada con Colin. Incluso me acerqué a una pareja mayor que estaba mirando un folleto para preguntarles si necesitaban ayuda o consejos sobre algo. Mientras respondía a sus preguntas, Colin se mantuvo a un lado.

Cami, gracias a Dios por Cami, le preguntó si necesitaba algo. Él dijo que no y finalmente se dirigió hacia el castillo con el resto del grupo.

Si Cami notó algo, no lo mencionó. Una vez que el barco quedó vacío, trabajamos juntas para recoger cosas aleatorias que los visitantes dejaron olvidadas. Recopilamos los objetos perdidos en una caja detrás del bar y tiramos la basura. Después de eso, regresamos al muelle para verificar si había pasajeros que no querían quedarse en la isla y visitar el castillo. Más tarde en el día, una vez que se hubieran realizado algunos recorridos, nos llenaríamos para nuestro viaje de regreso a los muelles, pero siendo nuestro primer viaje del día, el barco estaba vacío cuando zarpamos nuevamente.

Durante el resto del día, estuve con los nervios de punta.

Esperaba que Colin volviera a subir a nuestro barco, pero nunca lo hizo. Agradecí en silencio a cualquier poder que lo mantuviera fuera de mi radar el resto del día.

—Hoy fue divertido —dijo Cami mientras limpiábamos y terminábamos nuestro papeleo del día.

Asentí. —Lo fue. Fue bueno trabajar contigo. ¿Ya decidiste quiénes serán tus personajes?

Ella se encogió de hombros. —Algunos, creo. Realmente me gusta la idea de añadir un poco de humor a las historias. Y asegurarme de que la gente conozca la historia. Claramente tú te sabes todo.

—Tú también lo aprenderás. Es bueno conocer nuestra área y lo que sucedió aquí. Y lo que he descubierto es que si conoces de cinco a diez historias realmente buenas y puedes recitarlas sin pensar en ello, habrás terminado el viaje antes de que te des cuenta.

—¿Eso es todo?

Asentí. —Suena una locura, ¿verdad? Pero sí. Los recorridos que hicimos hoy duraron noventa minutos. En cada viaje, les hablé sobre el Castillo Boldt, que siempre lo hacemos, algunas de las residencias privadas en venta, algunas de las casas más populares, y los piratas. También hablé sobre el área en general y compartí un poco sobre mí. La gente no necesita que hables constantemente.

Cami lo pensó por un minuto y luego se rio. —Vaya. Nunca me di cuenta de eso, y he estado escuchándote todo el día. Es increíble.

Sonreí. —Son años de práctica.

Cami se rio. Caminamos juntas hacia el estacionamiento y le pregunté sobre su vida personal. Compartió que tiene un novio pero no cree que vaya a funcionar. Tiene dos hermanos. Sus padres siguen juntos. Y no tiene idea de lo que quiere hacer con su vida a largo plazo.

Me resistí a decirle que mi único objetivo en la vida era sobrevivirla en mis propios términos.

—Gracias por darme tantos consejos hoy —dijo cuando nos separamos en el estacionamiento—. Realmente aprecio toda la ayuda.

Asentí. —Cuando quieras. Nos vemos pronto.

—¡Adiós!

No podía quejarme. Aparte de la aparición de Colin, fue un gran primer día.

NADIE MÁS QUE conocía apareció en mis viajes los días siguientes, y el domingo por la noche cuando llegué a la noche de chicas, me sentía bien.

—¿Cómo está el agua? —me preguntó Karissa con una sonrisa cómplice.

—Maravillosa —dije—. Por fin me siento yo misma otra vez.

Karissa se rio. —A veces me pregunto cómo somos amigas. Yo solo me siento así cuando estoy encerrada y trabajando en una nueva aplicación.

Sonreí. —No importa qué te haga sentir así, es algo que nunca deberíamos dejar ir.

Karissa asintió, su sonrisa comprensiva y solidaria. Sus ojos marrones eran amables, siempre, pero cuando hacía alguna mención a mi pasado, parecía que entendía un poco más que nuestras otras amigas. No es que ella hubiera pasado por lo mismo, y no era necesario que lo hiciera, pero había experimentado una pérdida como ninguna de nosotras. Perder a su madre fue duro para todas, pero Georgia era la mejor amiga de Karissa durante toda su vida. Ese era el tipo de cosa de la que nunca te recuperas.

—Mi madre siempre decía lo mismo. Por eso trabajó en

Cracked durante tanto tiempo. Le encantaba. Las horas tempranas y el ajetreo me habrían vuelto loca, pero ella prosperaba allí.

Karissa compartía la perspectiva positiva de su madre sobre la vida. Georgia siempre la alentaba a hacer algo que le gustara. Nos animaba a todas a amar nuestras vidas. Fue ella quien me dijo que fuera guía turística. Me sentía perdida, y mencioné un día que no había pasado suficiente tiempo al aire libre últimamente, y ella dijo que debería ser guía. No la escuché de inmediato, pero ella siguió empujándome a probar cosas nuevas y, finalmente, salí en un recorrido. Quedé enganchada desde el primer viaje.

—Tenía un don con la gente —dije con una sonrisa triste—. Todo era más fácil con ella cerca. Podía ver cosas que el resto de nosotras no podíamos.

—¿Como qué? —preguntó Trinity. Trinity y Georgia compartían cumpleaños, pero solo se habían conocido una vez. Georgia convenció a Trinity de mudarse a Cala MacKellar, pero cuando lo hizo, Georgia ya se había ido. La integramos en nuestro pequeño grupo porque sabíamos que si la Sra. Georgia la quería, nosotras también.

—Siempre sabía cuándo alguien necesitaba consejo, incluso si no lo sabían —dijo Karissa con una sonrisa.

Asentí. —Y sabía qué te haría hablar. Me persuadía con tostadas francesas. Cuando las ponía frente a mí, sabía que estaba en problemas porque me haría contar todo.

—Tocino para mí —dijo Finley.

—Yo era tostada de masa fermentada —admitió Melody—. Daba un poco de miedo. No me gustaba ir a Cracked porque veía demasiado.

—Mamá era increíble —dijo Karissa, extendiendo la mano para tomar la de Melody—. Nos quería mucho a todas. Incluso a ti.

Melody se rio. —Creo que yo era una de esas niñas problemáticas. Tenía que perseguirme.

—Le encantaba hacerlo. Le encantaba todo eso. Creo que eso fue lo que más odió al final. Los tratamientos y el enfermarse cada vez más fueron horribles, pero ella prosperaba con la gente, y no podía estar cerca de la gente tanto como antes —dijo Karissa con tristeza. Sorbió y se secó los ojos.

—Todavía recuerdo el último día que vino —dijo Blake—. Nos sorprendió a todas que estuviera allí, pero dijo que quería ver a todos y quería estar en casa por un tiempo. Eddie la trajo y se sentó con ella en aquella mesa del fondo. —Blake sonrió como si lo estuviera viendo de nuevo—. Todos los que entraron fueron a verla. Algunos se sentaron y hablaron con ella un rato y otros solo la saludaron, pero todos fueron a ver a la Sra. Georgia ese día. Juro que se fue pareciendo a su antiguo yo.

—Así se sentía también —dijo Karissa—. Me lo contó. Estaba tan feliz. Decidió ese día que volvería al menos una vez por semana, pero no llegó a la semana siguiente.

Nos quedamos todas en silencio por un largo momento. La Sra. Georgia era el corazón de todas nosotras. Nos unió como lo hizo con tantos otros. Era una casamentera, no solo para parejas, sino para amigos. No había nadie como ella.

—Ojalá la hubiera conocido mejor —dijo Trinity.

—Yo también —estuvo de acuerdo Melody.

Todas asentimos.

Finley agarró su pastel y lo levantó. —Por la Sra. Georgia.

La imitamos y brindamos por la Sra. Georgia con nuestros pasteles, riendo y moviendo la cabeza. Le habría encantado.

—Bueno, necesito hablar de otra cosa —dijo Karissa—. ¿Quién tiene noticias?

—Estoy probando algunos diseños nuevos —dijo Trinity, mostrando su pulsera—. También estoy pensando en ampliar mi sitio web y vender más por mi cuenta. Me encanta trabajar con Olive, pero necesito ganar más dinero si voy a seguir haciendo esto a tiempo completo.

—Puedo ayudarte con tu sitio web —ofreció Karissa—. Y puedo diseñarte una aplicación. Eso sería muy divertido.

—¿Realmente necesito una aplicación? —preguntó Trinity.

Karissa se encogió de hombros. —¿No la necesita todo el mundo?

Nos reímos.

—Tenemos una aplicación para los recorridos en barco —dije—. Realmente es útil. Es nueva desde el año pasado, así que todavía nos estamos acostumbrando, pero nos ayuda mucho. Hay una sección para usuarios donde la gente puede reservar recorridos, y una parte para empleados para gestionar cosas como quién trabaja en qué recorrido y pedir suministros. Es bueno poder hacer eso sobre la marcha.

Trinity asintió con cautela. —Lo pensaré. Por ahora, creo que necesito centrarme en mi sitio web.

—Te convenceré —dijo Karissa con una sonrisa.

—Oí que Colin fue a uno de tus recorridos —dijo Melody, mirándome a los ojos.

Decir que estaba sorprendida sería quedarme corta. —¿Cómo sabes eso?

—Se lo dijo a Ramsey. Cree que te molestó.

Negué con la cabeza, tratando de encontrar una respuesta, pero Laura lo hizo por mí.

—A Elise no le gusta que nadie que conozca esté en sus recorridos. Yo fui a uno poco después de llegar porque quería ver la zona. Averigüé en cuál estaría trabajando porque nos habíamos visto varias veces y pensé que sería divertido verla en acción. Se sintió incómoda. Por supuesto, no me lo dijo hasta más tarde, pero Elise es un poco controladora. Le gusta ser quien toma las decisiones.

Sonreí a Laura, agradeciéndole en silencio por decir lo que yo no podía decir. Me guiñó un ojo en respuesta.

—No creo que te buscara específicamente —dijo Melody—. Pero sí sabía que trabajabas allí. Hudson se lo dijo.

Asentí. —Lo sé. Lo mencionó. Se presentó y me preguntó si lo recordaba. Me quedé como paralizada.

—¿Por qué? —preguntó Finley.

Me encogí de hombros.

—¿Estás bien? ¿Pasó algo? —preguntó Blake.

Negué con la cabeza. —No. Solo... no sé.

—Le diré a Ramsey que le diga que se mantenga lejos —dijo Melody.

Le di una sonrisa tentativa. —Gracias, pero está bien. —Probablemente debería haberla dejado hacerlo, pero no me parecía del todo correcto. Si él se alejaba, no tendría que decirle que no, y si no tenía que decirle que no, no me preocuparía por cómo respondería. Pero si no fue allí específicamente para verme, entonces estaba exagerando y siendo paranoica.

CUANDO LLEGUÉ a casa más tarde esa noche, todavía estaba pensando en Colin. No estaba segura si lo había juzgado demasiado duramente. Parecía un buen tipo, pero los buenos tipos no siempre eran buenos.

Dios, estaba tan confundida. La única vez que interactuaba con hombres era si estaban involucrados con alguna amiga mía, clientes en el barco, o ligues de una de las aplicaciones de citas. No podía simplemente tener una conversación con un chico cualquiera sin preocuparme de cómo me trataría si estuviéramos solos. Y entonces me asustaba y tenía que ser una perra para que se fuera.

Era un ciclo doloroso. Había momentos, aproximadamente una vez cada dos o tres meses, en que extrañaba estar con alguien. No los días malos, sino los buenos. Las mañanas despertando junto a alguien y sintiéndome cuidada. Las tardes cuando llegaba a casa y él había preparado la cena.

No todos los días con Andy fueron malos. Eso era parte de lo que hacía nuestra relación tan dolorosa para mí. Fue dulce la mayor parte del tiempo. Me cuidaba. Pagaba todo, y realmente se preocupaba por mí. Al menos por un tiempo.

Fueron los celos y el control lo que hizo que lo nuestro se volviera feo. Él me quería toda para él, y no estaba dispuesto a compartirme. Ni con mi familia, ni con mis amigos, ni con mis compañeros de clase. Pasó mucho tiempo antes de que me diera cuenta de todo lo que estaba haciendo, y para entonces, no tenía a dónde ir. Él era la única persona que quedaba en mi mundo. Dejarlo significaba dejar mi vida atrás.

Pero hacerlo significaba que podía vivir.

Y lo hice. Creé una vida en Cala MacKellar que era mejor de lo que jamás imaginé. Siempre me gustó, pero realmente se convirtió en mi hogar cuando me paré sobre mis propios pies. Me liberé de Andy y de las restricciones que me impuso. Nadie me decía qué hacer.

Aún extrañaba tener una pareja. Consideré mudarme con alguna de mis amigas, pero todas éramos solteras en ese momento. Y mudarme con alguien significaba darles acceso completo a mi casa y permitir que las personas que conocían entraran en ella. No podía manejar ese tipo de estrés.

Hubo un golpe en mi puerta que me hizo saltar. Me puse la mano sobre el pecho y sentí mi corazón latiendo contra mis costillas. Cerré los ojos y conté hasta cinco, luego los abrí de nuevo.

Instalé uno de esos timbres con video tan pronto como salieron. Lo abrí en mi teléfono y suspiré cuando vi a la Sra. Carter con un pastel.

Dejé el teléfono y fui a abrir la puerta. La Sra. Carter dio un paso atrás para que pudiera abrir la mosquitera y dejarla entrar.

—¿Me trajo un postre? —le pregunté con una amplia sonrisa.

La Sra. Carter vivía al lado de mí. Su esposo murió el año anterior. Tenía un hijo, pero vivía en Nueva Jersey. Me adoptó como su familia el día que me mudé, y no había dejado de tratarme como familia durante todo el tiempo que viví a su lado.

—Así es —dijo con una sonrisa. Subió los dos escalones hasta mi remolque y se detuvo para besarme en la mejilla—. Sé que acabas de comer pastel, pero esperaba que no te importara probar también tarta.

Me froté el estómago y dije: —Siempre hay espacio para la tarta.

Ella se rio y se dirigió a mi cocina. Puso la tarta en la encimera y tomó un cuchillo del bloque junto a mi estufa. Me gustaba tener fácil acceso a los cuchillos, por si acaso.

La Sra. Carter cortó dos grandes trozos de tarta, las cerezas rojo oscuro desbordándose de la corteza expuesta. Fue a mi refrigerador y tomó la lata de crema batida, añadiendo una generosa porción a ambas rebanadas, luego llevó la tarta a mi mesa.

Levantó su tenedor y tocó el mío. —Disfruta.

Sonreí y observé cómo daba un bocado y gemía. La Sra. Carter era una de esas personas que disfrutaba de todo lo que la vida tenía para ofrecer. Le encantaba compartir sus dones con los demás, y ella misma se deleitaba con ellos.

Pinché un bocado, la corteza hojaldrada resistiendo mi tenedor el tiempo suficiente para exprimir más cerezas por el costado de la tarta. Una vez que logré romper un trozo, lo recogí, atrapando las cerezas fugitivas y un poco de la crema batida.

Gemí y cerré los ojos también. —Esto está tan bueno —dije con la boca llena.

La Sra. Carter asintió. —Lo está. Las cerezas están buenas. Todavía no son locales, pero siguen estando deliciosas.

—Sí que lo están. Ojalá pudiera hornear así.

—Tú haces ese pastel increíble —dijo amablemente.

Me gustaba hornear pasteles. Por alguna razón, las tartas nunca me salían bien, pero los pasteles sí podía manejarlos. —Esta corteza está deliciosa. Es perfecta.

—Era la receta de mi abuela. La compartiré contigo. Deberías venir alguna vez para que horneemos una tarta juntas.

La Sra. Carter estaba sola. Me había dicho varias veces que estaba demasiado silenciosa sin su esposo allí. Consideró mudarse a un hogar para personas mayores, pero no quería estar limitada. Todavía era capaz de vivir por su cuenta.

—Eso suena divertido. Tengo libres algunos días esta semana —le dije.

Sonrió. —Excelente. Conseguiré todos los ingredientes.

—¿Por qué no vamos juntas para que me enseñe cómo elegir los mejores productos?

Asintió con entusiasmo. —Es una gran idea. Ahora, ¿qué tipo quieres hacer?

Hablamos sobre tartas y sabores y todos los diferentes pasteles que íbamos a hacer durante el verano. La Sra. Carter se quedó un par de horas, y cuando estaba lista para irse a casa, la acompañé de regreso para asegurarme de que estuviera bien.

Sonreí cuando volví a entrar a mi casa. Ella era la razón por la que vivía allí. La Sra. Carter y todos los otros vecinos que se cuidaban entre sí. La Sra. Carter rara vez estaba sola. Alguien la visitaba regularmente. Al igual que alguien vigilaba al Sr. Robinson y sus hijos, y a la Sra. Goldman y sus gatos, y a mí. Todos nos cuidábamos entre nosotros, y eso marcaba toda la diferencia en el mundo. Sabía que estaba a salvo y sabía que me importaba a los demás, y cada vez que empezaba a pensar que necesitaba algo más, ellos me recordaban que lo tenía muy bien exactamente donde estaba.

5

COLIN

Nicky volcó el cubo, derramando la savia en el tanque recolector. El trabajo era agotador, pero necesario.

—El último —dijo con un gemido. Colocó el cubo de nuevo en la espita y se estiró—. Deberíamos considerar conectar todos estos al sistema de tubería. Estoy demasiado viejo para esto.

Me reí y asentí. —Yo también. —Me froté la espalda dolorida. Nos turnábamos para vaciar los cubos. Mi abuela quería que una parte de la granja mantuviera su aspecto histórico, con cubos colgando de los árboles y la savia recolectada a mano diariamente. Las granjas modernas invertían en sistemas de tubos que recogían la savia y la aspiraban directamente hasta la casa de azúcar. Con el tiempo, ella estaba haciendo la transición de la granja a ese sistema, pero seguía aferrándose a la tradición.

—A Cleotha le encantaba salir aquí y explorar, pero las colinas son mucho más fáciles de manejar —dijo Nicky.

Me reí. —Eso es porque allí solo conducimos.

Asintió. —Exactamente.

Negué con la cabeza. —Espero que tengamos el dinero para convertir el resto de la granja en un par de años, pero como no hemos ganado nada durante algunos años, no sé qué sorpresas vamos a enfrentar. Sé que esto es duro, pero ya casi terminamos por esta temporada.

Nicky asintió. —Lo entiendo, chico. Solo estoy bromeando contigo.

Puse los ojos en blanco y sonreí. Definitivamente no me sentía como un niño, pero Nicky me veía como el nieto de Cleotha, y tenía la sensación de que siempre sería así.

—Llevemos esto de vuelta a la casa de azúcar y empecemos a trabajar en el siguiente lote —dije.

Nicky saltó dentro del camión y cerró la puerta. El trayecto de regreso a la casa de azúcar era corto, pero lo tomamos con calma. Abril era una época muy ocupada del año para nosotros, y atraía a muchos animales salvajes, así que todo iba un poco más lento.

Casi me entristecía ver que los árboles nos daban menos savia día tras día. La rutina se había vuelto familiar y relajante para mí durante las últimas seis semanas. Comenzaba mi día temprano, comprobando la casa de azúcar y la savia que empezaba a fluir cuando salía el sol. Nos dirigíamos al campo para revisar las secciones de cubos, luego regresábamos a la casa de azúcar y pasábamos el resto del día convirtiendo la savia en jarabe. La máquina de ósmosis inversa hacía la mayor parte del trabajo, pero nos quedábamos cerca por si surgía algún problema.

La nube de evaporación típicamente atraía clientes a la granja. A veces eran turistas que visitaban la zona, y a veces familias buscando algo que hacer en una tarde de primavera. Quienquiera que apareciera, los recibíamos con muestras de jarabe fresco y golosinas con sabor a maple.

Cuando llegamos a la casa de azúcar, Nicky inclinó la

cabeza hacia el granero y el coche estacionado frente a él. —Yo entraré. Tú ve a ver quién ha venido a visitarte hoy.

Se alejó riendo, pero yo no encontraba sus bromas tan divertidas como él. Después de las familias y los turistas, el otro grupo de visitantes que teníamos regularmente eran mujeres solteras que aparentemente pensaban que yo era carne fresca.

Ramsey trató de advertirme, pero pensé que estaba bromeando cuando dijo que habría algunas mujeres locales que se abalanzarían sobre mí tan pronto como supieran dónde encontrarme. Como tantas personas en la zona habían nacido y se habían criado allí, muchas de ellas habían agotado todas las posibilidades para citas. Y una persona nueva en el pueblo era presa hasta que una de ellas lo atrapara.

Según Ramsey.

Yo no quería ser una presa.

—Buenas tardes —dije con una sonrisa cuando entré en el granero.

Dos mujeres estaban de pie a un lado, mirando los productos de maple que teníamos. El granero estaba equipado con un sistema de seguridad de última generación con cámaras apuntando a todo. Nicky me recomendó contratar a alguien para vigilar el granero cuando estuviéramos fuera en la granja. Lo evadí de la misma manera que lo hice con lo de los tubos. Algo se iba a romper, o morir, o suceder que requeriría dinero. Tenía algunos ahorros y el dinero operativo de la granja, pero dependiendo de cuán malo fuera el desastre, no sería suficiente. Y hasta que supiera que podía contratar a alguien sin tener que despedirlo casi de inmediato, no iba a pedir ayuda.

—Hola —dijo una de las mujeres—. Escuchamos que tienes cosas geniales aquí.

El tono sensual en su voz no me causó ningún efecto. Me

gustaba una mujer más sutil. Una que no sintiera la necesidad de exhibirse para llamar la atención. Una que supiera que era hermosa, o una que no pensara que era especial, pero lo fuera.

Una como la mujer en la que no había podido dejar de pensar desde que me contó sobre George Boldt y cuánto amaba a su esposa.

—Así es —dije, forzando una sonrisa para las mujeres frente a mí—. Tenemos muchos artículos hechos por gente local. Tenemos cosas que solo se pueden conseguir aquí. Nuestra sección de golosinas es especialmente popular.

—¿Tú estás en ella? —preguntó la otra, mordisqueándose la uña.

Sonreí y negué con la cabeza. —Eh, lo siento señoras, pero no.

Sus caras se desanimaron. —¿Estás comprometido? Nos dijeron que estabas soltero.

Consideré mentir, pero no estaba en mi naturaleza hacerlo, incluso si fuera en mi mejor interés. Negué con la cabeza. —No estoy comprometido, pero tampoco estoy buscando nada serio ahora mismo.

—No tenemos que ponernos serios —dijo la primera. Su amiga la siguió inmediatamente—. Todos podríamos simplemente divertirnos un poco juntos.

Su amiga asintió cuando la miré. ¿Estaba ella seriamente... No. No era posible.

—No nos importa compartir. Especialmente a un chico como tú. Estoy segura de que podrías dejarnos a ambas muy, muy satisfechas —dijo la segunda. Deslizó su mano por mi pecho.

Retrocedí y me encontré contra la mesa. Una parte de mí, la parte masculina primitiva, decía que me quedara quieto y disfrutara de lo que ellas quisieran hacer, pero la parte decente decía que no era justo. Ni para ellas ni para mí. No me importaba si la gente quería más de un amante, pero ese no era yo. Yo era un hombre de una sola mujer, y considerar cualquier otra cosa iba en contra de quien era.

—Lo siento, señoras, pero no tengo la confianza en mis habilidades que ustedes tienen. Además, estoy fuera de práctica. Tengo la sensación de que se estarían satisfaciendo más entre ustedes que con mi ayuda.

—Te daríamos una oportunidad —dijo una, haciendo pucheros mientras yo me apartaba.

La otra giró el rostro de su amiga y la besó. Se perdieron la una en la otra por un momento, olvidándose por completo de que yo estaba allí.

La primera se separó del beso y me sonrió con malicia. La segunda mantuvo su atención en su amiga.

—¿Y ahora qué? —dijo una.

La otra finalmente apartó su mirada adoradora de su amiga. Me encontró observándola. Sus ojos se ensancharon al darse cuenta de que yo sabía lo que estaba pensando. Levantó la mandíbula bruscamente y desvió la mirada de la mía.

—Vámonos, Kris. No vale la pena.

—Pero... —protestó Kris.

Le sonreí mientras su amiga la arrastraba lejos. Esperaba que un día Kris se diera cuenta de cuánto la amaba su amiga y le diera una oportunidad.

Cerré los ojos una vez que se fueron y respiré hondo. Tal vez sí necesitaba contratar a alguien. Pronto.

Regresé a la casa de azúcar y encontré a Nicky descargando el tanque recolector de la granja en el tanque de almacenamiento. Conducía la carretilla elevadora como si fuera una extensión de sí mismo. Probablemente lo era después de todos los años que llevaba conduciendo el mismo camión.

Colocó el tanque en el suelo y apagó la carretilla. Salió

con una amplia sonrisa que decía que sabía exactamente lo que había sucedido en el granero.

—¿Cuántas? —preguntó.

—¿Cuántas qué? —respondí.

—Cuántas mujeres estaban en el granero esperándote.

—No me estaban esperando.

—¿Compraron algo?

Negué con la cabeza.

—¿Intentaron llevarse algo?

Me reí de su insinuación apenas velada.

—Lo sabía. Hombre, te digo que si yo fuera cuarenta años más joven, ya me habría ido. Necesitas vivir un poco.

Negué con la cabeza. —No creo que eso sea vivir. Vivir es disfrutar la vida. Es hacer las cosas que quieres hacer. Esas mujeres eran hermosas, pero no estoy buscando nada ahora mismo.

—¿Entonces por qué descargaste esa aplicación de citas?

Mis mejillas se calentaron. —¿Cómo supiste sobre eso?

Se rió. —Tú acabas de decírmelo.

Gemí. Siempre caía en esa. —Solo quería... no lo sé.

Nicky negó con la cabeza. —No hay vergüenza en querer pasar la vida con alguien, chico. Todos deberíamos tener a alguien especial. Alguien que nos haga felices. Nadie dijo que tienes que estar soltero para hacer este trabajo.

—Tú lo estás —contesté.

Se encogió de hombros. —No siempre fue así. Tuve al amor de mi vida durante muchos años.

—¿De verdad? Nunca mencionaste a nadie.

Sonrió con tristeza. —Hablamos de ella todo el tiempo.

Pensé en ello y no se me ocurrió nadie. —Hablamos de trabajo y de mi abuela. Eso es todo.

Sonrió y asintió lentamente.

Me di cuenta y me pregunté por qué nunca lo había descubierto. —¿Tú y mi abuela? ¿Estaban juntos?

Asintió. —Durante años. Empecé a trabajar aquí después de que tu abuelo falleciera. Ella lo amaba, pero con el tiempo, también estaba sola. Pasábamos tiempo juntos como amigos, dos personas solitarias que querían a alguien más. Con el tiempo, esa amistad se convirtió en algo más.

—¿Por qué no lo sabía? —le pregunté.

Sonrió. —Nadie lo sabía. No queríamos decírselo a nadie. Lo que teníamos era entre nosotros. No involucraba a nadie más, así que lo mantuvimos entre nosotros. Ninguno de los dos quería casarse. Solo queríamos amarnos el uno al otro el mayor tiempo posible.

—Vaya —respiré—. Lo siento, Nicky. Sabía que eran cercanos, pero no lo sabía.

Sonrió de nuevo. —Lo sé, chico. Y la única razón por la que lo sabes ahora es porque Cleotha habría querido que tú también fueras feliz.

Asentí, deseando haber conocido mejor a mi abuela. No habíamos estado mucho en contacto a lo largo de los años, pero siempre parecía amable. Mi padre la amaba, y deseaba haber podido soportar estar en la granja, pero era demasiado doloroso para él.

Nicky me dio una palmada en el hombro y se alejó. Continuó con su trabajo, ocupándose de las cosas como siempre hacía. Intenté asimilar todo y me pregunté cuándo tendría tiempo para una mujer en mi vida. Y si estaba dispuesto a renunciar a algo más por una.

Esa respuesta era fácil. Por la correcta, haría cualquier cosa.

TODO ERA MÁS ajetreado en fin de semana. En mi antiguo trabajo, tenía los fines de semana libres. Nos matábamos trabajando toda la semana para terminar las cosas, y generalmente descansábamos el fin de semana. Lo que nunca me di cuenta es que los dueños no lo hacían.

Ahora, yo era el dueño.

Nicky era de gran ayuda. Revisaba todas las espitas y hacía las rondas los sábados y domingos por la mañana mientras yo me concentraba en preparar todo para los visitantes que llegarían alrededor de las diez.

Reabastecí los estantes con los favoritos de los clientes como los caramelos de maple y el sirope para helados, luego enderecé los artículos que estaban en exhibición. Teníamos una variedad de cosas, todas con temática de maple, desde alimentos hasta ropa y joyería. La mayoría estaba hecha por gente local, muchos de ellos amigos de mi abuela. Quería continuar con algunas de sus tradiciones y ayudar a los locales. Cuando eres dueño de una granja, tiene sentido trabajar con otras personas que viven cerca de ti y apoyan tu negocio.

El primer cliente deslizó la puerta un poco antes de las diez, y cuando levanté la vista, no pude evitar sonreír. Ramsey vestía informalmente con jeans y una camiseta oscura, y llevaba a su hija cargada sobre su hombro como un bombero. Con su otra mano, sostenía la de su esposa.

—Buenos días, chicos —dije mientras se acercaban.

—Buenos días —dijeron al unísono.

—¿Qué tenemos aquí?

—Alguien quería ir a ver su árbol. Le dije que no podía correr por el bosque sin un adulto.

—Le dije a papá que tú dijiste que yo podía ir donde quisiera, señor Colin —dijo Amber con su dulce voz. Su cabello rojo cubría su cara, incluso cuando volteaba hacia un lado.

Asentí y crucé los brazos, dándole a Ramsey una mirada severa. —Tiene razón. Dije que puede ir donde quiera. Es una propietaria honoraria porque me ayudó a extraer savia del primer árbol.

Ramsey luchó por no sonreír. Amber se retorció contra él hasta que la deslizó hacia abajo en sus brazos. Se veía extra brillante con sus leggings morados y su sudadera rosa chillón contra la ropa apagada de Ramsey. —Incluso si eres una propietaria honoraria y puedes ir a donde quieras, sigues siendo demasiado pequeña para andar correteando por todas partes. Podría haber osos ahí afuera.

Los ojos de Amber se abrieron de par en par. —¿De verdad? ¡Quiero ver un oso!

No pude contener la risa. Traté de disimularla con una tos, pero Ramsey vio a través de eso.

—Amber —comenzó Ramsey—, a los osos no les encanta cuando entras en su territorio. Se ponen protectores, especialmente si hay bebés.

—¡Aw, bebés! Quiero ver un osito bebé.

—Déjame llevarla a mí —dijo Melody, soltando la mano de Ramsey y extendiendo los brazos hacia su hija—. Solo lo estás empeorando. —Miró con fingido enfado a su marido—. Amber, vamos a ver qué hay por aquí.

Amber se fue con Melody, y Ramsey las observó caminar hacia el extremo más alejado del granero. El amor en sus ojos era mucho mejor que el dolor que vi allí cuando nos conocimos. El primer día me dijo que estaban separados y probablemente se dirigían al divorcio. Me alegraba más que un poco que hubieran resuelto todo.

—Es tremenda —dijo Ramsey sacudiendo la cabeza.

—Sí, pero no la cambiarías por nada —respondí.

Se rió y asintió. —Muy cierto.

—Entonces, ¿a qué debo este honor? —pregunté. Había pasado un tiempo desde que habían venido a la granja.

—Melody pensó que debería ver cómo estabas —dijo Ramsey.

Me sorprendí un poco. —¿Por qué?

Ramsey negó con la cabeza y sonrió. —Ella cree que estás

interesado en su amiga y quiere que lo averigüe. Comprobar cómo estás es solo una excusa para actuar como adolescentes.

Resoplé. —Es graciosa.

Ramsey echó un vistazo a su esposa. —Lo es, pero también rara vez se equivoca. ¿Vas detrás de Elise?

Negué con la cabeza, obligando a mi cuerpo a no reaccionar. —No.

—¿Pero crees que está buena?

—Sí. No voy a mentir sobre pensar que una mujer es atractiva. Eso no significa que vaya detrás de ella.

—Melody parece pensar que Elise está interesada, pero ya estoy demasiado en medio de todo esto. Necesitamos tomar una cerveza y hablar de deportes o algo así.

Me reí y estuve de acuerdo. —Eso también va más con mi estilo.

—Bien. ¿La próxima vez?

Asentí. —Fui allá la semana pasada. ¿Hudson?

Ramsey asintió.

—Dijo que ustedes se fueron poco antes de que yo llegara.

Ramsey asintió de nuevo. —Sí, me lo contó. Lamento haberte perdido.

Me encogí de hombros. —Culpa mía. Todavía me estoy acostumbrando a la vida del pueblo pequeño y todo eso.

—¿Como que tu abogado te invite a tomar una copa? —dijo con una sonrisa.

Me reí. —Sí, más o menos.

Se encogió de hombros. —Aprenderás que aquí todos son amigos de todos. Cala MacKellar es bastante pequeña, y todos nos conocemos. Si no conoces a alguien, es probable que conozcas a su familia. No tenemos líneas entre nosotros como en muchos otros lugares. Todos nos cuidamos mutuamente.

Sonreí. —Creo que esa es mi parte favorita de vivir aquí. Todavía me va a tomar tiempo acostumbrarme.

Ramsey me dio una palmada en la espalda mientras entraban nuevos clientes. —Está bien. Te desgastaremos eventualmente.

Me reí. Ya lo estaban haciendo.

Ramsey se reunió con su familia, y yo saludé a los nuevos visitantes. Miraron alrededor y para cuando se acercaron a la caja, más clientes estaban paseando por el interior.

No pasó mucho tiempo antes de que la gente comenzara a salir hacia la granja. Ramsey y Melody llevaron a Amber a ver su árbol, y pasaron por el granero de camino a la salida. El día estuvo ocupado, pero no tan ocupado como para que no notara que Elise no estaba allí.

No es que esperara que lo estuviera, pero el pensamiento ilusorio nunca mató a nadie.

6

ELISE

No podía quitarme de encima esa sensación de inquietud. Llevaba tiempo acumulándose. Sabía lo que era y me había resistido todo lo posible, pero tenía que aceptar el hecho de que simplemente necesitaba sexo.

La mayoría de las veces podía deshacerme de ese impulso con uno de mis vibradores, pero esta era una de esas ocasiones en las que necesitaba contacto físico con el orgasmo. Pero también me inquietaba porque tenía que mantener el control. No el tipo de control de dominatrix, sino el tipo de control donde si el tipo resultaba ser un cretino, pudiera escapar sin preocuparme de convertirme en una historia de horror sobre la que los niños susurrarían algún día.

Mi imaginación era un lugar condenadamente aterrador.

Busqué en En Busca del Galán de Papel, sabiendo que necesitaba encontrar un chico temporal para calmar ese picor. Un chico para algo a largo plazo estaba fuera de cuestión, pero uno de esos tipos que estaban interesados en ver adónde podían llegar las cosas o que eran nuevos en el sitio generalmente eran buenas apuestas de que buscaban sexo y no algo más largo que una noche. De vez en cuando querían más, pero había revisado suficientes perfiles de citas para tener una idea del tipo de hombre que buscaba.

El llamado Cosas dulces me llamó la atención. Era nuevo en el sitio, lo cual era bueno. Era divertido, algo que siempre me resultaba atractivo, y admitía que era un poco adicto al trabajo. Era el tipo de trifecta por la que habría apostado.

Le envié un mensaje, solo un hola, y le pregunté cómo estaba. No estaba segura de si respondería, y dejé mi teléfono para poder preparar la cena.

Después de comer, noté un mensaje suyo.

COSAS DULCES

Hola, Capitana. Estoy bien. ¿Y tú?

Sí, mi nombre de usuario era Capitana. Pensé que les dejaba claro desde el principio que yo estaba al mando. Si no les gustaba, no tenían que responder.

CAPITANA

Bien. Vi tu perfil. Parece que eres un chico ocupado.

COSAS DULCES

Demasiado ocupado, desafortunadamente.
No tengo suficiente tiempo para divertirme.

CAPITANA

¿Quieres divertirte conmigo?

COSAS DULCES

¿Qué tipo de diversión?

CAPITANA

¿Qué tal si me encuentras en O'Kelley's en Cala MacKellar y lo averiguas? ¿Sabes dónde está?

COSAS DULCES

Sí. ¿Estaré allí en 30 minutos?

COSAS DULCES

Te encontraré.

Sonreí y me desconecté. Hudson se iba a enojar porque quedara con un ligue en O'Kelley's, pero lo superaría. Hablaba como si fuera muy duro, pero era como un hermano mayor para todas nosotras. Era un protector, y se aseguraría de que no le pasara nada malo a nadie.

Consideré cambiarme a algo más elegante que mis mallas, pero decidí no hacerlo. Las mallas eran buenas para encuentros casuales porque decían que era relajada, tranquila y que no estaba tratando de impresionar al chico.

Me puse el suéter amarillo por la cabeza y salí por la puerta. Quería llegar temprano y quizás observar al chico antes de que me viera, si podía descubrir quién era. También me gustaba tener una bebida en la mano antes de conocer a un extraño para que no me ofreciera comprarme algo y le añadiera algún extra.

Estacioné en la calle frente a O'Kelley's y entré. Hudson estaba detrás de la barra y asintió cuando me vio entrar. Fui directamente hacia él y pedí agua tónica con una rodaja de lima.

—¿Me estás tomando el pelo? —preguntó frunciendo el ceño.

—¿Qué?

—Te dije que no quedaras con más hombres desconocidos de esa cosa de citas aquí. Es malo para el negocio.

—Es genial para el negocio. Les digo a personas desconocidas que vengan aquí, y aparecen y compran bebidas —argumenté.

—¿Y si te atacan?

El miedo que esa palabra llevaba consigo se deslizó por

mi columna vertebral. Tuve que quedarme inmóvil antes de que esa sensación me hiciera estremecer. Si Hudson tuviera alguna idea de lo aterrador que era imaginar que algo así volviera a suceder, no bromearía.

No es que estuviera bromeando. Estaba preocupado por mí. Pero era exactamente por eso que iba allí.

—Tú estarás aquí —dije cuando finalmente pude hablar—. Sé que nunca dejarás que me pase nada. Lo odias, pero ¿preferirías que quedara con algún desconocido en mi casa?

—Joder, Elise, nunca le digas a un extraño dónde vives.

—No lo hago. Por eso quedo con ellos aquí, y si no son demasiado espeluznantes, voy a su casa. Después de obtener una copia de su licencia de conducir y enviársela por mensaje a una amiga.

Hudson soltó una carcajada. —Solo tú.

Negué con la cabeza. —No. Todas las mujeres inteligentes deberían hacer cosas así. La gente esconde todo tipo de cosas sobre sí misma. No hay forma de saberlo todo sobre una persona, incluso una persona que conoces desde hace años. Y desde luego no voy a confiar en alguien que acabo de conocer.

—Bien. Entonces, ¿quién es el tipo de esta noche?

Me encogí de hombros. —No lo sé. Debería estar aquí en unos cinco minutos. Le dije que llevaría mi suéter amarillo, así que cuando un tipo se acerque, probablemente sea él.

Hudson levantó las cejas y se rio. —Las citas han cambiado mucho desde la última vez que salí con alguien.

Asentí. —Sí, pero esto no son realmente citas. Esto es follar. Eso es todo lo que es. Voy a conocer a este tipo, vamos a ir a su casa durante una hora más o menos, y luego nunca más lo volveré a ver.

Hudson negó con la cabeza. —Definitivamente no estoy hecho para esto. Me alegro de haber tenido ya una esposa. Ella lo era todo para mí. Todo esto es demasiado.

—No es tan malo —dije, tomando un sorbo de mi bebida. Era burbujeante para que la gente pensara que era algo sofisticado, pero nunca pedía nada con alcohol cuando iba a casa de alguien. Necesitaba tener la cabeza clara, tanto para asegurarme de estar alerta como para asegurarme de recordar la noche. Pasaría un tiempo antes de que fuera lo suficientemente valiente para encontrar a alguien más.

Cuando regresé después de la universidad, me acosté con muchos. Sentí la necesidad de reclamarme a mí misma, y comencé haciendo lo que podía para borrar a Andy de mi pasado sexual. Si él era uno de muchos, sería menos importante que si fuera uno de dos o tres.

Una noche, salí con un tipo que me puso las manos alrededor del cuello. No fue un intento de ahogarme, pero nadie más me había tocado la garganta. Los recuerdos volvieron con toda su fuerza y tuve un ataque de pánico. El tipo tuvo que llamar a Laura para que me sacara del baño. Él se sentía horrible, pero ni siquiera podía mirarlo. Laura le dijo que perdiera mi número, y nunca más volví a verlo.

Pero me asustó muchísimo. Desde entonces había sido mucho más cuidadosa, y mucho menos valiente.

—¿Eres Capitana? —dijo un hombre desde mi hombro izquierdo.

Me dibujé una sonrisa en la cara y me di la vuelta. Mis ojos se abrieron de par en par y mi sonrisa se desvaneció. Negué con la cabeza antes incluso de procesar lo que estaba haciendo.

—No. No. No puedes ser SweetStuff —le dije a Colin.

Él se balanceó sobre sus talones. El hombre era potente. El simple hecho de estar tan cerca de él activaba todas las hormonas de mi cuerpo. Quería presionar mi nariz contra su garganta y oler bien el aroma que me estaba provocando. Quería pasar mis dedos por su pecho y aprender los contornos de esos músculos bajo su camisa. Quería ponerme de puntillas y sellar mis labios con los suyos para descubrir a qué sabía.

Pero no podía hacer nada de eso. No con él. Era demasiado tentador. Estaba demasiado cerca, era demasiado atractivo, demasiado todo. Era el hombre en el que me perdería y olvidaría por qué levanté todos los muros que levanté. Me destruiría, si se lo permitiera.

—Lo soy —dijo después de un minuto—. No sabía que eras tú.

—Ese es el punto —dije secamente—. Karissa diseñó la aplicación para eliminar las cosas que la mayoría de la gente busca. Sin fotos, sin detalles identificativos, sin prejuicios. Conoces a alguien a quien realmente le gustan las mismas cosas que a ti, y decides si hay algo más después de conocerse.

—Todavía no nos conocimos. ¿Estás segura...?

—Estoy segura —dije con firmeza—. Esto no va a funcionar.

—Pero...

—No, lo siento. He desperdiciado tu tiempo. —Le di la espalda, esperando que captara el mensaje y se fuera.

No lo hizo.

Tomó el taburete junto al mío y se volvió hacia mí. —¿Por qué me odias? ¿Hice algo? Porque si lo hice, lo siento.

Suspiré. Encima de todo lo demás, era amable. Los hombres que se veían como él no se suponía que fueran buenos tipos. Se suponía que debían ser imbéciles de primera categoría para que cuando los rechazaras, se enojaran y dijeran que eran demasiado buenos para ti de todos modos.

No habría sido la primera vez que un chico guapo decía que solo le estaba pidiendo salir a la chica gorda para hacerla sentir bien. Ya había superado la idea de ser simplemente "la chica gorda" con ellos, pero con Colin, él quería saber por qué.

Bebí un sorbo de mi bebida y lo estudié por el rabillo del ojo. No me presionó para que le respondiera de inmediato, pero sabía que estaba esperando a que dijera algo. Se mantenía erguido con un brazo extendido sobre la barra. Mantenía su distancia conmigo, sin agobiarme, pero dejando claro a cualquiera que nos mirara que estábamos hablando.

Sus ojos oscuros se deslizaron por mi cuerpo, haciéndome sentir aún más acalorada. Cuando volvieron a subir, chocaron con los míos. Había aparecido buscando sexo con una desconocida, y se iba sin conseguirlo. Esperé a que sus ojos me dijeran que estaba enojado, pero estaba más preocupado que otra cosa.

Giré la cabeza para mirarlo y dije: —No hiciste nada. Siento haberte pedido que nos encontráramos aquí. Cuando conozco a chicos en línea, es solo por una noche. No estoy interesada en nada más largo que eso.

—¿De acuerdo?

—Nos conocemos. Nos hemos encontrado antes. Estás demasiado cerca.

—¿Y eso lo hace peor, no mejor? —preguntó.

Me reí. —¿Cómo lo haría mejor?

Se encogió de hombros. —Sabes que no voy a hacerte daño.

—¿Qué? —respiré.

—Estás a salvo. Tus amigos saben quién soy, tenemos amigos en común, y si algo pasara, Ramsey me patearía el trasero, y estoy bastante seguro de que Hudson le ayudaría.

—Puedes apostarlo —dijo Hudson desde unos metros de distancia, claramente escuchando a escondidas nuestra conversación.

—Entonces, ¿no tiene más sentido?

Abrí la boca para discutir y descubrí que no podía. Tenía razón. Todo lo que decía tenía sentido. Y si fuera cualquier otra persona, probablemente lo consideraría seriamente, pero no lo era. Era el hombre con el que me había despertado en un enredo de sábanas soñando. Era el hombre que me hacía olvidar quién era. Era el hombre que tenía el mismo encanto fácil que mi ex.

—Simplemente no podemos —dije.

En lugar de dejarle discutir más, me levanté. Consideré, durante medio segundo, ligar con alguien más en el bar, pero el estado de ánimo se había ido. El deseo había pasado. Solo quería irme a casa, meterme en mi cama y fingir que nunca había conocido a Colin Jones.

7

COLIN

Vi a Elise salir corriendo de O'Kelley's como si tuviera el trasero en llamas. Lo comprobé y no era así, pero actuaba como si lo fuera.

Suspiré y sacudí la cabeza. Hudson me estaba observando, así que pensé en preguntarle qué había hecho mal. Después de todo, él escuchó toda nuestra conversación.

—¿Lo arruiné?

Negó con la cabeza. —No. Es cautelosa. El anonimato le sienta bien, y tú no eres anónimo.

—Pero ella sabe que puede confiar en mí.

Se rio. —No, no lo sabe. Para un cerebro lógico como el tuyo, podría tener sentido. Incluso si ella se calma, podría tener sentido. Pero tú no eres quien ella esperaba. Esperaba a un tipo al azar que nunca hubiera visto antes y que nunca volvería a ver. Esperaba a un tipo al que podría darle un nombre falso si quisiera. Esperaba a un tipo que disfrutaría de lo que ella le diera y no pediría más. Y cuando te acercaste, toda posibilidad de lógica desapareció. Y con eso, cualquier posibilidad de que pudiera confiar en ti.

Gemí y cerré los ojos. Dios, era jodidamente hermosa.

Cuando dijo suéter amarillo, me imaginé un suéter tejido horrible del color del sol en el dibujo de un niño. El suyo era más bien de un color cobre o amarillo dorado. Se ajustaba a cada una de sus curvas y ocultaba la redondez de su trasero. Maldita sea, realmente quería tener una mejor vista de su trasero. Esas mallas estaban haciendo maravillas con sus piernas, y ese suéter... por Dios. No podría sacarla de mi mente cuando fuera a casa. Mil duchas frías no harían ni un carajo. Ya estaba planeando tomar el asunto en mis propias manos y aliviar la pulsación detrás de mi cremallera.

Pero primero, necesitaba saber algo.

—¿Se encuentra con tipos aquí a menudo?

Hudson me miró por un largo momento antes de responder. Finalmente, suspiró y negó con la cabeza. —No. Lo ha hecho en el pasado, pero últimamente, no.

No estaba seguro si eso me hacía sentir mejor o peor.

—¿Quieres beber algo? —preguntó Hudson, todavía de pie frente a mí.

Asentí y pedí dos dedos de whisky. Podría beberlo lentamente y observar a la gente del bar.

Pensé en lo que Hudson dijo mientras bebía mi whisky. Ardía al pasar, pero la comprensión de que él tenía razón ardía aún más. Elise no me estaba buscando a mí, ni a nada en particular. Buscaba una liberación.

Si era sincero, yo también. No acepté reunirme con ella porque fuera ella. Acepté porque pensé que sería una buena oportunidad para desestresarme.

Y hacer eso le dijo que no era el tipo de hombre con el que debería involucrarse.

Lo jodido de todo esto era que quería verla. Quería reunirme con ella. Ella era la mujer en quien estaba pensando cuando acepté encontrarme con Capitana. No estaba seguro si eso lo hacía mejor o peor. Probablemente peor. No habría sido justo si otra mujer apareciera y nos acostáramos. Habría sido aún peor si imaginara a Elise mientras estaba dentro de otra persona.

Necesitaba poner en orden mis ideas. Y eso significaba que debía volver al trabajo y olvidarme de Elise y de todas las demás mujeres.

ME SUMERGÍ en el trabajo durante la semana siguiente. Siempre había sido mi recurso y nunca me fallaba.

Pero por la noche... esa era otra historia.

Trabajaba hasta el agotamiento durante el día para poder dormir toda la noche. Pero por la noche, mis sueños hacían imposible mantenerme dormido. Despertaba con mi mano alrededor de mi miembro, bombeando furiosamente mientras gritaba el nombre de Elise.

Los sueños se volvieron cada vez más gráficos a medida que avanzaba la semana. Pensé que eventualmente se detendrían, pero no lo hicieron. Seguían viniendo, y yo también.

Pero no era solo la fantasía sexual lo que me mantenía despierto por la noche. Empecé a verla cada vez que iba al pueblo. Ella pasaba conduciendo cuando fui a comprar suministros en la ferretería. Caminaba por la calle cuando fui a comprar víveres. Estaba en una mesa cuando entré a almorzar.

Estaba perdiendo la puta cabeza.

Donde quiera que la viera, Elise tenía una sonrisa en el rostro. Era una persona feliz. Veía algo detrás de su sonrisa, pero su sonrisa estaba ahí. Y me decía más sobre ella cada día. A veces su sonrisa era para otra persona, una que decía que era amable. A veces su sonrisa era un pensamiento secreto, lo que me decía que tenía sentido del humor. Y a veces su sonrisa era para ella misma. Esas eran mis favoritas. Las que ocurrían cuando pasaba frente a una ventana y sonreía a su reflejo. O cuando tomaba su hamburguesa con queso y sonreía antes de darle un mordisco.

Era el tipo de mujer que se amaba a sí misma, y esa era la mujer más sexy del mundo. Una mujer que no se avergonzaba de quién era. No importaba si era delgada o curvilínea, si era baja o alta, si tenía cabello oscuro o claro, si se amaba a sí misma, era el tipo de mujer que yo quería en mi vida.

Y todo eso hacía imposible resistirme a ella e imposible dejar de desearla.

No estaba seguro de creer en el destino, pero algo nos unió de nuevo. Tal vez fue el destino, o tal vez fue la bendición de vivir en un pueblo pequeño donde solo puedes evitar a la gente por un tiempo, pero fuera lo que fuese, nos reunió.

—Pedido para Elise —dijo, acercándose a mi lado y sonriendo a la mujer detrás del mostrador.

Cuando entré en la hamburguesería, no pensé nada sobre sentarme en la barra y comer. Estaba tratando de hacer lo típico de un pueblo pequeño y conocer gente. La suerte definitivamente estaba de mi lado.

—Hola —dije cuando miró en mi dirección.

Dio un salto y se quedó paralizada, luego esbozó una sonrisa tan falsa como su reciente cabello rosa. —Oh, um, hola.

—Supongo que este lugar es bastante bueno si estás aquí —comenté.

Sonrió y asintió, evitando mirarme de nuevo.

—El cielo está muy azul hoy —dije, solo para ver si seguiría ignorándome.

Asintió de nuevo, mirando hacia atrás y golpeando su tarjeta contra el mostrador.

—Tu trasero se ve fantástico en esos pantalones —dije.

—¿Qué? —soltó, finalmente mirándome.

Sonreí. —Quería saber si alguna vez me mirarías.

Puso los ojos en blanco y volvió a apartar la mirada.

—¿Por qué no te sientas y comes conmigo?

Negó con la cabeza. —No puedo. Tengo que irme.

—¿Porque tienes algo que hacer o porque no quieres sentarte conmigo?

Me miró de reojo y se mordió el interior del labio.

—Por mí —respondí por ella.

Suspiró y se volvió hacia mí. —No eres tú...

Me reí y sacudí la cabeza. —Déjame adivinar. ¿No soy yo, eres tú?

Torció la boca y suspiró de nuevo. —No tengo relaciones.

—¿Y?

—Tú tienes escrito "relación" por todas partes.

Solté una carcajada. —¿En serio? ¿Qué te hace decir eso?

Levantó una ceja. —Para empezar, eres mucho mayor que yo.

—Vaya. No esperaba que me hicieras sentir como un viejo pervertido.

—No dije eso —protestó.

—No tenías que hacerlo.

Sonrió con suficiencia y luego trató de ocultarlo. —No eres un pervertido. Solo sé que los hombres mayores generalmente están listos para establecerse.

—¿Y tú no?

Negó con la cabeza. —No. No estoy interesada en establecerme. Nunca. Lo intenté, y no era lo adecuado para mí.

—Tal vez él no era el adecuado para ti.

—¿Qué? —respiró.

Me encogí de hombros. —Tal vez no fue el establecerte lo que era el problema, sino la persona con quien te estabas estableciendo. Tal vez era él.

Rió. —Definitivamente fue él. Y por él, nunca lo intentaré de nuevo.

—¿Ni siquiera me darás una oportunidad? ¿Una cita?

Negó con la cabeza. —No tengo citas.

—¿Una noche?

Volvió a negar con la cabeza. —No me quedo a pasar la noche.

—¿Una hora?

Sus ojos bajaron por mi cuerpo y volvieron a subir. —No sé si podrías soportarlo.

Me agarré el corazón y me apoyé contra el mostrador. —Has herido al viejo —bromeé.

Se rió, y el sonido me atravesó por completo. Quería oírlo una y otra vez.

—No estoy seguro de si me recuperaré alguna vez —continué.

Negó con la cabeza. —Estoy segura de que lo harás.

Gemí. —Creo que deberías dejar que te compre el almuerzo para compensarlo.

Dudó, luego vio a la mujer que regresaba con su comida. Cuando se la entregó, Elise me señaló y dijo: —Él paga mi almuerzo.

La mujer me miró y levantó las cejas. Asentí en acuerdo y le entregué dinero en efectivo para cubrir la cuenta.

—Gracias —dijo Elise, agarrando su bolsa y dirigiéndose hacia la puerta.

—Espera un momento —dije—. Pensé que ibas a comer conmigo.

Se encogió de hombros. —Dijiste que querías comprarme el almuerzo, no que tenía que almorzar contigo.

Abrí la boca para discutir, pero todo lo que pude hacer fue reír.

—Gracias por el almuerzo —dijo, saliendo por la puerta de cristal. Corrió a través del estacionamiento y desapareció cuando pasó otro vehículo. Cuando se despejó, ya estaba saliendo de su espacio de estacionamiento.

—Aquí está tu cambio —dijo la mujer detrás del mostrador—. Lo siento.

Negué con la cabeza. —Yo no. Esa fue la conversación más larga que hemos tenido. Valió cada centavo.

Y así de rápido, mi compromiso de mantenerme alejado de ella quedó destrozado.

MEDITÉ sobre mi decisión de perseguir a Elise durante un día y luego decidí que no podía esperar a que ella se diera cuenta de que debería darme una oportunidad. Abrí la conversación que habíamos tenido la noche que nos conocimos en O'Kelley's y comencé un nuevo mensaje.

COSAS DULCES

¿Qué tal tu almuerzo de ayer?

CAPITANA

Delicioso.

COSAS DULCES

Me alegro de haber sido útil.

CAPITANA

Jajaja. Yo también.

COSAS DULCES

¿Me dejarás invitarte a cenar la próxima vez?

CAPITANA

No sé. ¿Vas a volver a decir algo tonto?

Me reí en voz alta y sacudí la cabeza.

COSAS DULCES

Si mal no recuerdo, yo fui el herido. Tal vez deberías invitarme tú a cenar.

CAPITANA

Algo me dice que tu ego podría soportarlo.

COSAS DULCES

Creo que es mi edad. Soy más sofisticado y capaz de aceptar cuando alguien intenta ser gracioso pero no lo logra.

CAPITANA

No creo haber fallado. Todo lo que dije era verdad.

Me reí de nuevo.

COSAS DULCES

Sabes cómo herir a un hombre. ¿Cuántos años crees que tengo?

CAPITANA

¿Cuántos años tienes?

COSAS DULCES

No hagas trampa.

CAPITANA

De acuerdo. Si tuviera que adivinar, diría que en los 40.

COSAS DULCES

No estoy seguro si debería sentirme ofendido o no. ¿Principios o finales de los 40?

CAPITANA

Diría que la mitad. ¿Tal vez 44?

COSAS DULCES

Te equivocas por 5 años.

CAPITANA

Vaya. Realmente no pensé que tuvieras 49.

—¡¿Qué?! —grité para mí mismo.

COSAS DULCES

> Tengo 39, no 49. Vaya. Ahora creo que sí
> estoy ofendido.

CAPITANA

Es broma. Y lo siento. No quería ofenderte
de verdad. Solo estaba bromeando.

COSAS DULCES

> Yo también. La edad no me importa. Cuando
> estaba en mis 20, me sentía mucho mayor
> porque no estaba haciendo cosas que
> muchas personas que conocía hacían. Ahora
> que casi tengo 40 y no estoy casado ni
> tengo hijos, me siento más joven.

CAPITANA

Lo entiendo. Tengo 29 años, y siempre me
he sentido mayor. Tuve algunos años
salvajes, pero compré mi propia casa hace
un tiempo y me gusta mi vida. Últimamente
empiezo a sentirme vieja en el trabajo.
Algunas de las personas que empiezan allí
este verano ni siquiera estaban en el instituto
cuando me gradué de la universidad. Me
hace sentir mayor.

COSAS DULCES

> Todavía eres una bebé.

CAPITANA

Jajaja. ¿Cami, la otra chica del crucero?
Tiene 22 años. Algunas de sus amigas solo
tienen 21. Yo cumpliré 30 en octubre. Ellas
salen después de trabajar todo el día y yo
me pregunto qué tan rápido puedo llegar a
casa para poder ver Netflix e irme a la cama
temprano.

COSAS DULCES

> ¿Ves? Seríamos buenos juntos. Eso también
> es un buen día para mí.

Agregué una carita guiñando el ojo cuando ella no respondió después de un minuto. Sabía que presionar demasiado no sería bueno, pero no quería que pensara que solo estaba charlando. Quería volver a verla.

COSAS DULCES

Y ahora te he asustado. Sé que no tienes citas, o no te gustan, o algo así, pero quiero conocerte.

CAPITANA

¿Por qué?

COSAS DULCES

Porque sonríes a todos con quienes hablas, y creo que todos necesitamos a alguien como tú en nuestras vidas.

CAPITANA

Lo pensaré.

COSAS DULCES

El sábado a las dos. Iré a caminar por la granja. Aire fresco, debería ser un buen día. Si quieres acompañarme, te esperaré en el granero.

CAPITANA

Lo pensaré.

COSAS DULCES

Nos vemos entonces.

CAPITANA

Eres persistente.

COSAS DULCES

Solo cuando sé que me estoy perdiendo algo grandioso.

CAPITANA

Lo pensaré.

COSAS DULCES

Supongo que tengo que aceptar esa respuesta.

CAPITANA

Así es.

COSAS DULCES

Que tengas buena noche. Y gracias por no desemparejarme.

CAPITANA

Buenas noches.

Cerré la aplicación y dejé mi teléfono. Ella iba a aparecer. Podía sentirlo. Y sería una gran cita. Tenía que serlo.

TRATÉ de no estar demasiado confiado el sábado, pero lo estaba. Sabía que Elise iba a aparecer. Me desperté de buen humor, y no podía dejar de sonreír durante toda la mañana, incluso cuando un niño se escapó de sus padres y se estrelló contra un expositor. Afortunadamente, era un expositor de libros de autores locales y no algo frágil, y el niño no resultó herido, pero fue un dolor tener que recogerlo todo. Y los padres apenas reconocieron que su hijo era el culpable.

Justo antes de las dos, salí para esperar a Elise. Consideré preparar un almuerzo o una manta o algo, pero iba a tomarlo con calma. No era una cita, no realmente, aunque esperaba que se sintiera como una cita y que ella estuviera dispuesta a salir de nuevo.

Caminé alrededor, saludando a la gente nueva que llegaba y agradeciendo a otros mientras se iban. Me obligué a no mirar la hora ni preguntarme dónde estaba ella. Ya vendría.

Volví adentro y miré alrededor para asegurarme de que no me la había perdido, pero no estaba allí. No había mucha gente. Era un día hermoso, y la gente no quería estar encerrada. Tomaban los artículos por los que habían venido y se marchaban.

Cuando el último cliente se fue, tuve que admitir que ella no vendría. Finalmente cedí y miré mi teléfono. Eran casi las tres de la tarde. No iba a venir.

Cerré el granero y deslicé el cerrojo en su lugar. Nicky inclinó la cabeza hacia mí y me preguntó qué pasaba.

—Esperaba que alguien viniera hoy —dije.

—¿Alguien especial?

Asentí. —Podría serlo. Quería conocerla.

—¿Tal vez surgió algo?

Me encogí de hombros. —Tal vez. O quizás no está tan interesada como yo.

—¿Qué vas a hacer al respecto?

Me reí. —¿Qué puedo hacer? No voy a forzar a una mujer a salir conmigo. Si no está interesada, no está interesada. Fin de la historia.

—¿Y qué pasa si llega tarde y tiene una buena excusa?

—¿Como cuál? —pregunté.

Se encogió de hombros. —¿Por qué no se lo preguntas? —señaló detrás de mí.

Me di la vuelta y vi a Elise sentada en el estacionamiento observándonos. No sabía cuánto tiempo había estado allí, pero estaba seguro de que no estaba allí cuando salí antes.

¿Importaba? Estaba allí ahora. Y yo todavía quería pasar tiempo con ella.

—¿Has estado alguna vez en el pozo de natación? —preguntó Nicky.

Aparté la mirada de Elise y negué con la cabeza. —No en años. Lo recuerdo vagamente de cuando era niño. Lo había olvidado.

—Está en el extremo norte de la propiedad. A unos treinta minutos a pie desde aquí. Tranquilo y pacífico. Podría ser un buen lugar para llevar a tu mujer, especialmente porque parece que podría tener miedo de salir de ese auto suyo.

Miré de nuevo a Elise. Sostenía el volante firmemente con ambas manos. Me preguntaba si se iría. Parecía una posibilidad real.

—Buena suerte —dijo Nicky con una sonrisa. Saludó a Elise con la mano, y ella quitó una mano del volante para devolver el saludo. Eso tenía que ser una buena señal, ¿verdad?

Me acerqué a su auto lentamente. Ella me observó todo el camino. Saludé cuando me acerqué a su puerta. Ella me devolvió el saludo. Era como si estuviéramos jugando al gato y al ratón, pero no estaba seguro de cuál de nosotros era el gato.

Ella tenía miedo de salir, y yo tenía miedo de que se quedara dentro. Estábamos en un punto muerto, pero ella tenía todo el control.

—¿Quieres salir? —le pregunté a través de la ventana cerrada.

Su pecho se hinchó con una respiración profunda, luego asintió y apagó el auto. Agarró la manija y la puerta se liberó. Yo la abrí completamente y le ofrecí mi mano.

—Lamento llegar tarde —dijo antes de tomar mi mano.

Me encogí de hombros. —Supuse que aparecerías cuando pudieras.

Me miró. —¿Estás molesto?

Sonreí. —Estaba decepcionado cuando pensé que me habías dejado plantado. Pero una vez que Nicky te señaló, lo único que importaba era que estabas aquí.

—¿Aunque sea un desastre?

Tomé su mano y la ayudé a salir del auto. Quería tirar de ella hacia mis brazos y decirle que no era un desastre, pero tuve la sensación de que eso la enviaría directamente de vuelta a su auto. En cambio, sostuve su mano por un segundo y apreté sus dedos. —Tú eres la única que piensa que hay algo mal contigo.

Se rió. —Eso es porque yo me conozco mejor.

Asentí. —Sí, pero también eres tu peor crítica. Todos lo somos. Y ser cautelosa nunca es algo malo cuando se trata de conocer gente nueva.

—Entonces, ¿no crees que estoy loca?

Me encogí de hombros. —Todavía no. Estoy seguro de que puedes hacerme cambiar de opinión hoy.

Se rió y finalmente cerró la puerta. Era pequeño, pero se sentía como una gran victoria. Una que aceptaría con gusto.

8

ELISE

No sabía cómo lo hacía, pero Colin tenía la habilidad de hacerme sentir cómoda. Andy... bueno, al principio quería impresionarlo. Era mayor, pero también era uno de mis asistentes de enseñanza. Tenía poder sobre mí desde el principio. Para él, su edad y posición eran cosas que usaba para convencerme de hacer cosas. Para Colin, su edad era algo que le daba la capacidad de leer a las personas.

—¿Adónde vamos? —le pregunté mientras nos adentrábamos en el bosque. Cuando me preguntó si quería dar un paseo, me entusiasmó la idea. A medida que nos alejábamos más y más del granero y del mundo que conocía, empecé a sentirme intranquila. ¿Era una tonta por pensar que podía confiar en él?

—Nicky me dio la idea. Mencionó un lugar secreto que había olvidado. No he estado allí desde que era niño. ¿Quieres que te envíe la ubicación? Así puedes mandársela a una amiga para que alguien sepa dónde estaremos.

Lo miré de reojo, preguntándome por qué me lo preguntaría. —¿Debería preocuparme?

Me miró de reojo y me sorprendió observándolo. —¿De mí? No. Pero todavía no lo sabes. Una mujer debe ser inteligente. Los hombres también, pero yo soy más grande que tú. Soy más alto y peso más. Podría dominarte. Tendrías que tomarme por sorpresa, lo cual es posible, pero si prefieres compartir tu ubicación con una amiga, lo entiendo. Solo necesitas darme tu número.

Me entregó su teléfono con una sonrisa. —¿Todo esto fue una estrategia para conseguir mi número?

Se encogió de hombros. —Solo una forma conveniente de conseguirlo.

Puse los ojos en blanco y me agregué a sus contactos. También aproveché para ver cuántas mujeres tenía allí. No muchas.

—Si quieres seguir revisando mi teléfono, puedes hacerlo, pero lo necesito para enviarte la ubicación.

Mis mejillas ardieron al ser descubierta, y le devolví el teléfono sin decir palabra. Mi teléfono vibró en mi bolsillo y lo saqué rápidamente. Reenvié la ubicación a Laura con una nota diciendo que me iba a dar un paseo con un extraño y que si no sabía de mí en unas horas, enviara ayuda.

Ella respondió casi inmediatamente.

¿Qué? ¿Por qué? ¿Dónde lo conociste? ¡Voy
a buscarte ahora mismo!

> Tranquila. No es un extraño. Es Colin de la
> Granja de Arce de la Familia Jones. Estamos
> en algún lugar de la propiedad, pero él pensó
> que me sentiría mejor si alguien supiera
> hacia dónde nos dirigíamos.

¿En serio? ¿Él lo sabe?

> No. Solo lo entiende de alguna manera.

Yo no le he contado nada a nadie.

Lo sé. Nunca pensé que lo hubieras hecho.

Entonces, ¿esto es una cita?

No lo sé. Tal vez. Él es... muchas cosas. Lo cual en parte me aterroriza. Parece perfecto, y eso nunca es bueno.

A veces encuentras a alguien que es perfecto... para ti. Sé feliz. No esperes a que llegue lo malo.

Lo malo siempre llega. Solo que a veces lo veo venir y otras no.

¿Dónde está él ahora?

Miré a Colin. Caminaba a mi lado, disfrutando del paseo.

Está justo a mi lado.

¿Estás con él ahora? ¿Por qué me estás mandando mensajes?

¡Para que sepas dónde estoy!

Dios, ve a divertirte. Enviaré un equipo de búsqueda si no sé de ti. Ten cuidado.

Siempre lo tengo.

Bloqueé mi teléfono y lo volví a guardar en mi bolsillo. Colin no dijo nada.

—Lo siento —dije después de un minuto.

—¿Por qué?

—Por mandarle mensajes a mi amiga.

—No tienes que disculparte. Los amigos son importantes, y también lo es tu seguridad. Prefiero que seas cautelosa a que salgas lastimada.

—¿Eres real? —le pregunté.

—¿Qué quieres decir?

—¿Eres real? Nunca he conocido a un hombre como tú.

—Quizás simplemente no has conocido al tipo correcto de hombre.

—Eso es definitivamente cierto.

Soltó una risa pero no dijo nada más. En cambio, me entregó su teléfono nuevamente. —¿Querías buscar algo más?

Dudé y luego negué con la cabeza. —No. Siento haber violado tu privacidad.

Se encogió de hombros. —No creo en los secretos. Ocultar cosas a las personas que nos importan no ayuda a nadie.

—Creo que podrías ser un unicornio.

—¿Un unicornio?

Asentí. —Un ser ficticio que todos desean que fuera real pero no lo es.

—¿Piensas que soy ficticio?

Asentí de nuevo. —Es la única explicación. Ningún hombre es tan perfecto como tú.

Se rio. —No estoy ni cerca de ser perfecto.

—Parece que lo eres.

—Créeme, no lo soy.

El tono de su voz me provocó un escalofrío por la espalda. No el tipo de escalofrío malo. El bueno. El tipo que decía que tenía todo tipo de cosas sucias en mente. El tipo de cosas que harían que una mujer suplicara por más. El tipo que me estaba haciendo reconsiderar la promesa que me hice a mí misma de mantener mi ropa puesta.

—Ya llegamos —dijo, curvando sus labios en una sonrisa.

Seguí la dirección de su mirada y supe, sin ninguna duda, que rompería esa promesa. Mi ropa definitivamente se iba a quitar.

—Guau —suspiré. El estanque era relativamente pequeño, pero el arroyo que lo alimentaba caía por una pequeña cascada. En el extremo más lejano, se estrechaba y desaparecía nuevamente. La sección frente a la que estábamos era clara hasta el fondo y muy tentadora.

—Hermoso, ¿verdad?

Asentí, incapaz de apartar los ojos. —Nunca supe que esto estaba aquí.

—No mucha gente lo sabe. Está tan lejos del granero que nadie se aventuraría hasta aquí. Está completamente dentro de la Granja, así que es privado. Es una cura perfecta para un cálido día de primavera.

Colin dio unos pasos más hacia adelante y agarró el borde de su camisa. Se la quitó por la cabeza con un movimiento involuntariamente elegante. Se me secó la boca al ver su espalda desnuda. Piel oscura y suave cubría músculos gruesos. Dos hoyuelos se veían justo encima de su cintura. Su cabello corto brillaba con su sudor. El paseo no fue malo, pero el sol de primavera estaba caliente. Yo también estaba sudando.

Aún más con su camisa fuera.

Dulce niño Jesús, se desabrochó los jeans y los dejó caer también.

Mi pulso retumbaba en mis oídos y mi corazón latía con fuerza en mi pecho. No quería mirar fijamente a Colin, pero era aún mejor que la vista.

Se desató las botas, se las quitó y dejó sus jeans encima. Finalmente se volvió para mirarme y levantó una ceja. —¿Vienes?

Abrí la boca y la cerré de golpe nuevamente.

Sonrió con suficiencia. —Gallina. —Entonces corrió hacia el agua y saltó.

—¡Woohoo! —gritó mientras salía a la superficie—. Demonios, se siente bien. Vamos, Elise. Sabes que quieres unirte.

El agua se veía refrescante. Sabía que estaría fría, pero realmente no me importaba. Lo que sí me importaba era quitarme la ropa frente a él.

—Date la vuelta.

Hizo lo que le pedí, nadando en el mismo lugar. Observé su espalda todo el tiempo para asegurarme de que no espiara. Cuando no lo hizo, comencé a quitarme la ropa. Mis botas y calcetines fueron primero. Siguió sin voltear. Mis mallas siguieron. No se dio la vuelta. Finalmente, me quité la sudadera y me saqué la camiseta. Cuando esta pasó por mi cabeza, él seguía sin mirarme.

Una pequeña parte de mí estaba decepcionada. Tal vez no estaba interesado. No intentó mirarme, y no me había tocado desde que me ayudó a salir de mi auto.

Eso debería ser algo bueno, pero no lo era, y lo odiaba.

Me até el pelo en una coleta y caminé de puntillas sobre la hierba fría hasta el borde del agua. Había un desnivel justo más allá de las rocas que bordeaban el estanque. No sabía hasta dónde llegaba el agua, pero parecía lo suficientemente profunda como para poder lanzarme o saltar sin preocuparme por tocar el fondo.

Me paré en una de las rocas y respiré hondo. Si sentía el agua primero, me acobardaría, así que simplemente salté.

El agua fría envolvió mi cuerpo al instante, quitándome el aliento. Luché contra el impulso de volver a tomar aire y pateé hacia la superficie. Cuando salí, Colin me sonreía.

—Se siente bien, ¿verdad? —preguntó.

—Está jodidamente helada.

Echó la cabeza hacia atrás y se rió. —Sí, eso también.

—Podrías haberme avisado.

Se rio entre dientes. —Pensé que habías crecido aquí. El agua no estará caliente hasta agosto, si tenemos suerte.

—Aún así podrías haberme avisado —dije.

Se encogió de hombros. —Quería que te unieras a mí. Supuse que no lo harías si supieras lo fría que está.

Me lamí los labios y me mordí el labio inferior. Me estaba dando esa mirada otra vez, la que decía que estaba pensando cosas sucias.

Nadé más cerca de él. Extendió la mano hacia mí pero se detuvo antes de tocarme. Nadé un poco más cerca, lo suficiente como para sentir el calor de su cuerpo en el agua. Nuestros pies se rozaron mientras pateábamos para mantenernos a flote.

—No voy a mentir y decir que no te deseo, Elise, pero no es por eso que te traje aquí. Solo quería compartir algo contigo.

—Gracias —dije suavemente.

—¿Puedo besarte?

No tuve que pensarlo. Asentí y dejé que me atrajera a sus brazos. Una mano calentaba mi espalda mientras la otra nos ayudaba a mantenernos sobre el agua. Esperaba que su beso llegara de golpe, manos, labios, cuerpos chocando sin pensarlo dos veces. Pero Colin me estaba demostrando una y otra vez que no era quien yo pensaba que era.

Me miró fijamente, con la distancia entre nosotros apenas suficiente para mirarnos a los ojos. Los suyos eran marrón oscuro, casi negros cuando estábamos así de cerca. Sus pestañas eran cortas pero perfectas en él.

Su mano me marcaba, diciéndome que era suya aunque no lo fuera. Todavía no. No podía negar que el impulso de dejarle reclamarme estaba ahí, pero no estaba lista para eso.

De vez en cuando, nuestras piernas se rozaban, pero igual de rápido, nos separábamos, ambos luchando por mantenernos sobre el agua. Dejé que mis manos flotaran en la superficie, pero quería tocar su piel. Sentir su cuerpo bajo mis palmas.

Finalmente se acercó más, su pecho golpeando el mío. Mi

sujetador y bragas no hacían mucho para protegerme de él y me encontré anhelando más. Anhelando antes de haber probado siquiera un poco de él.

Nunca había conocido un deseo así. Querer algo sin saber siquiera si lo disfrutaría. Pero sabía que disfrutaría de Colin. Sabía que me perdería en él. Sabía que me ahogaría en él y nunca pensaría dos veces en salir a respirar.

—Podrías rodearme con tus brazos —dijo.

—Los dos nos hundiremos.

Negó con la cabeza. —No dejaré que te pase nada.

Confié en él. No quería pensar demasiado en por qué era tan fácil hacerlo. Deslicé una mano alrededor de su cuello y dejé que la otra flotara sobre su pecho. Rizos apretados rasparon mis manos mientras lo tocaba.

—Estamos al lado, Elise —dijo Colin suavemente—. Así que puedo agarrarme.

Me giré y vi las rocas elevándose sobre nosotros. Un destello de pánico me dijo que corriera, pero miré a Colin y todo desapareció nuevamente.

Lo deseaba semanas atrás, cuando nos emparejaron en En Busca del Galán de Papel. Lo deseaba meses atrás, cuando nos conocimos por primera vez. Y lo deseaba en ese momento, y no podía decir que no.

Rodeé su cuello con ambos brazos y lo atraje hacia mí. Él gimió cuando nuestros labios se tocaron, pero no tomó el control. Me dejó guiar, me dejó elegir cómo debía ser nuestro beso.

Separé mis labios y los deslicé sobre los suyos. Él abrió la boca y lamió mi lengua. Apreté mi agarre sobre él y hundí mi lengua en su boca. Su mano se deslizó más alrededor de mi espalda, poniendo más partes de nuestros cuerpos en contacto.

Separé mis piernas y las envolví alrededor de su cintura.

Su mano cayó a mi muslo y luego subió. Ambas manos rodearon mi cintura...

Y nos hundimos.

Me empujó hacia arriba, sus firmes manos sacándome del agua. Lo agarré para que subiera, y me soltó para nadar.

Tosí agua helada, agarrándome a las rocas para no hundirme de nuevo. Colin hizo lo mismo a mi lado.

—Lo siento —finalmente logró decir—. Me perdí en ti y olvidé que estábamos en el agua. ¿Estás bien?

Asentí e intenté no reír, pero era demasiado divertido. Colin tosía y se ahogaba, y yo me reía y luego me ahogaba. Y flotamos al lado del estanque alternando entre ahogarnos y reírnos.

—¿Por qué nos estamos riendo? —preguntó finalmente Colin.

—Porque casi nos ahogamos tratando de besarnos.

Colin se rio y negó con la cabeza. —Me alegro de que te divierta. Me siento como un idiota.

Negué con la cabeza. —Es una buena historia para nuestro primer beso.

—¿Primer beso? Eso suena como si hubiera más de uno.

Me encogí de hombros. —Mientras no intentes ahogarme de nuevo, creo que podemos hablar de ello.

—Tierra firme —dijo.

Me reí. —Sí, la tierra firme es una buena idea. Pero aún no estoy lista para la tierra firme.

Me recosté en el agua y cerré los ojos. Era tranquilo, y no pude resistirme.

Después de un minuto, las manos de Colin rozaron las mías. Enganchó sus dedos con los míos y flotó conmigo.

No sé cuánto tiempo estuvimos acostados allí, con el sonido del agua chapoteando y la brisa fresca sobre nosotros. Casi me quedé dormida. Era relajante y pacífico. Dos cosas que no había sentido cuando estaba a solas con un hombre en muchos, muchos años.

—Estás temblando —dijo Colin, apretando mis dedos.

Abrí los ojos y lo encontré nadando a mi lado. Sus ojos estaban fijos en los míos, pero el tic en su mandíbula decía que estaba haciendo todo lo posible por mantenerlos allí. Pateé para ponerme vertical y recordé que llevaba un sujetador y unas bragas rosas. Pensé que eran bonitos cuando me los puse y me dieron un poco de confianza, pero no tenía ninguna duda de que eran completamente transparentes cuando estaban mojados.

Retiré mi mano de la suya y crucé los brazos sobre mi pecho. —Lo siento.

Negó con la cabeza. —No tienes que disculparte todo el tiempo. No hay nada por lo que debas disculparte ahora.

—Siento que estoy siendo una provocadora.

—¿Por qué?

Miré hacia abajo y vi mis pezones a través de la tela de mi sujetador. —Um, porque estoy prácticamente desnuda.

—No sabías que íbamos a venir aquí. No te dije que trajeras un traje de baño. Y no tengo ninguna expectativa de ti. Demonios, estoy tan poco preparado que ni siquiera tengo toallas para que nos sequemos.

Me reí con él. —Somos un desastre.

Se encogió de hombros. —Un hermoso desastre. —Sonrió —. Sin embargo, tus labios se están poniendo azules. Probablemente deberíamos intentar secarnos un poco. El sol todavía está caliente.

Asentí. —Tengo algo de frío. Quizás debería vestirme.

—Como quieras. No miraré. Demasiado.

Una risa sorprendida brotó de mí.

Colin sonrió y me guiñó un ojo. —Vamos, vamos a calentarte.

Nadamos hacia el borde y salimos. Temblé sin el agua que

me protegía de la brisa y me abracé a mí misma. Colin se impulsó y salió del agua con facilidad. Caminó hacia mí y frotó sus manos arriba y abajo por mis brazos.

La fricción me calentó y el calor entre nosotros casi me hizo querer saltar de nuevo al agua. Dio un paso más cerca, y incliné la cabeza hacia atrás para mirarlo. Él se inclinó, pidiendo silenciosamente mi permiso. Me levanté sobre las puntas de mis pies y lo encontré a medio camino.

Sentí el esfuerzo que hacía por contenerse, por dejarme tener el control. Quería explorarlo, aprender cosas sobre él. No solía besar mucho a mis aventuras de una noche. Si lo hacía, eran besos descuidados que llevaban a jadeos. Había pasado mucho tiempo desde que simplemente había besado a un hombre. Lo extrañaba incluso más que la compañía.

Construí nuestro beso lentamente esta vez, manteniendo mis labios cerrados por unos segundos antes de mordisquear la parte inferior de su mandíbula. Él gimió y apretó su agarre sobre mí, aflojándolo casi inmediatamente.

Me acerqué más y presioné mi cuerpo contra el suyo. Mis curvas le quedaban perfectamente, como si cada centímetro de él estuviera hecho para acunarme. Nunca había entendido lo que la gente quería decir cuando decía que encajaban con otra persona. Era tan aterrador como emocionante sentir que encajábamos.

Levanté mis labios a los suyos de nuevo y pasé mi lengua por sus labios. Su lengua salió y se deslizó contra la mía. Chupé su lengua en mi boca y lo atraje más hacia mí. Mi pulso se aceleró y mi respiración se convirtió en jadeos. Su erección se movió contra mi estómago. No empujó contra mí ni me empujó, simplemente se quedó allí y me dejó liderar.

Y eso era una sensación embriagadora.

Arrastré mis uñas por su pecho, rozando sus pezones. Gimió de nuevo, pero todavía no tomaba el control. Incliné la cabeza hacia el otro lado y metí mi lengua en su boca una y otra vez, pero él no trató de controlarme.

Cuando finalmente me aparté, él mantuvo los ojos cerrados por un largo momento. Lo estudié, desde las pecas oscuras en sus mejillas hasta la pequeña cicatriz cerca de su oreja derecha, hasta la forma en que su pulso latía en su garganta. Estaba tan loco como yo, pero era capaz de contenerse.

—¿Ya estás caliente? —preguntó cuando abrió los ojos.

Asentí.

—Estoy a punto de incendiarme.

Me reí, y él me atrajo y presionó su nariz contra mi cuello.

—Hueles increíble.

—Huelo a estanque.

—Me gustan los estanques. Y me gustas tú.

Sonreí. A mí también me gustaba él.

Nos vestimos en silencio, y cuando extendió su mano para tomar la mía para caminar de regreso, se la di sin pensarlo. Cuando llegamos al granero, me acompañó hasta mi auto y me agradeció por venir.

—Me divertí mucho —admití, casi sorprendida de que fuera cierto.

—¿Eso significa que podría tener una segunda cita?

Sonreí. —Tal vez. Si lo pides amablemente.

Se rio. —Te veré pronto, Elise.

—Adiós, Colin.

9

No quería contarle a nadie sobre mi cita con Colin, pero olvidé llamar a Laura esa noche, así que ella decidió hacerme pagar por ello en nuestra salida de chicas al día siguiente.

—Elise tuvo una cita ayer. Con un cierto y sexy fabricante de sirope —dijo Laura mientras se cortaba un trozo de tarta.

Era una tarta de queso arcoíris, algo que Trinity quería probar. Yo era débil ante las tartas de queso, lo que resultaba conveniente porque podía llenarme la boca y fingir que no podía hablar.

Desafortunadamente, Laura era libre de hablar por mí.

—Me envió su ubicación ayer, por si acaso, y luego olvidó decirme que él no la había matado ni enterrado su cuerpo en el bosque. Me asusté cuando no supe nada de ella y fui a su casa anoche. Pero estaba completamente bien —continuó Laura.

—No pasó nada —dije con la boca llena de tarta de queso. No podía enfrentar las miradas atónitas de mis amigas.

—Eso dijo también, pero no le creo. Tenía el pelo mojado y la ropa húmeda, como si hubiera llevado un bañador debajo. Sin embargo, seguía diciendo que no había pasado nada —dijo Laura.

—¿Tú y Colin? —preguntó Melody—. Sabía que harían buena pareja. Cuando os presenté, pensé que me iba a quemar con tanto calor.

—Recuerdo eso —dijo Trinity—. Fue igual que cuando lo vimos en O'Kelley's hace unas semanas. Colin es seriamente guapo, pero apenas me miró. Estaba demasiado ocupado devorándote con los ojos.

—No es cierto —protesté.

Trinity resopló.

—Ah, sí. Así era. Estaba totalmente interesado en ti. Y estoy bastante segura de que el sentimiento era mutuo. Y sigue siéndolo por lo que dice Laura.

—No pasó nada —repetí. No estaba lista para admitirlo todo aún. Ni siquiera a mis mejores amigas. Era demasiado pronto, demasiado intenso.

—¿Deberíamos preocuparnos? —preguntó Finley suavemente.

Mi mirada se dirigió a la suya. La profundidad de su temor estaba justo ahí en sus ojos, y me sentí culpable por ello. Sabía lo que me estaba preguntando.

—No. Fue dulce. Demasiado dulce. Me asusta lo mucho que me gusta. En algunos aspectos me recuerda a Andy, pero cuanto más tiempo paso con él, más me pregunto si es real —dije.

—¿Quién es Andy? —preguntó Melody después de unos segundos.

Todas las demás se quedaron quietas. Todas sabían quién era Andy. Incluso Trinity, que no conocía toda la historia, sabía quién era Andy. Me había acostumbrado a que todas entendieran que era mala noticia y que era una parte dolorosa de mi pasado de la que no me gustaba hablar.

Pero Melody no había estado con nosotras mucho

tiempo. Blake la trajo a nuestro grupo de amigas, y unos pocos meses no era tiempo suficiente para que ella supiera todo lo que nos había pasado a todas. Así que, hacía preguntas.

—Andy fue mi novio de la universidad —dije.

—¿Las cosas terminaron mal? —preguntó. Si hubiera sido cualquier otra persona, no habría dicho mucho, pero era Melody. No estaba siendo entrometida o polémica. Estaba tratando de saber más sobre mí, sobre todas nosotras.

—Andy era ayudante de profesor en una de mis clases. Acudí a él para que me ayudara con algunas tareas y terminó invitándome a salir. Empezamos a salir después de que terminara la clase, y eventualmente nos fuimos a vivir juntos. Me convenció para dejar de hablar con todos los que conocía en la universidad y distanciarme de mi familia. Una vez que me aisló, se volvió físicamente abusivo. Lo dejé, y también la universidad, después de que casi me matara una noche —expliqué.

Años de terapia me enseñaron a dar detalles cuando hablaba de Andy. Contárselo a alguien nuevo siempre era difícil, pero dar detalles y no compartir emociones me permitía casi fingir que le había sucedido a otra persona.

Me froté la garganta subconscientemente, sin darme cuenta de que lo estaba haciendo hasta que Melody preguntó:

—¿Estás bien?

Forcé una sonrisa y me recosté. Asentí y dije:

—Sí. Soy libre, y él nunca más se me acercará. Hago mis propias reglas y vivo mi vida para mí misma. Lo que significa no involucrarme más con hombres. No en serio, al menos. De vez en cuando, me siento... sola. Pero encuentro a alguien y me lo saco del sistema, y luego estoy bien de nuevo.

—Colin es un buen tipo —dijo Melody—. No es así.

Le sonreí.

—Nadie me creyó cuando admití lo que Andy hizo. Todos dijeron lo mismo sobre él. No fue hasta que otra estudiante se presentó y dijo que le había pasado lo mismo que alguien confió en mi historia. Las personas no siempre son quienes parecen. Y algunas personas son particularmente buenas ocultando su verdadero ser.

Melody abrió la boca para decir algo, pero Laura negó con la cabeza. Cuando Trinity se inclinó hacia adelante, todas nos giramos hacia ella.

—Mi madre estuvo en una relación abusiva. No con mi padre, sino con uno de sus novios después de que mi padre muriera. Trató de ocultármelo, pero yo era lo suficientemente mayor para saber que las cosas no estaban bien. Llamé a la policía una noche. Ella tenía miedo de hacerlo ella misma, pero estaba muy agradecida de que yo lo hiciera. Él era un hombre poderoso, y ella no creía que la gente le fuera a creer. Nos mudamos con mi abuela después de eso, y mi madre no ha vuelto a salir con nadie desde entonces. No es fácil. Incluso las buenas relaciones no son fáciles. Te doy mucho crédito por salir con Colin —La sonrisa de Trinity era triste y comprensiva. Odiaba que ella conociera cualquier parte de lo que yo había pasado. No le desearía abuso a nadie, ni como víctima ni como alguien que amaba a la víctima.

—Lo siento —dijo Laura—. No debería haber contado a todas sobre Colin.

Le sonreí y negué con la cabeza.

—No es tu culpa. Debería habérselo dicho a todas. Solo estoy muy confundida. Justo después de Andy, quería recuperarme a mí misma, así que lo borré con otros hombres. Cuando paré con eso, una parte de mí siente que dejé de vivir. He dejado que el miedo controle todo durante mucho tiempo. Perdí tanto de quién era cuando estaba con Andy, y es difícil recuperarlo todo.

—No todo volverá de golpe —dijo Trinity—. Hay

partes de mi madre que nunca volverán. Pero hay partes de ella que están volviendo. Tienes que decidir qué puedes manejar, y si no estás lista para salir con alguien, entonces no lo hagas. Si solo quieres cosas casuales, haz eso. Y si quieres contarnos todos los detalles sucios sobre lo que pasó con Colin, estamos todas listas para escuchar.

Una risa sorprendida salió de mí. Negué con la cabeza, pero las caras expectantes a mi alrededor me decían que podía confiar en ellas. No se irían a ninguna parte. Nunca me metería en una situación como la que tuve con Andy porque las increíbles mujeres que me rodeaban estarían ahí en cada paso del camino para sacarme si algo sucediera.

Tenía amor en mi vida, el tipo de amor que todos querían. Amor incondicional y para siempre. Porque tenía a las mejores amigas del mundo.

Así que les conté todos los detalles no tan sucios sobre Colin. Y supe que era la decisión correcta.

Trinity salió conmigo al final de la noche. Me preguntó si estaba bien.

Asentí.

—Estoy bien. ¿Cómo estás tú? —La respuesta fue automática.

Me estudió de cerca. Sus ojos marrones parecían poder ver dentro de mí. Me concentré en el resto de ella para no tener que encontrar su mirada. Sus oscuros rizos que enmarcaban su rostro. El ligero rubor en sus mejillas. La mancha rosa en los labios que llevaba la mayor parte del tiempo. Su top amarillo.

—Sabes que no me refería a eso —dijo, atrayendo mi atención—. ¿Cuánto tiempo hace que estuviste con Andy?

—Mucho tiempo. En la universidad. Lo dejé cuando tenía veintiún años. Hace ocho años.

—El tiempo solo puede curar hasta cierto punto. El ex de mi madre fue a la cárcel cuando yo era adolescente. Han pasado más de quince años, y mi madre sigue sin tener interés en salir con nadie.

Suspiré.

—No sé si alguna vez volveré a confiar plenamente en un hombre.

—Confiaste lo suficiente en Colin para salir con él a solas. Ser vulnerable.

Asentí y me coloqué el pelo detrás de la oreja.

—No estaba segura de poder hacerlo, pero sí.

—Yo no salí con nadie durante mucho tiempo después de eso —admitió Trinity.

Seguimos caminando más allá de nuestros coches hasta que llegamos a Catherine Park, lo que todas llamábamos la plaza. Estaba tranquilo para ser tarde un domingo, pero la tranquilidad era buena.

—¿Alguna vez él...?

Trinity negó con la cabeza.

—No. Creo que mi madre lo habría matado si hubiera intentado ponerme una mano encima, de cualquier manera. Se mantuvo alejado de mí.

—Pero aun así te afectó.

Trinity asintió.

—Así fue. Saber por lo que ella pasó, aunque estoy segura de que todavía no lo sé todo, realmente me molestaba. Cuando nos mudamos con mi abuela, mi madre se retiró a sí misma por un tiempo. Apenas salía de casa. Mi abuela fue quien me enseñó a hacer joyas. Nos volvimos muy cercanas.

—Es bueno que os tuvierais la una a la otra. Y que ambas estuvierais ahí para tu madre.

—¿Tú tenías a alguien? —preguntó Trinity.

Dudé por un segundo, luego negué con la cabeza.

—Él se aseguró de que estuviera sola. Mi prima y yo éramos muy cercanas, pero él la hizo sentir muy incómoda cuando vino a visitarnos. Cuando ella me preguntó al respecto, yo tomé su lado. No hemos sido cercanas desde entonces.

—¿Alguna vez se lo contaste?

Me reí.

—No. Nadie en mi familia lo sabe.

—¿Pero nos lo contaste a todas nosotras?

Asentí.

—Laura fue la primera en enterarse. Comencé a ver a una terapeuta de inmediato, y ella siempre me decía que necesitaba hablar con la gente, pero hasta que me asusté durante el sexo una noche, pensé que estaba bien. Laura tuvo que venir a buscarme, y después de eso me di cuenta de que necesitaba hablar con la gente. Creo que todas lo sabían, pero nadie hacía preguntas.

—Es así muchas veces.

Asentí.

—Cierto. Me llevó mucho tiempo admitir que me avergonzaba de ello. Me decía a mí misma que no era asunto de nadie más, pero me culpaba por no ser más fuerte. Pensaba que debería haberlo visto venir o haberlo detenido o haberlo dejado antes. Me decía a mí misma que yo tenía la culpa.

—Y ahora te dices a ti misma que la única manera de evitar que vuelva a suceder es no involucrarte.

—Bingo.

Trinity tomó mi mano y la apretó.

—Lo entiendo. Pero odio la idea de que alguien se pierda algo increíble por culpa de otra persona. El ex de mi madre le robó una parte de ella. No creo que ella la recupere jamás. Pero me dice que tuvo su gran amor. Tuvo a mi padre. Murió en un accidente de coche cuando yo tenía trece años, y eso destruyó a mi madre. Pero ella lo amaba. Ella no siente que le falte nada porque sabe lo que es el amor. Pero tú…

—Nunca he conocido realmente el amor —terminé por ella.

Trinity se encogió de hombros.

—Solo tú sabes si eso es cierto. Y solo tú sabes si quieres amor. Creo que todo comienza con que te guste alguien y darle una oportunidad. Hiciste eso con Colin, así que tal vez haya algo más ahí.

—O tal vez será una historia algún día.

Trinity sonrió.

—Una gran historia.

—O no.

—Pero no lo sabrás hasta que le des una oportunidad.

Gemí.

—¿Por qué tiene que ser tan difícil salir con alguien?

—Porque nada que valga la pena es fácil.

—Cierto.

Trinity y yo nos levantamos y volvimos a donde habíamos aparcado. Nos abrazamos y nos despedimos y le prometí que pensaría en ver a Colin otra vez.

Al crecer, creía en el amor. Que era algo que todos podían tener. Mis padres seguían locamente enamorados, y pensaba que el amor era algo que simplemente sucedía un día. Cuando conocí a Andy, pensé que él era el definitivo para mí.

Pero después de Andy, vi el amor más como en «Lo que el viento se llevó». Era una de las películas favoritas de mi madre. La veía todo el tiempo cuando yo era niña, y decía que sabía que Rhett y Scarlett acababan juntos eventualmente. Yo odiaba la película. Veía una relación tóxica desde el principio, una que los dejaba a ambos miserables y heridos. Pero después de Andy, me dije a mí misma que eso era realmente el amor. Para algunas personas, era hermoso y mágico, y para otras, era doloroso y trágico.

Definitivamente yo estaba en la segunda categoría. Y no estaba segura de estar destinada a estar en la primera.

La vida después de Andy significaba cuidarme a mí misma. Significaba tratar de recuperar quién era y quién debía ser. Significaba aceptar mi destino como mujer soltera para siempre. Estaba bien con eso. Disfrutaba del sexo, y lo tenía cuando lo quería, pero estaba bien con no tener nada más que eso. Me había vuelto buena apartando el deseo de algo más, y aunque salía a escondidas de vez en cuando, podía aplastarlo con sexo y seguir adelante.

Pero Colin... Colin era un peligro para eso. Me desnudé hasta quedar en ropa interior con él. Fui a nadar a un área desierta con él. Lo besé. Él me cuidó. Me hizo sentir segura. Me asustaba muchísimo.

No sabía cómo iba a manejar las cosas con él. Me gustaba, pero estaba rota. Las personas rotas no podían enamorarse. Mi corazón estaba dañado sin posibilidad de reparación, y si trataba de amar a alguien, mi corazón fracturado solo iba a dejar que todo el amor se escapara a través de las grietas.

Así que era mejor si no lo intentaba. Era mejor si lo que estaba pasando entre nosotros fuera casual. Tal vez podíamos tener algo casual por un tiempo. O solo una vez. Realmente éramos compatibles, y eso tenía que significar algo. ¿Verdad?

MIS PADRES QUERÍAN HACER otra cena familiar esa semana, así que fui directamente a su casa después del trabajo el martes. Estaba cansada, pero Chelsea no estaba disponible la última vez que mis padres nos invitaron a cenar, así que lo estábamos haciendo de nuevo.

Mi madre y la tía Cathy eran mejores amigas mientras crecían. Solo tenían dos años de diferencia, y aunque tuvieron su parte de peleas, siempre se tenían la una a la otra.

Chelsea y yo éramos similares. Éramos cercanas, y odiaba cuando Andy la alejó. Ella era mi mejor amiga en un momento. Estábamos trabajando para volver a eso, pero no era fácil. Chelsea mantenía la distancia a veces. Lo entendía. Nunca le expliqué por qué tomé el lado de Andy en su pelea. No estaba segura de que alguna vez lo haría.

Todos estaban allí cuando llegué. Entré y seguí mi nariz hasta la cocina. A mi madre siempre le encantó cocinar. Tenía el aspecto de una chef, rolliza y redonda con una sonrisa perpetua en su rostro. Mi padre tampoco era un hombre delgado. Tenía una barriga y unas mejillas que darían envidia a un bebé.

Al crecer, eran simplemente mis padres. Nunca los vi como personas con sobrepeso. Eran simplemente quienes eran. Yo me parecía a ellos con mi vientre redondo y mis senos grandes. Tenía las mejillas regordetas de mi padre y todo lo demás regordete de mi madre. Me encantaba parecerme a ellos.

Hasta que llegué a la secundaria. Los niños eran crueles en la secundaria. Me llamaron con nombres y me criticaron por cómo me veía. Traté de hacer dieta y parecerme a las chicas delgadas, pero nunca funcionó porque disfrutaba demasiado de la comida.

En la universidad, traté con más fuerza de hacer dieta ya que estaba lejos de la cocina de mi madre. Perdí un montón de peso, pero era miserable. Para mantener el peso fuera, tenía que contar calorías y hacer mucho ejercicio. Después de Andy, volví a casa y recuperé la mayor parte del peso. Nunca fui delgada, pero una vez que gané peso de nuevo, fui más feliz.

Al entrar en la cocina con toda mi familia alrededor, me sentí como la persona que se suponía que debía ser. Todos éramos un poco demasiado redondos y un poco demasiado ruidosos. Estábamos hechos para ser así, y me encantaba. Me sentía cómoda en mi cuerpo otra vez. Y me encantaba poder comer la comida de mi madre sin sentirme culpable porque la vida era mejor cuando la disfrutabas.

—Hola, mamá —dije, acercándome para darle un abrazo.

—Oh, Elise, tienes que oír esto. Cathy nos estaba contando sobre la nueva granja de arce. Suena maravillosa. Deberías ir allí —dijo mamá. Me apartó el pelo hacia atrás, me lo colocó detrás de la oreja y me sonrió.

Le devolví la sonrisa.

—He estado allí. Es hermosa.

—¿Cuándo fuiste? Yo estuve allí el sábado —dijo la tía Cathy.

—Yo también, pero tarde. Y estuve en la gran reapertura. El nuevo propietario es amigo de una amiga —expliqué. Pasé junto a mi madre para abrazar a la tía Cathy, luego seguí hasta que estuve junto a Chelsea—. Hola, prima.

—Hola —dijo Chelsea—. ¿Cómo estás?

—Bien. Ocupada. Ya sabes cómo es.

Chelsea era estilista. Quería quedarse en Cala MacKellar, así que tomó un trabajo con Debby, la estilista residente. Debby había estado en la misma tienda para siempre. Sus estilos estaban anticuados y también lo estaba la decoración de la tienda, pero Debby era una institución en Cala MacKellar. Creo que estuvo presente cuando se fundó el pueblo.

—Las cosas están ocupadas. Debby no está encantada con mi trabajo porque estoy tratando de hacer cosas que la gente de este siglo quiere. Desearía poder abrir mi propia tienda.

—¿Por qué no puedes? —pregunté.

—Ya estoy trabajando demasiadas horas. Y me sentiría culpable por sacarla del negocio —dijo Chelsea. El cabello castaño de Chelsea estaba en una gruesa trenza por el centro de su espalda. Lo mantenía recogido cuando trabajaba, pero cuando lo soltaba, caía en ondas sueltas que había envidiado toda mi vida.

—¿Qué te pareció la granja? —preguntó la tía Cathy, devolviendo la conversación a donde había comenzado.

—Es hermosa. Me alegro de que Colin la haya reabierto. Está haciendo un gran trabajo —dije.

Mi madre dejó de remover la salsa y me miró con la boca bien abierta.

—¿Qué?

—Elise McKenna Webber. ¿Tienes un flechazo con ese hombre?

Puse los ojos en blanco y me reí, rezando para que el ardor en mis mejillas no fuera visible.

—Claro que no. Apenas lo conozco.

Mamá entrecerró los ojos hacia mí.

—Suenas como si lo conocieras bastante bien.

Me reí.

—Mamá, tu reloj biológico de abuela está sonando demasiado fuerte. No estás oyendo bien. Solo he conocido a Colin unas pocas veces.

—¿Y sin embargo estás en términos de primer nombre con él? —intervino la tía Cathy.

Miré a Chelsea en busca de ayuda, pero ella solo se encogió de hombros.

—Ya te lo dije. Es amigo de una amiga. ¿Se supone que debo llamarlo Sr. Jones? Es diez años mayor que yo, no treinta.

—¿Cómo sabes qué edad tiene? —preguntó mamá.

—Yo, um, bueno, se lo pregunté —confesé.

—¿Se lo preguntaste? Eso definitivamente suena a que lo conoces mejor que solo como amigo de una amiga. ¿Me estás ocultando algo? ¿Estás saliendo con ese hombre?

—No —dije firmemente.

—Oh, Elise, deberías haberlo invitado a cenar. Podríamos haber puesto otro cubierto. ¿Por qué no lo llamas ahora mismo?

—No, mamá. No voy a llamarlo porque no estamos saliendo. Estamos hablando, pero apenas nos conocemos —expliqué.

Tan pronto como las palabras salieron, supe que fue un error. Ella se aferró a ellas y me preguntó todo lo que quería saber sobre Colin, y sobre nosotros. La tía Cathy también se unió.

No importaba cuántas veces les dijera que no nos conocíamos bien, estaban convencidas de que me iba a casar con él y tener a sus hijos.

Estaba tan jodida.

10

COLIN

Socializar nunca fue mi fuerte. Siempre me sentí demasiado viejo, lo que significaba que no podía relacionarme con gente de mi edad. Mientras miraba de frente a los cuarenta, me sentía como si fuera demasiado joven. No es que fuera joven, pero las personas de mi edad tenían hijos acercándose a la adolescencia, y yo seguía soltero y sin hijos.

No era una buena captura. Era el tipo que hacía que todos se preguntaran qué me pasaba.

La mayor parte del tiempo no me molestaba, pero cuando estaba sentado en un taburete en O'Kelley's con Ramsey y sus amigos, hablando sobre sus vidas, me encontraba preguntándome qué estaba mal conmigo.

—Amber está tan lista para que llegue el verano. No creo que se dé cuenta, pero creo que extrañó a Melody durante todo el año —dijo Ramsey.

Ian, un constructor de barcos y prometido de una de las amigas de Melody y Elise, dijo:

—Apuesto a que Melody también la extrañó.

Ramsey asintió.

—Se mantiene ocupada con su nuevo negocio, sin embargo. Le encanta crear paquetes de fiesta para padres ocupados. Se emocionó tanto la semana pasada porque recibió un pedido de Wyoming. Es lo más lejos que ha tenido que enviar una caja hasta ahora.

—Muy genial —dijo Ian—. Es emocionante saber que estás llegando a nuevas personas.

—¿Y tú? —preguntó Ramsey, volviéndose hacia mí—. ¿Cómo van las cosas contigo?

—Bien —dije—. Todo está bien.

Ramsey entrecerró los ojos.

—¿Qué está pasando?

—Nada, ¿por qué?

—Porque suenas extraño.

—Está persiguiendo a Elise —dijo Hudson, apoyando su cadera en el otro lado de la barra—. Supongo que no quiere que ustedes lo sepan.

—¿Melody tenía razón sobre ustedes dos? —preguntó Ramsey, intercambiando una mirada con Hudson, y luego con Ian.

—Solo estamos hablando.

—Se emparejaron en esa aplicación —comentó Hudson.

—Tío, ¿tienes que contarles todo? —pregunté.

Se encogió de hombros y negó con la cabeza.

—No, si tú quieres hacerlo.

Ramsey bufó.

—Hud, déjalo en paz. Si no quiere nuestra ayuda, no tiene por qué aceptarla.

—¿Ayuda con qué?

—Con Elise —dijo Ian—. Ella es difícil.

—¿Por qué dices eso?

Ian se encogió de hombros.

—Siempre está observando, absorbiendo el mundo que la rodea. No es malo, pero rara vez se involucra demasiado. Prefiere estar en el exterior.

—¿En serio?

—Sí —dijo Hudson—. Encuentra su felicidad donde puede, pero si no eres tú, aléjate. La he visto derribar a varios hombres.

—Pero es buena persona, ¿verdad?

—Sin duda —dijo Ramsey—. Es leal, amable y protectora. También creo que está asustada y herida. Acércate con precaución.

—Ya he aprendido esa lección —dije.

—¿Te pateó el trasero? —preguntó Hudson.

Negué con la cabeza.

—Fuimos a nadar.

Ramsey, Ian y Hudson intercambiaron sonrisas sucias.

—Bien.

—Cállense —dije, tratando de ocultar mi sonrisa—. No pasó nada.

—Aw, mira. Está sonrojándose. Es tan lindo —dijo Ramsey.

—Que te jodan —dije, con las mejillas ardiendo más.

—Es adorable —añadió Ian.

Negué con la cabeza. Cualquier cosa que dijera iba a empeorar las cosas.

—En serio —dijo Hudson—, ten cuidado con ella. Si la jodes, nosotros te joderemos a ti.

Miré a los tres hombres a mi alrededor a los ojos y asentí.

—No esperaría menos.

Todos asintieron.

—Entonces, ¿te gusta? —preguntó Ian.

Me encogí de hombros.

—Lo que conozco de ella, sí. Es hermosa. Y divertida e

inteligente. Y cuando sonríe, todo el mundo es un poco mejor.

—Vaya —dijo Ian—. Está perdido.

—Sí —concordó Ramsey, levantando su cerveza en un brindis—. Bienvenido al club.

—Me voy —dijo Hudson, alejándose.

—¿Qué club? —pregunté.

—¿Siquiera quiero saber qué tipo de club tienen? —preguntó otro tipo desde mi lado. Se deslizó en el taburete a mi derecha y extendió su mano—. Soy James.

—Colin.

—¿Qué tipo de club es este?

—El tipo donde los únicos hombres permitidos son los que están dominados —dijo Hudson, deslizando una cerveza frente a James.

—Oh, olvídenlo. No voy a atarme. Ser soltero es mucho mejor. ¿Verdad, Hud?

Hudson miró fijamente a James por un minuto, luego se alejó. Ramsey se estiró detrás de mí y le dio una palmada en la cabeza a James.

—Ay, maldita sea. No lo quise decir así —dijo James.

—¿Entonces cómo lo quisiste decir? —preguntó Ian.

—Soy solo un idiota —dijo James, negando con la cabeza.

Miré a Ramsey buscando una aclaración.

—La esposa de Hudson murió hace unos años.

—Mierda —me giré hacia James—. Auch.

James hizo una mueca y asintió.

—Sí, soy un imbécil.

—Desconsiderado —dijo Ramsey—. Le debes una disculpa. Sabes cómo es.

James refunfuñó pero se deslizó de su taburete y siguió a Hudson por el pasillo trasero con los hombros caídos.

—James es policía. Él y Hudson son buenos amigos.

Hudson sabe que no estaba siendo intencionalmente un idiota, pero Hud también es sensible respecto a Hillary —explicó Ramsey.

—Puedo entenderlo. Nunca he estado casado, pero me gustaría pensar que si lo estuviera, sentiría lo mismo si ella muriera —dije.

Mi padre ciertamente se sintió así. Le destrozó cuando perdimos a mi madre. Apenas podía funcionar al principio. Fue solo cuando nos mudamos de Cala MacKellar que papá comenzó a volver a ser él mismo.

—Ni siquiera puedo pensar en perder a Blake —dijo Ian. Negó con la cabeza—. Esperé demasiado tiempo para estar con ella. Perderla no es una opción.

—Nunca es una opción —dijo Ramsey—. He tenido años con Melody y perderla durante unos meses fue lo peor que he experimentado en mi vida. Nunca voy a dejar que algo así vuelva a suceder.

Los escuché hablar sobre las mujeres que amaban y me pregunté si alguna vez me sentiría así. Las mujeres con las que salí en el pasado eran mujeres que me importaban, pero ninguna de ellas despertó esa misma pasión. Cuando las cosas terminaban, simplemente terminaban. No íbamos y veníamos, debatiendo si era lo correcto. Terminábamos. Incluso las relaciones que eran más serias simplemente terminaban, y ambos seguíamos adelante.

Con Elise, no estaba ahí. Sí, me gustaba. Y esperaba que nos conociéramos mejor, pero seguiría adelante si nada salía de esto.

Pero mi pecho dolía ante la idea. No quería seguir adelante todavía. Quería saber si algo podía pasar entre nosotros. La quería... a ella. Era así de simple. Quería a Elise.

Y estaba bastante seguro de que ella también me quería a mí.

ACABABA de sentarme para una cena solitaria la noche siguiente cuando sonó mi teléfono. Como solo conocía a una persona que llamaba en vez de enviar mensajes de texto, contesté sin mirar.

—Hola, papá —dije.

—¡Colin! —resonó la voz de mi padre a través del teléfono—. ¿Cómo estás?

—Estoy bien. Ocupado, pero bien. ¿Y tú?

—Más o menos igual. Ya sabes cómo va. ¿Cómo está la granja?

Sonreí. Papá siempre preguntaba por la granja. Sabía que la extrañaba. Marcharse fue una decisión difícil, una que siempre cuestionaba.

—La granja está bien. Ya terminó la temporada de savia ya que las noches no bajan a temperaturas de congelación. Estamos procesando todo. La tienda está yendo bien. Todo está bien —le dije.

Mi padre era un hombre de negocios. Le gustaba hablar de negocios. Las emociones también eran una opción, pero prefería hablar de cosas que no tiraran demasiado fuerte de él.

—Eso es bueno. Parece que estás en el camino correcto.

Asentí.

—Eso espero. Nicky ha sido de gran ayuda. No creo que pudiera haber hecho todo esto sin él.

—Siempre fue así. Todavía recuerdo cuando empezó allí. Era gracioso y amaba tanto a mi madre. Me alegré cuando finalmente estuvieron juntos.

—¿Sabías de eso? —solté de repente.

Papá se rió.

—Sí. Nunca les dije que lo sabía, sin embargo. Ma quería mantener su relación en secreto. No me correspondía saber por qué. Siempre pensé que el amor debería celebrarse. Eso es lo que tu madre me enseñó. Pero no todos ven el amor de la misma manera. Algunos lo ven como una trampa en lugar de un lugar donde puedes ser libre para ser tú mismo. Si no te sientes así cuando estás con la persona que amas, no creo que realmente sea amor.

Asentí. Últimamente había estado recibiendo muchos consejos no intencionados sobre relaciones. Sopesé todo ello con respecto a Elise, lo que probablemente no era justo para ella. Solo habíamos tenido una cita. Fue una gran cita, pero solo una. No estábamos en una relación. Apenas estábamos saliendo. Pero pensaba en ella primero cuando pensaba en alguien con quien quería pasar el tiempo.

—Oye, papá, ¿quieres venir a visitarme alguna vez? Venir a la granja, tal vez quedarte un tiempo.

Él tomó una respiración entrecortada.

—Oh, eh, no lo sé, hijo. Amaba ese lugar, pero mis recuerdos están tan confusos a estas alturas. Todo lo que recuerdo de la granja está ligado a tu madre. Y sin ella, o sin tu abuela allí, no sé si puedo hacerlo.

—Está bien —dije, aunque estaba decepcionado. Lo entendía. Pero esperaba que viniera.

Papá suspiró.

—Lo pensaré.

—No, papá, lo entiendo. Es demasiado doloroso venir aquí.

—Lo sería, pero he estado escondiendo ese dolor durante años. Tal vez sea hora de dejar de esconderse y sentirlo. Amaba a tu madre, y todavía la amo. Ella era mi mundo. Y cuando murió, supe que nunca volvería a ser el mismo. He intentado lo mejor que puedo ser un buen padre para ti, pero te estoy fallando ahora mismo.

—No, no lo estás. Te estás cuidando a ti mismo. Lo entiendo, papá. Necesitas cuidarte.

—No a costa tuya. Dejar la granja fue una decisión difícil para mí porque sabía que te encantaba. Ma me dijo que alejarte sería malo, pero ella no entendía. Estaba perdiendo pedazos de mí mismo cada día. Tu madre estaba ahí, en cada centímetro de ese lugar. La veía en todas partes donde iba. Y quedarme allí me hacía sentir como si la estuviera perdiendo cada minuto de cada día. Me dolía estar allí. Me puse a mí mismo por encima de ti entonces, y todavía lo estoy haciendo.

—Está bien, papá. De verdad. Solo pensé que tal vez querías ver el lugar.

—¿Has estado en el viejo estanque para nadar? —preguntó papá.

Me sorprendió el cambio de tema, pero lo seguí.

—Eh, sí. Estuve allí el fin de semana pasado.

—Ahí es donde me enamoré de tu madre. La llevé allí en una cita, y flotamos en el agua y hablamos. Siempre se sintió como si pudiéramos decir o hacer cualquier cosa cuando estábamos allí. Fue donde decidimos que queríamos casarnos y formar una familia. Fue donde hablamos de todo.

Mi garganta se hinchó por la emoción cruda en su voz. Yo quería eso. No el dolor que venía con la pérdida, sino la alegría que venía con el amor.

Pensé en Elise de nuevo y el tiempo que pasamos en el estanque. El lugar realmente era mágico. No hablamos mucho, pero tampoco mantuvimos la distancia. El agua nos permitió relajarnos y ser nosotros mismos.

Ella era hermosa flotando en el estanque. Su cabello se extendía a su alrededor como una corona rosa. Sus ojos cerrados y toda ella relajada. Su cuerpo me tentaba y me hacía difícil respirar. Sus pezones duros presionaban contra la tela transparente de su sujetador y me rogaban que la tocara.

Pero no podía. Quería hacerlo, pero no violaría su

confianza. No sabía qué había pasado en su pasado, pero definitivamente no era una persona que confiara fácilmente. Necesitaba garantías.

—Creo que quiero volver al estanque —dijo papá después de un minuto—. Solo pensar en ello me hace querer ir allí. Siento que tu madre está allí.

Espero que no, pensé. Si ella estaba allí, tuvo un espectáculo el fin de semana pasado.

—Deberías venir, papá. Cuando quieras.

—Lo haré —dijo—. Miraré mi agenda y te lo haré saber pronto. Y tal vez cuando esté allí, puedas presentarme a la mujer en la que estás pensando ahora mismo.

—¿Qué? —solté, sabiendo que esa palabra sorprendida era toda la confirmación que papá necesitaba.

Se rio.

—Sí, podía oírlo en tu voz. También empezaste a enamorarte en el estanque. O tal vez fue solo lujuria. Fuera lo que fuera, si la llevaste allí, sé que es especial.

—Sí, lo es —admití.

—Bien. Ahora tengo dos razones para visitar.

Negué con la cabeza. Él siempre tuvo la capacidad de saber lo que estaba pensando. Cuando era adolescente, era decididamente frustrante, pero como adulto, solo deseaba tener la misma capacidad.

Hablamos unos minutos más y luego colgamos. Recalenté mi cena y me senté de nuevo. Encontré una película que había querido ver y me dejé llevar por la historia. Antes de darme cuenta, la película había terminado, la cena se había acabado y me estaba quedando dormido.

Pasaron unos días y no supe nada de Elise. No estaba seguro si ella se pondría en contacto, pero quería verla de nuevo.

Era demasiado viejo para juegos, y había aprendido que ser directo siempre era la mejor manera de ser con las personas.

COSAS DULCES

¿Has pensado más en dejarme invitarte a cenar?

La aplicación te notificaba cuando había un mensaje esperando, así que esperaba que Elise lo viera y respondiera, pero no esperaba que fuera rápido.

Mi teléfono sonó un minuto después con una notificación de En Busca del Galán de Papel, y sonreí.

CAPITANA

Tengo un poco de hambre.

COSAS DULCES

¿Se te ocurre algo?

CAPITANA

Planeaba quedarme en casa esta noche.

Estaba más que un poco decepcionado, pero entendía.

COSAS DULCES

¿Tal vez la próxima vez?

CAPITANA

¿Te rindes tan fácilmente?

COSAS DULCES

Para nada. Pero no quiero cambiar tus planes.

CAPITANA

Dime algo que nadie más sepa.

COSAS DULCES

Tienes un gran corazón.

CAPITANA

Me refería a algo sobre ti.

Me reí. Casi podía oírla poner los ojos en blanco.

COSAS DULCES

No puedo dejar de pensar en ti. Mi padre
quiere conocerte.

CAPITANA

¿Le hablaste a tu padre de mí?

COSAS DULCES

Estábamos hablando y captó algo.

CAPITANA

¿Qué dijiste?

COSAS DULCES

Le dije que nos estábamos conociendo.

CAPITANA

¿Eso es todo? ¿Qué captó?

Tomé un respiro y me recordé que las mujeres debían ser cautelosas. Si no lo fueran, me decepcionaría. No todos los hombres eran buenos, y una mujer necesitaba saber que estaba bien.

COSAS DULCES

Invité a mi padre a la granja. No ha estado
aquí desde que yo era un niño. Me preguntó
por el estanque, donde fuimos, y cuando
estábamos hablando, yo estaba pensando
en ti. Él lo notó. Es muy perceptivo.

CAPITANA

¿Qué le dijiste sobre mí?

COSAS DULCES

> Que quiero casarme contigo y mudarte a la granja inmediatamente para poder dejarte embarazada lo más rápido posible.

Sonreí tan pronto como presioné enviar, luego comencé a escribir de nuevo.

COSAS DULCES

> Es broma. Le dije que nos estábamos conociendo y que eres especial. No soy el tipo de persona que se apresura en las cosas.

CAPITANA

Lo siento. No debería estar tan asustada por esto. Mi familia sabe de ti.

COSAS DULCES

> ¿Oh, en serio? ¿Estás hablando de mí?

CAPITANA

No, pero parece que mi madre tiene los mismos poderes de percepción que tu padre. Mi tía mencionó tu granja, y le dije a mi madre que había estado allí. Ella me presionó para obtener información y descubrió que no era solo una clienta.

Sonreí mientras leía su última línea. No, definitivamente no era solo una clienta. No para mí.

CAPITANA

No quería que sonara como sonó. Soy una clienta, pero estamos hablando. ¿Sabes a lo que me refiero?

COSAS DULCES

> Absolutamente. Quieres decir que quieres verme desnuda.

CAPITANA

¡Nunca dije eso!

COSAS DULCES

No tenías que hacerlo. Tengo el mismo poder
de percepción. Te mueres por verme
desnuda.

CAPITANA

Dios mío, nunca dije eso.

COSAS DULCES

Tal vez no, pero lo estabas pensando. Está
bien. Sé que soy imposible de resistir.

CAPITANA

Y tan humilde.

COSAS DULCES

Pero te hice reír. Dios, desearía poder oír tu
risa ahora mismo.

Todavía estaba mirando mi teléfono cuando sonó. El
nombre de Elise estaba en la pantalla. Había olvidado que
ella guardó su número en mi teléfono.

—¿Hola?

—Eres incorregible —dijo con una risita.

Me reí y me acomodé en mi silla.

—Lo soy, pero lo encuentras dulce.

—No sé si es así —dijo.

—Oh, creo que sí lo sabes. Creo que me encuentras
adorable y dulce y no puedes tener suficiente.

—Vaya. Continúas asombrándome.

—¿Mi deslumbrante ingenio?

—No, estaba pensando en tu desvergonzada confianza.

Solté una carcajada y negué con la cabeza.

—Si solo supieras lo poco confiado que me siento
hablando contigo, no dirías eso.

—¿Por qué? —preguntó, su voz cambiando, bajando.

Igualé mi tono al suyo.

—No he salido mucho. Algunas mujeres, pero no soy un mujeriego. La mayoría de las mujeres con las que he estado involucrado no han entendido las exigencias que mi horario impone a mi tiempo. Y sé que eso es principalmente mi culpa. Nunca he hecho que ninguna de ellas sea una prioridad.

—¿Por qué no?

Me encogí de hombros.

—Sabía que no duraría. Con todas ellas, sabía que terminaría en algún momento, y no estaba dispuesto a renunciar a lo que amaba por una mujer que no estaría allí para siempre.

—¿Nunca has estado enamorado? —preguntó en voz baja.

—No. No en el sentido más verdadero. He pensado que lo estaba. He querido estarlo. He dicho las palabras. Pero en todas esas situaciones, el trabajo fue lo primero al final. Si alguna de esas mujeres hubieran sido las correctas, ese no habría sido el caso.

—Eso parece muy perspicaz.

Exhalé una risa.

—Mis padres se amaban. Tanto que cuando mi madre murió, mi padre dejó el único hogar que había conocido porque era demasiado doloroso recordarla todos los días. Nunca volvió a salir con nadie. Todavía ama a mi madre. Tenían el tipo de amor con el que la gente solo sueña, el tipo de amor que la mayoría de nosotros no cree que exista porque es raro. Tal vez habría cambiado si mi madre no hubiera muerto, pero eso no era lo que estaba destinado a ser. Mi padre me dijo recientemente que el amor debería permitirte ser la versión más verdadera de ti mismo. Que si no puedes ser quien quieres ser con la persona que amas, entonces realmente no la amas. Siempre traté de ser alguien más con las mujeres con las que salí. Así es como sé que no era amor verdadero.

—Eso es a la vez lo más hermoso y lo más triste que he escuchado.

Me reí entre dientes.

—Sí, realmente lo es.

Seguimos hablando durante horas, compartiendo historias sobre nuestras familias y creciendo. Hablamos sobre trabajo, amigos y la vida en general. Y cuando finalmente colgamos, me di cuenta de que no le oculté nada. Simplemente era yo hablando con Elise.

Pero no estaba dispuesto a admitir lo que eso significaba todavía.

11

ELISE

Estaba casi en la puerta cuando Walter me preguntó si podía hablar conmigo. Estaba hablando con alguien más, así que esperé a un lado e intenté no escuchar a escondidas su conversación.

—Gracias, Elise —dijo cuando se unió a mí—. Entraste a mediodía hoy, ¿verdad?

Asentí. —Sí, ¿por qué? ¿Necesitas que me quede?

Suspiró. —Sí. Si puedes. Si tienes algo que hacer, puedo pedírselo a alguien más, pero...

—Está bien —dije—. No tengo planes.

Los planes no incluían revisar mi teléfono y esperar tener un nuevo mensaje de Colin. Habían pasado dos días desde que hablamos, y tenía que admitir que esperaba tener noticias suyas desde entonces.

Trabajar unas horas extra me ayudaría a distraerme de Colin y a recordar que era una mujer fuerte y que no necesitaba que un hombre diera el primer paso. Solo tenía que encontrar el valor para contactarlo.

—Gracias —suspiró Walter—. Realmente lo aprecio. Será de gran ayuda. Tuvimos una reserva de último minuto para una cena privada en crucero. Estoy resolviendo todos los detalles, pero el tipo quiere proponer matrimonio.

Contuve un gemido y forcé una sonrisa. Odiaba los cruceros de compromiso. No es que no quisiera que la gente fuera feliz, pero odiaba presenciar el amor de manera tan intensa. Era como entrometerme en un momento personal para algunos, y para otros, solo me recordaba que nunca tendría lo que ellos tenían.

—¿A qué hora? —pregunté.

—Partimos a las siete. Es un crucero de dos horas. ¿Estás segura de que puedes hacerlo?

Asentí. —Por supuesto. Primero voy a cenar algo. Así no estaré robando comida de sus platos cuando no estén mirando.

Walter se rio y metió la mano en su bolsillo. Sacó su cartera y la abrió. —Ya que te estoy haciendo trabajar, déjame invitarte la cena.

Negué con la cabeza y sonreí. —Está bien. Creo que sé dónde puedo conseguir una cena gratis.

Walter me miró pero no insistió. Me saludó con la mano mientras me alejaba, sacando mi teléfono mientras caminaba hacia mi auto.

CAPITANA

¿Todavía quieres comprarme la cena?

Su respuesta fue casi inmediata.

COSAS DULCES

Absolutamente.

CAPITANA

Bien. Estoy hambrienta y con prisa. ¿Nos vemos en O'Kelley's?

COSAS DULCES

Estaré allí en diez minutos.

CAPITANA

Pediré sin ti. ¿Quieres que pida algo para ti?

COSAS DULCES

Claro, lo que tú pidas está bien. Gracias. En
camino.

CAPITANA

Nos vemos pronto.

Guardé mi teléfono y sonreí. No dijo que no, y no dijo
que estaba ocupado. Me contó la otra noche que sus relaciones anteriores habían terminado porque estaba más interesado en el trabajo que en la mujer con la que salía. Aún no
había hecho eso conmigo.

Conduje hasta Cala MacKellar y encontré un lugar justo
afuera de O'Kelley's. Sabía que Hudson haría mi pedido de
inmediato para que pudiera volver al barco a tiempo, pero
también era mi lugar seguro. No me preocupaba por nada
cuando estaba allí.

Hudson estaba detrás de la barra como siempre. Esperó
hasta que me senté para preguntarme qué iba a beber.

—Solo agua —dije—. Pero también necesito comida. Dos
hamburguesas, completas. Dos órdenes de papas fritas. ¿Y
tienes algún postre?

Me dio una mirada que decía que ya sabía la respuesta
a eso.

Me encogí de hombros. —Tal vez si sigo preguntando, lo
agregarás al menú.

—Y tal vez me saldrán alas y aprenderé a volar. ¿Quién
viene en camino?

—Colin —dije sin pensar.

Hudson sonrió. —¿El chico del jarabe? ¿Al que le diste
calabazas hace unas semanas? ¿Le estás dando otra oportunidad?

Suspiré e incliné la cabeza hacia él. —No le di calabazas. Solo...

—¿Lo dejaste plantado?

—Es complicado.

—Siempre lo es contigo. ¿Quieres descomplicarlo? —preguntó con un brillo que me hizo pensar que sabía más de lo que dejaba ver.

Negué con la cabeza. —No hasta que hagas ese pedido. Necesito estar de vuelta en los muelles en treinta minutos, y estoy muerta de hambre.

Hudson mantuvo mi mirada unos segundos más. Le di una sonrisa deslumbrante hasta que se dio la vuelta y se alejó. Con suerte, Colin llegaría antes de que Hudson regresara y no tendría que explicarle nada.

La suerte definitivamente estaba de mi lado. Colin se deslizó en el taburete junto a mí tan pronto como Hudson desapareció de la vista.

—Hola —dijo.

—Hola. —Esperé a que se inclinara y tratara de besarme o algo, pero no lo hizo. No pensaba que estuviéramos en ese punto todavía, pero me decepcionó un poco que no lo hiciera.

—¿Vas a volver al trabajo después de esto?

Asentí. —Tenemos un crucero de compromiso al atardecer a las siete. Se reservó a última hora, y mi jefe me pidió que me encargara.

—Eso debería ser divertido.

Resoplé.

—¿O no?

Me reí. —Está bien. Es solo que... soy cínica.

—¿Tú? No. Nunca lo habría adivinado.

Me reí con él. —No tengo el mejor historial con las relaciones.

—¿Cuántas has tenido? —preguntó.

Dudé en contarle algo, pero yo había iniciado la conversación. —Una relación seria. No fue buena.

—Por eso —dijo Colin simplemente—. Una sola relación tiene pocas probabilidades de ser buena. No puedes esperar acertar a la primera. Casi nadie lo hace.

Sonreí y asentí, esperando que no me hiciera otra pregunta sobre mi relación pasada.

—Colin —dijo Hudson, extendiendo la mano para estrechar la suya—. Qué bueno verte.

—Igualmente. Elise, ¿ya ordenaste? —preguntó Colin.

—Sí lo hizo. La comida debería estar lista en unos minutos. ¿Puedo traerte algo de beber?

—Agua para mí —dijo Colin—. Ha sido un día largo.

—Lamento haberte alejado del trabajo —dije.

Me miró y sonrió. —No me importó en absoluto. Cenar contigo es mejor que trabajar cualquier día.

Sus palabras me reconfortaron más de lo que lo habría hecho un intento a medias de un beso. Sabía lo que estaba diciendo, y me gustaba. Mucho.

—Gracias.

Colin sonrió y mantuvo mi mirada por un largo momento. Hudson y el resto del bar desaparecieron.

—¿Hasta qué hora tienes que trabajar esta noche? —preguntó Colin.

—Deberíamos terminar alrededor de las nueve. Tal vez un poco más tarde.

—Asegúrate de que alguien te acompañe al estacionamiento —dijo Colin. Su voz estaba tensa y rígida.

Asentí. —Siempre lo hago. Somos tres en viajes como este, y nos cuidamos mutuamente. Sé que Cala MacKellar es un pueblo pequeño, pero debemos ser cuidadosos.

—Bien. Odiaría que te pasara algo.

Sonreí y miré hacia otro lado. Si él supiera.

—¿Cuándo me vas a dejar invitarte a salir sin tener que

irte corriendo después de comprarte una comida? —preguntó Colin, con un tono juguetón en su voz.

Me encogí de hombros. —No lo sé. Las comidas gratis son bastante útiles.

—Ajá. Creo que disfruté más nadar. Y hablar por teléfono.

¿Me imaginé que su voz bajaba así? ¿Se acercó más? ¿O fui yo?

Aclaré mi garganta. —Um, sí. Yo también.

Colin sonrió. —Por supuesto, aprovecharé cualquier oportunidad para pasar tiempo contigo, aunque solo sea para que puedas conseguir una comida gratis.

Me reí. Ambos sabíamos que no se trataba solo de la comida gratis. Había mucho más que eso. Él fue la primera y única persona a la que llamé.

—Hola —dijo alguien justo detrás de mí.

Me volví. Finley. —Hola, Fin. ¿Qué haces aquí?

—Iba a preguntarte lo mismo. Rissa y yo íbamos a cenar algo. Le dije que la vería aquí. No sabía que estarías aquí. ¿Quieres unirte a nosotras?

Miré a Colin. Estaba bebiendo su agua como si no tuviera ninguna preocupación en el mundo. Por su aspecto, era como si no hubiéramos estado en medio de una conversación. Éramos solo dos personas que casualmente estábamos sentadas una al lado de la otra.

Me estaba dejando a mí decirle algo a mi amiga. Vaya.

—En realidad, estoy aquí con Colin. No sé si se han conocido, pero Finley, este es Colin Jones. Colin, Finley Jameson. Ella es la dueña de Novios Literarios Ilimitados.

—¿La diseñadora de la aplicación? —preguntó Colin.

Finley negó con la cabeza. —No, soy dueña de la librería. La aplicación fue desarrollada por mi compañera de piso. Ella es el genio tecnológico.

—Oh, lo siento. No me di cuenta —dijo Colin, extendiendo su mano a Finley—. Es un placer conocerte.

—Igualmente, Colin.

Hudson se acercó con nuestra comida, distrayendo a Colin por unos segundos. Finley sonrió y me dio una mirada de ojos abiertos que decía que definitivamente lo aprobaba. Puse los ojos en blanco en respuesta, pero ella batió sus pestañas hacia mí.

—Oh, veo a Karissa —dijo Finley—. Voy a unirme a ella. Fue muy agradable conocerte finalmente, Colin. Espero llegar a conocerte mejor.

—Eh, tú también, Finley —dijo Colin. Sus cejas se juntaron en una pregunta. Inclinó la cabeza hacia mí y levantó una ceja.

—Bien, todos mis amigos saben de ti.

Intentó reprimir una sonrisa y fracasó.

Tomé el ketchup que estaba frente a él y exprimí un poco en mi plato. Pasé una papa frita por él y me la metí en la boca.

Colin solo me observaba.

—Cuando fuimos a nadar, olvidé decirle a Laura que estaba bien. Se asustó y vino, luego se lo contó a todos. Ella... ellos... lo siento.

Él se reclinó. —¿Lo sientes? ¿Por qué?

—Por contárselo a todos. Probablemente no debería haberlo hecho.

Colin negó con la cabeza. —En primer lugar, son tus amigos. Deberían saber lo que quieras que sepan. En segundo lugar, estoy un poco celoso. No tengo personas así en mi vida. Tengo a mi padre y a Nicky, pero por lo demás, soy bastante solitario. Siempre lo he sido. Pero eso no significa que no entienda que la gente necesita a otras personas.

Lo miré. —Realmente creo que eres un unicornio. Me preguntaría si eres producto de mi imaginación si otras personas no hablaran también contigo.

Se rio y negó con la cabeza. —Solo soy un tipo normal.

Negué con la cabeza. —No, realmente no lo eres. Pero el hecho de que pienses que lo eres te hace mucho más unicornio.

Colin se rio y se dedicó a su comida. Nuestros brazos y piernas se rozaban mientras comíamos. Cuando terminamos, ofrecí pagar mi cena, pero Colin insistió en que era su invitación y salió conmigo.

La noche era cálida, finalmente haciéndonos saber que la primavera definitivamente estaba aquí y el verano estaba en camino. Me encantaba.

—Es una noche hermosa —dijo Colin.

Asentí. —Lo es. Será buena para un crucero.

—Tal vez éste no sea tan malo.

Me reí. —Estoy segura de que lo será, pero está bien.

Él tomó mi mano y la sostuvo suavemente cuando nos detuvimos frente a mi auto. —¿Puedo besarte antes de que te vayas?

—Bueno, me compraste la cena —bromeé.

Colin dio un paso atrás. —Esto no es un quid pro quo, Elise. No quiero que me beses porque pagué por tu comida.

—Lo sé —dije rápidamente—. Solo fue una mala broma.

Él se acercó de nuevo y me colocó el cabello detrás de la oreja. —Solo quiero que sepas que nunca esperaré nada de ti. Ni exigiré. Cualquier cosa que suceda entre nosotros solo sucederá si ambos estamos completamente seguros de que es lo que queremos.

—¿Cualquier cosa? —respiré.

Me atrajo a sus brazos y susurró: —Cualquier cosa, Elise. Y todo.

Mi pulso se aceleró. Presionó su nariz contra mi cuello. Mi respiración se quedó atrapada en mi garganta. Besó mi mejilla y luego dio un paso atrás.

—Que tengas un buen crucero —dijo.

—¿Eso es todo? —pregunté después de un segundo.

Sonrió. —Quiero que estés segura, Elise. Y a menos que tú lo estés, yo no lo estoy. Llámame cuando llegues a casa esta noche.

—¿Por qué?

—Porque quiero escuchar tu voz antes de dormir.

Mi corazón se derritió. —De acuerdo.

—Ten cuidado. Hablaremos más tarde.

Se dio la vuelta para irse.

—Oye, ¿Colin?

Se detuvo. —¿Sí?

—Estoy segura.

Sonrió. —Bien. —Se dio la vuelta de nuevo.

—¿En serio? —dije.

Se rio y volvió. Estuvo frente a mí antes de que pudiera respirar de nuevo. Me tomó en sus brazos y acunó mi mandíbula. Todo sucedió tan rápido que mi cabeza dio vueltas. Pero no me besó.

Sonrió y mantuvo mi mirada. Cada célula de mi cuerpo le suplicaba que cerrara la distancia entre nosotros y me besara. Pero él solo me miraba.

Esperé, el único sonido era nuestra respiración. No quería alejarme sin besarlo. No quería que él se alejara. Quería respirarlo y llevarlo conmigo.

Me moví, preparándome para acercarme más, y él respondió a eso. Cerró la distancia entre nosotros, presionando sus labios firmemente contra los míos. Su lengua bailó entre mis labios, abriéndome a él. Le dejé controlar el beso, guiarnos hacia donde él quería que fuéramos. No había dejado que otra persona tuviera tanto control sobre mí en años, pero sabía que podía confiar en él. Sabía que Colin me mantendría a salvo.

Su erección creció contra mi estómago, pero de nuevo, no la frotó contra mí. La ignoró y se centró todo en volverme loca con su beso.

Y vaya que sabía cómo hacer eso.

Alternó entre besos tiernos y demandas pulsantes. Me mantuvo cerca todo el tiempo, sus brazos protegiéndome de todo lo demás. Inclinó su cabeza hacia el otro lado y me devoró de nuevo.

Y cuando finalmente se apartó, no estaba segura de que el mundo volvería a ser el mismo.

Jadeaba junto conmigo, su respiración entrando y saliendo en el mismo ritmo que la mía. Nos quedamos allí y nos abrazamos, ninguno de los dos capaz de soltar al otro. Mis pies apenas tocaban el suelo.

Finalmente abrió los ojos y nuestras miradas se encontraron. Todo lo que sentía se reflejaba en sus ojos. No entramos en esto esperando que las cosas fueran como lo eran, pero ninguno de los dos podía negar que cuando no nos conteníamos, saltaban chispas.

—Gracias —dije, sintiéndome tonta por decir algo tan insuficiente, pero sabiendo que era lo único que podía decir.

Besó mi frente y dijo: —Gracias a ti.

Abrió la puerta de mi auto y dio un paso atrás para que pudiera entrar. La cerró y saludó cuando me alejé. Lo observé desde mi espejo hasta que giré en la esquina y ya no pude verlo más.

De todas las veces que me dije a mí misma que no iba a involucrarme de nuevo, sabía que Colin sería imposible de resistir. Lo estaba demostrando en todos los niveles. Incluso en un nivel que hace tiempo creía que ya no existía. Porque yo quería a Colin Jones. Y no era solo porque estaba sola o porque quería sexo. Era porque lo quería a *él*.

Y eso era lo más difícil del mundo de admitir.

12

El crucero al atardecer había comenzado, y no lo estaba odiando tanto como pensé que lo haría. La pareja era realmente dulce. Él estaba a punto de terminar la facultad de derecho, y ella se graduaba de la universidad. Tenían planes de mudarse juntos a la ciudad de Nueva York, donde él ya tenía trabajo en un pequeño bufete. Ella aún no estaba segura de qué iba a hacer, pero estaba solicitando empleos regularmente.

Y sí, a ambos les gustaba hablar.

Señalé muchos de los lugares populares mientras navegábamos por la zona. En los cruceros al atardecer, no nos deteníamos en Boldt Castle ni en ningún otro lugar. Eran simplemente recorridos en barco donde contábamos a las personas sobre la historia de la zona. Había aprendido a compartir la historia romántica cuando hablaba con parejas.

—¿George realmente nunca regresó? —preguntó Amy.

Asentí. —Esa es la historia que se ha contado. Detuvo inmediatamente toda la construcción y ordenó a los trabajadores que se marcharan. El castillo era para Louise. Lo estaba creando para ella, en Heart Island, donde planeaban vivir el resto de sus vidas. Cuando ella murió, él no pudo soportarlo.

—Eso es tan desgarrador —dijo Amy, tomando la mano de su novio—. Lo entiendo, sin embargo. Si te pasara algo a ti, no podría volver aquí, ni ir a ningún lugar donde hubiéramos pasado mucho tiempo juntos. Entiendo perfectamente abandonar el lugar que construiste para la persona que amas.

—Es cierto —coincidió Mike—. Pero no voy a ir a ninguna parte. Somos jóvenes, estamos sanos y apenas estamos comenzando nuestras vidas juntos.

—Sí, pero nunca se sabe —dijo Amy—. Las cosas suceden todo el tiempo. Que seamos jóvenes no significa que tengamos garantizado el mañana.

Lo vi en sus ojos cuando ella pronunció esas palabras. Su respiración se entrecortó, y deslizó su mano debajo de la mesa donde estaban sentados.

Me aparté discretamente, sin querer estar en medio de su momento. Saqué mi teléfono para grabarlo y que tuvieran el recuerdo para siempre. Amy miraba fijamente el castillo, ajena a los movimientos de Mike.

—Amy —dijo él suavemente.

Ella lo miró.

—Amy, te amo.

—Te amo, Mike.

—Nunca quiero estar sin ti. Tienes razón. No tenemos garantizado el mañana. No tenemos garantizado nada. Todo lo que tenemos es el ahora y la esperanza para el futuro. Mi esperanza para nuestro futuro es un hogar, una familia. Mi esperanza es que estés conmigo para siempre. Porque no puedo imaginar ni un minuto de mi vida sin ti en ella.

Se deslizó de su asiento y se arrodilló frente a ella. Finalmente, ella se dio cuenta de lo que estaba haciendo. Sus manos cubrieron su boca. Las lágrimas llenaron sus ojos.

—Todo eso comienza con que te conviertas en mi esposa, Amy. Por favor, ¿te casarías conmigo?

Amy asintió mientras las lágrimas corrían por sus mejillas. Extendió los brazos hacia él, lo atrajo hacia ella y lo besó. Se separaron después de un minuto, y Mike deslizó el anillo en su dedo. Besó el anillo y dijo: —Te amo, Amy.

—Te amo, Mike. Y no puedo creer que hayas hecho esto. No tenía idea.

Mike me hizo un gesto con la cabeza. —Afortunadamente, Elise lo sabía todo.

Amy me miró. Sus ojos se agrandaron. Saludé con la mano, y ella me devolvió el saludo. Terminé el video y comencé a reír. —Eso fue perfecto. Felicidades.

Kimberly salió con dos copas de champán para que brindaran. Las colocó en la mesa y ambas nos alejamos para darles a Amy y Mike unos minutos a solas.

—Eso fue realmente dulce —me susurró Kimberly.

Asentí. —Sí, lo fue.

—¿Crees que van a lograrlo?

Los miré y solo vi amor en sus ojos. Había observado a muchas parejas comprometerse, y me había vuelto bastante buena identificando quiénes lo lograrían y quiénes no. Asentí. —Estarán bien.

Kimberly sonrió y giró el anillo en su dedo. —Eso espero.

—¿Cuándo te casas? —pregunté.

Dejó de jugar con su anillo y se encogió de hombros. —Aún no lo sé.

—¿Llevas mucho tiempo comprometida?

Soltó una risa ahogada. —Sí. Casi un año. Él está en la escuela de posgrado. Iba a irme con él, pero es difícil hacer eso a menos que consigamos un apartamento. Está haciendo un programa de estudio y trabajo, así que vive en una residencia universitaria a cambio de una reducción en la matrícula. Apesta no estar juntos, pero sé que es lo mejor.

—¿Cuánto tiempo más le queda en la escuela? —pregunté. La frustración en su voz era fácil de escuchar, pero también la tristeza.

—Dos años —dijo Kimberly.

—Auch, lo siento. Pero si estás trabajando y ahorrando dinero, tendrán un comienzo mucho mejor cuando se casen.

—Lo sé, y él sigue diciendo lo mismo, pero me preocupa que las cosas vayan a cambiar.

—Quizás el cambio no sea malo —le dije—. Todos cambiamos, y el cambio no siempre significa que las cosas empeoren.

Kimberly se encogió de hombros. —Sí, pero me gustaba cómo estaban las cosas el año pasado. Estoy lista para que estemos juntos. Vivo con mis padres y nunca veo a mi prometido y es simplemente difícil.

Forcé una sonrisa y asentí. Ella no quería escuchar lo que yo tenía que decir. Estaba enfadada, y todo lo que le importaba era desahogarse. Odiaba pensarlo, pero el suyo era el tipo de matrimonio que dudaba que sobreviviera. No era fácil estar separados, pero siempre había formas de hacer que funcionara. Especialmente cuando era temporal. Si no estaban dispuestos a afrontarlo, tal vez no estaban destinados a estar juntos.

No es que fuera a decírselo.

El resto del crucero fue relativamente tranquilo. Les conté a Amy y Mike algunas cosas más sobre la zona y les señalé otros lugares de interés antes de que el sol se pusiera y nos hundiéramos en una oscuridad ámbar.

Cuando regresamos al muelle, nos despedimos de Amy y Mike y les deseamos lo mejor. Me quedé para ayudar a limpiar y asegurarme de que el barco estuviera listo para la mañana, luego me dirigí a mi auto.

El estacionamiento estaba bien iluminado, y nuestro pueblo era bastante seguro, pero caminar sola siempre me ponía ansiosa. El capitán de la noche estacionaba en la otra dirección, y Kimberly no se quedó, así que estaba sola.

Saqué mi teléfono de mi bolso y llamé a Colin. Me sentí tonta, pero escuchar su voz me haría sentir mejor. Eso esperaba.

—Hola, no estaba seguro de que llamarías —dijo cuando contestó.

—Hola, lo siento. ¿Está bien?

—Por supuesto. ¿Estás bien?

—Sí, solo me estoy asustando a mí misma. La otra guía se fue y estoy caminando sola hacia mi auto.

—¿Dónde estás?

—Estoy bien. Estoy en el estacionamiento. No hay nadie alrededor, y no hay autos aquí.

—¿Estás donde estacionan los visitantes? —preguntó.

—Sí, pero para cuando puedas llegar aquí, ya estaré en casa. Solo habla conmigo, Colin. Y llama a la policía si algo sucede.

—No bromees, Elise —dijo. Su voz estaba tensa y seria.

—Lo siento. Es mi mecanismo de defensa. Sé que no hay razón para tener miedo, pero la tengo.

—¿Puedes ver tu auto?

Asentí. —Sí, ya casi llego.

—Bien, sigue hablando conmigo. ¿Cómo estuvo el tour? ¿Ella dijo que sí?

Me reí. —Sí, lo hizo. Fueron realmente dulces. Creo que van a ser felices juntos.

—Bien. ¿Qué edad tienen?

—Él tiene veinticinco y ella veintidós, casi veintitrés.

—Es una buena edad para casarse. —Hizo una pausa, luego dijo—: ¿Qué demonios sé yo? Nunca me he casado.

Me reí con él. —Sonaba bien, sin embargo.

—Siento que mucha gente se casa a mediados de los veinte.

—Bueno, las personas de mi generación se están casando más tarde, cerca de los treinta.

—Auch. No solo me estás diciendo que soy viejo, me estás diciendo que soy de una generación diferente. Vaya. Creo que podrías deberme otra cena por eso.

Me reí. —Creo que eso se puede arreglar. Tal vez yo pague esta vez.

—No tienes que hacerlo.

—¿Es un problema para ti?

—Para nada. Creo que todas las personas son iguales, o deberían serlo. No te dejé pagar esta noche porque dije que lo haría yo. No soy el tipo de hombre que falta a su palabra.

—Entonces, ¿si te invitara a cenar, me dejarías pagar?

—Claro, ¿por qué no?

Dudé, tratando de encontrar la manera de decirle por qué quería saberlo.

—Elise, ¿ya estás en tu auto?

—Oh, sí, lo siento. Olvidé decírtelo. Estoy camino a casa.

Suspiró aliviado. —Gracias a Dios. Me estaba preguntando por qué tenías que caminar tan lejos para llegar a tu auto.

Me reí. —Lo siento.

—Lo único que importa es que estés a salvo.

—Gracias.

—De nada. ¿Quieres seguir hablando o prefieres que te deje ir?

—Te tengo en altavoz, así que podemos seguir hablando si te parece bien.

—Por supuesto. Cuéntame más sobre este crucero.

Pasé el resto de mi viaje a casa contándole a Colin todo sobre Amy y Mike. Él estuvo de acuerdo en que parecían el tipo de pareja que lo lograría. Cuando llegué a casa, suspiré aliviada y comencé a cambiarme para ir a dormir.

—¿Qué estás haciendo ahora? —preguntó Colin.

—Oh, lo siento, me estaba cambiando la ropa de trabajo.

—¿Puedo hacerte una pregunta?

Me senté en el sofá y me puse una manta sobre las piernas. —Claro.

—¿Por qué te disculpas siempre?

—Lo siento, no es mi intención.

—Solo me pregunto por qué lo haces. No tienes que disculparte conmigo por nada. No estaba seguro si te dabas cuenta de que lo estabas haciendo o si pensabas que me estabas molestando por alguna razón.

—Es en parte un hábito y en parte pensar que te estoy molestando.

—Te prometo, Elise, que nunca has hecho nada que me haya molestado. Te lo diría si lo hubieras hecho.

—¿Lo harías?

—Por supuesto. Ya he dicho que no creo en los secretos o en ocultarle cosas a las personas que te importan. Molestarse y reprimir esos sentimientos entra en la misma categoría para mí.

—Bueno, gracias. No sé si podré hacer lo mismo todo el tiempo, pero lo intentaré.

—Creo que es todo lo que puedo pedir. Entonces, ¿puedo hacerte otra pregunta?

—Claro.

—¿Qué llevas puesto?

Me reí y me sentí aliviada cuando él se unió a mi risa.

—Tenía que preguntar ya que dijiste que te estabas cambiando de la ropa de trabajo. ¿Te sientes mejor?

Asentí y me acurruqué más profundamente en mi sofá. —Sí. Me encanta mi trabajo, y me encanta estar al aire libre, pero al final del día, no hay nada mejor que acurrucarse en mi sofá y ver algo de televisión.

—¿Qué estás viendo?

Me reí y le conté sobre la película que había guardado

para esa noche. Él comenzó a verla conmigo, y hablamos mientras la película se reproducía en nuestras pantallas. Era una manera aún mejor de terminar la noche.

—Prueba esto, cariño.

Tomé la cuchara de la señora Carter y raspé la masa del primero. Bueno, masa era generoso. Todavía eran solo ingredientes. Con suerte, pronto sería masa.

Con la cuchara más grande, finalmente estaba tomando forma. Todavía no podía creer que la masa de tarta que ella hacía fuera tan simple, pero insistía en que no estaba omitiendo nada.

—Bien, ahora necesitamos agregar el agua. Vas a querer usar tus manos para esta parte.

Puse la cuchara en su fregadero y me aparté mientras ella agregaba agua a la mezcla. Cuando se alejó del tazón, volví y lo amasé. No tomó mucho para que se uniera y realmente se sintiera como masa.

—Vaya —suspiré—. Casi creo que hornearía más si supiera que es tan fácil.

La señora Carter se rió. —Por eso lo hago. Pasa el tiempo y lo disfruto. También mis caderas.

Movió sus caderas de manera seductora. Ambas nos reímos.

—Así se hace, señora Carter.

Ella sonrió. —Hubo un tiempo en que podía hacer que un hombre hiciera casi cualquier cosa con eso. Por supuesto, el hombre era mi esposo y me amaba, pero me conformo con lo que puedo conseguir.

—Absolutamente —le dije—. Nunca he podido hacer que un hombre haga lo que yo quiera.

—Oh, simplemente no has conocido al adecuado. —Tomó

el tazón y lo llevó a la mesa donde tenía una estera para pastelería enharinada y lista.

—He estado escuchando eso mucho últimamente —admití—. Siempre supe que mi ex era el equivocado, pero no sé si existe tal cosa como el adecuado para mí.

La señora Carter se rió. —Oh, hay uno adecuado para todos. Creo que hay más de uno adecuado, porque en diferentes momentos de la vida necesitas diferentes personas. A veces necesitas a un hombre que sea un poco más suave y gentil, y a veces necesitas a un hombre que te empuje. Y a veces no necesitas a un hombre en absoluto y solo necesitas un amigo. Esa es la etapa en la que estoy.

Le sonreí. —Me tiene a mí.

—Lo sé, cariño. Y estoy feliz por ello. No sé qué haría sin las personas de aquí.

—Me encanta estar aquí. No puedo imaginarme viviendo en ningún otro lugar.

—Oh, lo harás algún día. Te casarás con alguien increíble y nos dejarás.

Me reí. —No estoy tan segura de eso.

—Prométeme algo, cariño.

—¿Qué cosa?

—Prométeme que cuando conozcas a la persona con la que estás destinada a pasar tu vida, no lo pensarás dos veces y serás feliz. Has estado sola y asustada durante demasiado tiempo. Es hora de que dejes entrar a alguien y sientas amor.

—Estoy bien estando sola —dije, sintiéndome un poco a la defensiva.

La señora Carter me sonrió y me dio palmaditas en la mano. —Yo también. Pero puede ser solitario. A mi edad, las personas están solas. Pero para ti, necesitas a alguien que te haga sentir viva.

—Me siento viva. Estoy viva. Y vivo según mis términos.

—Y deberías, Elise. Has pasado por suficiente. Nadie

debería conocer el dolor que has experimentado, pero deberías conocer el amor. Amor verdadero.

—Yo... —Cerré la boca, sin saber qué decir. No sabía que la señora Carter supiera algo sobre lo que pasé antes de mudarme al lado, pero no cabía duda de que lo sabía.

—El secreto número uno para una gran tarta es una masa pareja. Pongo estas cositas junto a la masa para saber que la estiro de manera uniforme. ¿Por qué no lo intentas? —dijo.

Me tomó unos segundos recuperarme. Ella cambió el tema como si no estuviéramos hablando de nada importante, y yo fui un poco más lenta en ponerme al día. Seguí la corriente y estiré la masa, luego la ayudé a colocarla en el molde para tarta. Agregamos los melocotones y lo cubrimos con la masa superior y lo pusimos en el horno precalentado.

La señora Carter preparó té mientras yo limpiaba. Cuando terminamos, nos sentamos en su mesa.

—Hablaba en serio, ¿sabes? —dijo. Sus ojos se fijaron en los míos, y no podía respirar. Ella lo sabía todo—. El señor Carter te investigó cuando te mudaste aquí. Eras joven, y era inusual tener a una mujer joven y soltera viviendo aquí. Queríamos asegurarnos de que no estuvieras aquí para arruinar el vecindario. Una vez que supimos lo que te sucedió, supimos que nos necesitabas.

—¿Alguien más...? —El señor Carter era policía, así que tenía sentido que hubiera encontrado el expediente sobre Andy y yo, pero no podía soportar la idea de que alguien más lo supiera.

La señora Carter negó con la cabeza. —Nadie más lo sabe. Me preguntaron, pero siempre le dije a todos que eras una chica local que quería un vecindario tranquilo para vivir por tu cuenta. Nadie preguntó nada más. Especialmente una vez que comenzaste a dejarme entrar.

Forcé una sonrisa pero me sentí un poco enferma. No

quería que mis vecinos supieran de Andy, pero la señora Carter lo supo todo el tiempo. —¿Es por eso que me habló?

La señora Carter negó con la cabeza. —No. Te hablé porque eras nueva y vivías al lado. No dejamos que las personas estén solas aquí, ya lo sabes. Cuando alguien nuevo se muda, todos les llevamos comida y los invitamos a nuestras reuniones. Tú fuiste igual.

—Yo... no hablo mucho de eso.

—Y no espero que lo hagas. Solo lo mencioné porque quiero que encuentres a alguien que te muestre que no se supone que sea así.

—Lo sé. He visto a amigos enamorarse. Y mis padres son felices.

—Pero eso no significa que lo hayas sentido. Hay una diferencia entre ver el amor y sentir el amor. Tienes que estar abierta a sentirlo.

—Lo estoy —mentí, añadiendo una sonrisa para convencerla.

La señora Carter resopló. —Eres la persona más cerrada que he conocido. Por eso estamos hablando. Porque quiero verte abierta al amor. No porque necesitemos amor para vivir, sino porque el amor hace que vivir sea mejor.

La señora Carter era demasiado inteligente para mí. Se levantó y revisó la tarta, dejándome procesar sus palabras. *El amor hace que vivir sea mejor.* Sonaba tan simple, pero nunca había dejado que esas palabras calaran hondo. Nunca había pensado en ello. Porque ella tenía razón, y nunca había dejado entrar al amor.

Lo intenté con Andy, pero él manchó todo sobre nosotros, sobre el amor. Me hizo pensar que el amor era feo, pero él era quien lo hacía feo.

El amor era hermoso, cuando era correcto. Cuando era real. Pero nunca había conocido ese tipo de amor.

Quizás algún día.

13

—¿**A**lguna vez sientes que el mundo está tratando de decirte algo? —pregunté en la noche de chicas ese fin de semana.

Había estado intentando entender por qué todos en mi vida parecían estar diciendo lo mismo, y lo único que se me ocurría era que se suponía que debía escuchar. Simplemente no sabía por qué.

—Todo el tiempo —dijo Blake—. Normalmente lo ignoro y me arrepiento, pero sí, he estado ahí.

—Yo también —dijo Karissa—. Pero yo escucho. Trabajando sola, no tengo a otras personas con quienes intercambiar ideas. No siempre es fácil, así que tengo que confiar en que cuando recibo una señal de algún lado, es por una razón.

—¿Estamos hablando de Colin? —preguntó Finley.

Todas se volvieron hacia ella, y luego me miraron a mí.

—Ella y Colin cenaron la otra noche. ¿Cuando nos encontramos en O'Kelley's? —Miró a Karissa buscando confirmación—. Ella y Colin estaban allí juntos.

—Bien por ti —dijo Trinity—. Es guapo. Y sí, definitivamente deberías salir con él. O seguir saliendo con él.

—Mi vecina me dijo que debería estar abierta al amor. Dijo que ella sabe todo sobre Andy y quiere que yo sea feliz. Y ustedes siguen empujándome hacia Colin. Y Colin...

—Te gusta —sugirió Laura.

Asentí. —Sí, supongo.

—¿Supones? —dijo Karissa.

Me encogí de hombros. —Sí me gusta, pero...

—No quieres que te guste —dijo Finley.

Asentí.

—¿Esto es sobre Andy o sobre Colin? —preguntó Laura.

—No es sobre ellos —dijo Melody—. Es sobre ella. Es sobre Elise confiando en sí misma. Una vez creyó en Andy, y él arruinó esa confianza. Ahora no sabe si puede volver a confiar en sus opiniones sobre los hombres.

Todas me miraron para confirmar la suposición de Melody. Dio justo en el clavo. Asentí.

—Si estuvo tan equivocada con Andy, ¿cómo sabe que no se equivoca con Colin? ¿O con el siguiente? Se trata de aprender a confiar en sí misma y escucharse de nuevo. Y eso no es fácil —dijo Melody.

—Parece que lo sabes bien —dijo Finley.

Melody asintió. —Lo sé. Porque eso es lo que mi hermana me hizo a mí. No en la misma medida, obviamente, pero tergiversaba todo para su propio beneficio y arruinó lo que teníamos. Willow me silenciaba cada vez que intentaba tener una opinión y culpaba a Ramsey de intentar cambiar mi forma de pensar, todo para intentar separarnos. Cuando finalmente admitió lo que estaba haciendo, me sentí destrozada por haber confiado en mi propia hermana. ¿Cómo puedes no confiar en tu hermana?

—Vaya —suspiró Finley—. No sabía que era tan grave.

Melody asintió. —Lo era, y todavía lo es, pero tengo a Ramsey. Ramsey me demuestra todos los días que el amor sigue siendo una posibilidad. Me dice que me ama. Elise no tiene eso. Elise enfrentó la misma traición, pero la enfrentó de la persona que se suponía debía mostrarle lo que era el amor.

—Y dejar ir ese dolor e intentarlo de nuevo no es fácil —dijo Laura—. Lo siento por haber bromeado sobre esto, Elise. No me daba cuenta de lo difícil que era para ti.

Me encogí de hombros. —Gracias. Es... tengo el regalo del tiempo. Han pasado años desde que dejé a Andy. Todavía tengo miedo de que alguien más tome control de mí, pero soy más fuerte ahora de lo que era entonces porque tengo algo que no tenía cuando estaba en la universidad.

—¿Qué? —preguntó Finley.

—A todas ustedes. Sé que no permitirían que algo así vuelva a suceder.

—Ni hablar —dijo Karissa.

Sonreí y alcancé su mano. Laura tomó mi otra mano, y todas nos tomamos de las manos alrededor del círculo. Tenía a mis chicas. No iban a ninguna parte, y aunque le diera una oportunidad al hombre equivocado, ellas estarían ahí para mí.

—Entonces, ¿cómo van las cosas con Colin? —preguntó Laura.

—Pensé que no ibas a bromear sobre eso —dije.

Laura sonrió. —No estoy bromeando. Quiero saber para vivir a través de ti. Yo no estoy teniendo nada.

—¿El Dr. Allison sigue haciéndose el difícil? —preguntó Blake.

Laura negó con la cabeza. —No creo que esté fingiendo. Simplemente creo que no está interesado.

—Lo siento, Laur —dije.

—Gracias. Pero eso significa que necesitas contarme todo sobre Colin. Empezando por lo bien que besa.

Sonreí. —Muy bien.

Todas celebraron y luego exigieron detalles. No me importaba revivir esos momentos.

COLIN ME PIDIÓ que me reuniera con él en la granja el sábado por la tarde otra vez. Como las visitas turísticas estaban aumentando, yo estaba trabajando, pero tenía la noche libre. Él se ofreció a cocinarme la cena.

—No tienes que hacerlo —argumenté.

—Me gustaría. Disfruto cocinando para otras personas. Y mi abuela tiene una gran cocina. No la uso mucho porque cocinar para una sola persona es difícil.

—Realmente lo es —estuve de acuerdo—. ¿Estás seguro de que quieres cocinar?

—Absolutamente. ¿Tienes alguna alergia o algo que no te guste?

—No y no. Estoy dispuesta a probar casi cualquier cosa.

—Suena bien. ¿Sabes dónde está la casa, verdad?

Asentí. —Sí. Te enviaré un mensaje cuando salga de los muelles.

—Lo estaré esperando.

Sonreí. Yo también lo esperaba.

Mi día pareció arrastrarse ya que estaba esperando la cena con Colin. Fue mejor porque estaba trabajando con Ava, pero ella notó mi estado de ánimo y preguntó qué estaba pasando.

—Tengo planes después del trabajo. Solo estoy ansiosa. O emocionada. No lo sé. Ambas, supongo.

—¿Qué tipo de planes? Porque yo solo me siento así cuando tengo una cita.

Mis mejillas ardieron, revelando mi respuesta.

—¿Tienes una cita? —gritó Ava.

—Dios, no es para tanto.

Ava negó con la cabeza y me agarró del brazo. Me giró hacia ella y dijo: —Elise, te quiero. Eres increíble, y deberías salir con muchos hombres porque todos los que te conocen te adoran. Pero tú no sales con nadie. Te acuestas con gente, pero no tienes citas. Así que, sí, esto es importante.

Sonreí y me encogí de hombros. —Me gusta mi libertad.

—Lo sé, y eso está totalmente bien. Nunca deberías pensar que estás haciendo algo mal. Si eres feliz siendo soltera, eso es lo que importa. Es tu vida. Te prometo que no te estoy juzgando. Quiero verte feliz, y aunque estés ansiosa, también estás emocionada, lo que me hace pensar que esta persona te hace feliz.

Asentí. —Lo hace. Es... creo que es un buen hombre. Es amable conmigo y con los demás.

—¿Cómo trata a su madre?

—Ella murió cuando él era joven.

—Oh, lo siento.

Asentí. —Creo que está bien. Perdió a su abuela recientemente. Es bastante nuevo en la zona. Pero no estaba muy unido a su abuela ya que no vivía aquí. Aunque es cercano a su padre.

—Espera, ¿quién es?

—Se llama Colin Jones.

—¿De la Granja de Jarabe de Arce de los Jones? —preguntó Ava.

Asentí.

—Es tan guapo. Y sí, parece ser un tipo realmente agradable. He estado allí varias veces cuando mujeres han entrado para coquetear con él y siempre las rechaza con amabilidad. Nunca he oído que tome un número de teléfono o se acueste con ninguna de ellas.

Una inquietud me llenó y se hundió profundamente. No me gustaba la idea de que él tuviera que rechazar mujeres a cada momento. Y no me gustaba la idea de que alguien pensara que era suyo. Yo no era el tipo de mujer que lucharía por un hombre. No le veía el sentido. Si un hombre no estaba seguro de si quería estar conmigo, yo no quería estar con él. Punto. Especialmente con mi historia.

Ava notó que no respondí y me miró. —No vayas por ahí. No está acostándose en secreto con medio pueblo ni nada parecido. Es un buen tipo.

—Sí, quizás —dije, preguntándome si debería haberme mantenido firme desde el principio y haberme alejado de él.

—Vamos, tenemos que irnos. Hablaremos de esto más tarde, pero realmente no creo que tengas nada de qué preocuparte.

Asentí e intenté creerle. Odiaba salir con alguien.

Ava y yo nos turnábamos para dar los tours. Yo estaba distraída y fuera de juego, así que ella terminó haciendo los últimos tres. Me sentí mal, pero insistió en que no le importaba.

—No te obsesiones con Colin —dijo Ava mientras caminábamos juntas hacia el estacionamiento. Una de las ventajas de comenzar temprano era salir a una hora razonable por la tarde.

—No salgo con nadie por cosas como esta. No lidio bien con los celos. Es una emoción peligrosa que no hace nada excepto volverte loca. No me gusta sentirla y no me gusta estar en el extremo receptor.

—Pero no puedes evitar que otras mujeres coqueteen. Esto no es Colin tratando de ligar con ellas. Son ellas yendo tras él.

—Él y yo hicimos match en En Busca del Galán de Papel. Nos encontramos en O'Kelley's para enrollarnos.

—¿Y?

—¿Y cómo sé que no ha hecho eso con otras mujeres?

—¿Cómo sabes que sí lo ha hecho? Mira, Elise, lo entiendo. Esto es aterrador porque si no te gustara, y me refiero a mucho, entonces no estarías preocupada por esto. No quieres que las cosas vayan mal con él. Y como tu historial de citas ha sido inexistente, es peor. Pero eso no significa que Colin sea un mal tipo. Significa que necesitas dejar de esperar que las cosas se arruinen.

Suspiré. —Es mi mecanismo de defensa. Espero que salga mal. Siempre ha sido así para mí.

—Le pasa a todo el mundo hasta que encuentran a la persona con la que están destinados a estar. No eres especial —dijo con una sonrisa.

Me reí y negué con la cabeza. —Vaya, gracias.

Ava se rió. —Solo quiero decir que no estás sola. Ahora ve a ver a Colin y diviértete. Y si te sientes valiente, pregúntale cuántas mujeres ha levantado de la aplicación, o del granero, o del bar.

Resoplé. Ava siempre me hacía reír.

Me tomé mi tiempo conduciendo hasta lo de Colin. Una parte de mí quería ir a casa y cambiarme, pero sabía que si lo hacía, probablemente me quedaría en casa. Aunque eso era tentador, ver a Colin era una atracción mayor, incluso cuando me sentía insegura sobre las cosas.

Conduje por el largo camino de entrada a la granja. El granero fue lo primero que apareció a la vista. Aparte del día que fuimos al estanque, nunca había estado en ningún otro lugar de la granja. La casa era visible desde el granero, así que sabía a dónde ir, pero me sentía un poco incómoda, como si estuviera invadiendo propiedad privada.

Aparqué junto a la camioneta de Colin y revisé mi reflejo. Mi cabello era un desastre salvaje por haber estado en el barco todo el día. Mis mejillas estaban rosadas por olvidarme el protector solar. Y podría necesitar una ducha, aunque no creía que oliera mal.

Vaya, soy todo un partido. No es de extrañar que tenga que buscar mujeres en el granero.

Puse los ojos en blanco ante mí misma y busqué en mi bolso. Encontré un cepillo y me solté la cola de caballo. Me cepillé y luego me la volví a atar. Encontré un desodorante en el fondo y me puse un poco, solo para sentirme mejor. No había nada que pudiera hacer con mis mejillas rosadas o mi ropa de trabajo, pero si Colin tenía un problema con eso, no necesitábamos estar juntos.

Finalmente salí de mi coche y me colgué el bolso cruzado. Cerré mi coche y sujeté las llaves a la correa para saber dónde estaban. Observé la casa mientras caminaba hacia ella. No era grande, pero era bonita. Era un antiguo rancho de ladrillos y vigas con un porche delantero que recorría toda la longitud de la casa. Había mecedoras repartidas por todo el porche. Parecía un hogar, un lugar donde la gente era feliz.

Subí al porche delantero y sonreí. Toqué el timbre y esperé.

La puerta se abrió, y di un paso atrás cuando un hombre grande llenó el marco. Era mayor que Colin, pero no había ningún parecido.

Miré alrededor, preguntándome si había dos casas en la propiedad y si necesitaba correr, cuando el tipo empujó la puerta mosquitera para abrirla.

—Adelante —dijo—. Colin está en la cocina. Yo estaba a punto de salir y dije que te dejaría entrar.

—Oh, um, gracias —dije, tratando de calmar mi corazón acelerado y sonar normal al mismo tiempo.

—Soy Nicky —dijo el hombre, extendiéndome su enorme mano—. Trabajaba para Cleotha y me quedé para ayudar a Colin.

—Es muy amable de su parte —dije mientras estrechaba

su mano. Era un hombre que podría someterme sin pensarlo dos veces. Solo estrechar su mano se sentía peligroso. Fácilmente podría arrastrarme dentro de la casa y nadie volvería a verme nunca.

Nicky se encogió de hombros y rápidamente soltó mi mano. —Me encanta estar aquí. Y de todos modos, nadie va a contratar a un viejo cascarrabias como yo.

Me reí con él, esperando no estar cayendo en su trampa.

—De todos modos, que tengas buena noche. Colin no me dejó probar tu cena, pero huele muy bien.

Sonreí y me aparté para que Nicky pudiera salir.

—Fue un placer conocerte, Elise. Estoy seguro de que nos veremos pronto.

—Buenas noches —dije, viéndolo alejarse. Pasó junto a mi coche y la camioneta de Colin y siguió por el camino que conducía más allá de la casa. Solo me di la vuelta cuando escuché un ruido en la casa.

Cerré la puerta con llave y luego seguí mi olfato y mis oídos hasta la cocina. Era hermosa, como Colin había dicho. La cocina estaba abierta a las salas de estar y comedor, y todo el espacio era luminoso y ventilado. La cocina estaba revestida con armarios de arce teñidos de un color miel claro. Grandes tiradores negros le daban un toque moderno. Los electrodomésticos negros atenuaban el brillo y hacían que todo pareciera aún más acogedor.

Más allá de la cocina, se extendía una enorme mesa de madera. Un arreglo floral brotaba de un jarrón en el centro, aportando tonos rosas, rojos y morados al espacio por lo demás sobrio.

Y luego estaba la sala de estar. Un sofá en forma de L estaba orientado tanto hacia las amplias puertas corredizas de cristal que recorrían la parte trasera de la habitación como hacia una chimenea y un televisor en la pared de la derecha. Un fuego crepitaba en la chimenea, y música sonaba desde el televisor.

Podría vivir aquí.

El pensamiento vagó por mi mente sin previo aviso. No me gustó porque yo amaba mi casa. Era más pequeña, pero era mía. Esta era de Colin. Y no estábamos ni cerca de ese punto todavía.

—Hola —dijo Colin, atrayendo mi atención hacia él. Me observaba con cuidado, evaluando mi reacción a su casa.

—Hola —dije con una sonrisa.

—¿Cómo fue el trabajo?

Me encogí de hombros. —Más o menos como todos los días. Aunque me encanta. Tengo un gran trabajo.

Sonrió. —Bien. La vida es demasiado corta para ser infeliz.

—Realmente lo es —estuve de acuerdo—. Lo que sea que estés cocinando huele increíble.

—Gracias. Nicky intentó comerse tu cena.

—Me lo dijo.

—Lo siento por él.

Me encogí de hombros. —Estuvo bien. Me asustó un poco cuando abrió la puerta. Pensé que estaba en la casa equivocada.

Colin se rió. —Lo siento por eso también. Debería haber abierto yo la puerta. Él se ofreció cuando le dije que tenía que irse porque tú venías en camino. Creo que solo quería conocerte.

—¿Conoce a todas tus citas?

Todo el humor desapareció de su rostro, y dejó la cuchara. Se volvió para mirarme y no me permitió salirme con la mía con mi comentario infantil.

—Sí, porque eres la única persona con la que he salido desde que me mudé aquí.

—Eso no es posible —dije—. ¿Qué hay de la aplicación? ¿O de las mujeres que intentan ligar contigo en el granero?

Colin respiró hondo. —La aplicación... la conseguí porque Hudson me dijo que tú estabas en ella. Me sentí culpable por ir a encontrarme contigo esa noche porque estaba pensando en ti y pensé que iba a acostarme con otra persona.

—Pero lo habrías hecho si no hubiera sido yo —dije.

Él negó con la cabeza. —No lo sé.

Me quedé en silencio por un minuto, tratando de procesar eso. Él interrumpió mis pensamientos.

—Y las mujeres del granero no están interesadas en mí. Quieren a alguien nuevo. Yo tampoco estoy interesado en ellas. No he hablado con otra mujer, tocado a otra mujer o besado a otra mujer desde que te conocí. Honestamente, desde mucho antes de conocerte. Estuve trabajando como loco los últimos años, y las relaciones no eran una prioridad.

Puso sus manos en la encimera frente a él y mantuvo mi mirada.

—No hago esto, Elise. No juego y no ando tonteando. Salgo con una mujer a la vez. Solo nos conocemos desde hace poco tiempo, pero soy un tipo leal y honesto. Puedes preguntarme lo que quieras, y te diré la verdad. Pero no me gusta que vengas aquí e insinúes que estoy jugando contigo.

Tomé aire y admití que tenía razón. Nada de lo que dije fue justo para ninguno de los dos.

—Lo siento —dije, sinceramente—. Tienes razón. Mi ex... había muchas cosas mal con él, pero le gustaba coquetear con otras mujeres. Quería ponerme celosa, y funcionó por un tiempo. No podía confiar en él. Era atractivo, inteligente y poderoso, y las mujeres lo querían. Él disfrutaba sintiéndose deseado. Lo que no disfrutaba era sentir que yo era deseada, así que me hacía sentir pequeña.

—Elise —dijo Colin con cuidado.

—Andy me hizo lo mismo que yo acabo de hacerte a ti. Me acusaba de cosas que nunca sucedieron porque quería que me sintiera culpable. Quería el poder en nuestra relación. Nunca debí haberte cuestionado como lo hice. Tenía miedo de que fueras como él. Que me estuvieras haciendo sentir especial cuando en realidad solo era una de muchas. Lo siento por no confiar en ti. Y más que eso, lo siento por cuestionar quién eres. Me voy a ir.

Me giré para irme, pero Colin me llamó.

—¿Qué te hizo?

Miré por encima de mi hombro. —Me destruyó.

14

COLIN

Desde la primera vez que conocí a Elise, supe que era especial. Podía sentirlo cuando estaba cerca. Tenía la capacidad de hacer que quienes la rodeaban se sintieran importantes. Lo veía en los ojos de sus amigos. La amaban y la protegían.

Cuantas más veces la veía y más la conocía, más me daba cuenta de que no solo era especial, sino también una superviviente. Una luchadora. Alguien que había visto el infierno y regresado. No supe qué le había ocurrido hasta que dijo esas tres palabras.

Él me destruyó.

Vi todo rojo. No deseaba nada más que ir a buscar al hombre del que hablaba, arrancarle los brazos y golpearlo con ellos. Quería mostrarle una fracción del dolor que le había infligido a ella. Quería arruinarlo.

Pero él no era la persona que importaba. La que importaba estaba escapando hacia mi puerta principal, intentando dejarme.

—Por favor, no te vayas —le dije cuando la alcancé en el vestíbulo.

Tenía la mano en el pomo, esperando girarlo para poder salir. Si cruzaba esa puerta, sabía que nunca volvería. Estaba en su mirada. Siempre estaba en su mirada.

—Estoy rota, Colin.

—Todos estamos un poco rotos. Eso no significa que no podamos ser reconstruidos.

Soltó una pequeña risa. —No creo que haya suficiente pegamento en el mundo para reensamblarme.

—Entonces no empieces con la reconstrucción. Empieza con la cena.

—¿Qué? —preguntó. Soltó el pomo y se giró para mirarme—. ¿Qué significa eso?

—Comida. Cena. He cocinado, y huele bien. Y sabe increíble. Y he construido suficientes cosas en mi vida para saber que armar algo no funciona si intentas hacerlo todo de una vez. Necesitas empezar por una cosa. Mi padre siempre decía que la comida arregla todo. Quizás no arregle todo, pero tampoco hace daño.

Ella se rio y sacudió la cabeza. —Creo que me caería bien tu padre.

—Creo que tú también le caerías bien.

Sonrió y extendió la mano hacia la mía. Me quedé mirándola un momento. No podía moverme ni respirar ni siquiera pensar. Solo podía sentir.

Y en ese momento, cuando dejó a un lado todos sus miedos y su fragilidad y buscó mi mano, me enamoré de ella.

La atraje a mis brazos y la sostuve contra mi pecho. Necesitaba abrazarla, saber que estaba a salvo. Aunque fuera solo por un minuto, y aunque me apartara, lo necesitaba.

Ninguna de mis ex había compartido algo así antes. Ninguna había sido herida como Elise. Y ninguna era valiente y fuerte como ella.

Apoyó la cabeza en mi pecho y se aferró a mí. No sabía cuánto tiempo había pasado desde su relación ni quién era ese hombre, pero por la forma en que me abrazaba, nunca se había permitido sentirse segura con un hombre desde entonces.

Muchas cosas cobraban sentido con este nuevo conocimiento. No me hacía pensar diferente sobre ella, ni menos de ella en ningún sentido, pero me ayudaba a entenderla.

Cuando sus brazos aflojaron alrededor de mi cintura, la solté. No estaba preparado, pero ella sí, y yo seguía su ritmo.

Volvimos a la cocina donde, afortunadamente, la cena no se había echado a perder. Apagué la estufa antes de ir tras Elise, así que todavía podíamos comer. Trabajamos juntos en silencio para servir nuestra comida. Todo estaba preparado, lo que facilitó que Elise me ayudara.

Había considerado comer en la mesa, pero vi cómo sus ojos se detenían en la chimenea cuando entró. La llevé allí y me senté en el suelo para estar cerca del fuego.

La casa donde vivía aún no era realmente mía. Sentía que estaba en la casa de otra persona. Pequeños detalles volvían a mí mientras más exploraba, pero no era mi hogar. Mientras crecía, mi padre creó un hogar confortable para nosotros, pero una vez que me mudé, solo vivía en lugares. No me instalaba ni planeaba quedarme. Pero sentado en el suelo con Elise frente a la chimenea, quería que la casa en la que estábamos fuera nuestro hogar.

Para ambos, si ella estaba dispuesta algún día.

—¿Estamos bien? —le pregunté.

Me miró y asintió. —Siento haberte cuestionado. No debería haberlo hecho. Mi amiga Ava estaba hablando de ti hoy y mencionó que escuchó a algunas mujeres coqueteando contigo, y simplemente me asusté.

Respiré hondo. —La primera vez que una mujer desconocida me pidió salir, me quedé en shock. Nunca antes me había pasado que alguien se me acercara así. Donde trabajaba antes, solo era un empleado. Me encantaba mi trabajo y estar al aire libre, pero nadie sabía quién era. Era una comunidad pequeña, pero no tan pequeña como Cala MacKellar.

—Somos especiales —dijo Elise con una sonrisa.

—Tú lo eres. Y realmente me gusta aquí, pero no estaba preparado para esto. Nicky sigue diciéndome que soy carne fresca porque soy nuevo en el pueblo. Sin embargo, no estoy haciendo nada para fomentarlo. Y la aplicación... eres la única persona con la que he hablado allí. Consideré borrarla, pero quería mantenerla en caso de que me enviaras un mensaje. No quería que pensaras que ya no estaba interesado.

Ella soltó una risa y me sonrió. —Bueno, eres carne fresca, pero no solo porque eres nuevo. Es porque estás buenísimo. Y gracias por no borrar la aplicación. Probablemente habría pensado eso.

Sonreí. —¿Crees que estoy bueno?

Puso los ojos en blanco. —Sabes que lo estás. Cuando llevas esas camisetas ajustadas que se estiran sobre tus músculos y no dejan nada a la imaginación.

—¿Como cuando tú llevas esos pantalones de yoga ajustados?

Sus ojos se agrandaron. Sus labios se curvaron hacia arriba. —¡Colin!

—¿Tú puedes mirar pero yo no? No dije nada sobre tu sujetador y bragas transparentes en el estanque. Eso casi me mata.

Sus mejillas enrojecieron y evitó mi mirada.

—Eres hermosa, Elise —dije. Mi voz estaba tensa, mi control apenas contenido.

Me miró de nuevo, con inocencia y sorpresa en su mirada. No tenía idea de lo que me provocaba.

—Yo... um, gracias. Tú... um, tampoco estás mal.

Sonreí y me incliné. La besé rápidamente, luego me retiré y me senté.

—No es justo —hizo un puchero—. Quiero más.

Me reí. —Comamos. Porque cuando empiece a besarte, no voy a querer parar.

Sus mejillas se sonrojaron de nuevo. Asintió y tomó su tenedor. Dio un bocado y gimió, y juré que no iba a sobrevivir a la cena.

—Esto está buenísimo —dijo—. ¿Qué es?

—Jambalaya. A mi padre y a mí nos encantan las comidas picantes. Él y mi madre viajaron bastante antes de que yo naciera, y disfrutaron mucho de Nueva Orleans. ¿Nunca has comido esto?

Negó con la cabeza y tomó otro bocado. —No. Siempre pensé que sería demasiado picante para mí, pero esto es increíble.

—Puede ser más picante, pero no estaba seguro si te parecería bien, así que lo suavicé un poco. Tiene tan buen sabor que no necesita el picante.

—Es cierto —concordó Elise—. Siempre estoy hambrienta después del trabajo, pero esto está delicioso. Gracias por cocinar para mí.

—Gracias a ti por venir.

Comimos, hablamos y coqueteamos. Cuando ella se reía, todo mi mundo se sentía mejor. Tenía una sonrisa que era solo para mí, una con una pequeña arruga en la nariz y un guiño en los ojos.

Cuando terminamos de cenar, insistió en ayudarme a limpiar la cocina. Trabajamos juntos, chocando y rozándonos todo el tiempo. Para cuando terminamos, apenas podía controlarme.

—¿Qué quieres hacer? —preguntó, mirándome.

No me había dado cuenta de lo pequeña que era hasta que estábamos de pie en mi cocina mirándonos. Podía colocarla bajo mi barbilla y sostenerla contra mi pecho sin inclinar la cabeza. Tenía curvas, pero era pequeña comparada conmigo.

El hecho de que alguien se aprovechara de eso y la lastimara me enfurecía aún más.

—¿Qué tal una película? Dijiste que es lo que sueles hacer después de trabajar todo el día. Lo tranquilo es mi ritmo.

Se rio y asintió. —Me parece bien.

La seguí hasta la sala y me senté en el sofá junto a ella. Me aseguré de que tuviera espacio y no se sintiera agobiada por mí, pero ella se acercó más.

—¿Está bien esto?

Asentí. —Diablos, sí.

—¿Te pongo nervioso?

—¿Por qué?

Se mordió el labio y apartó la mirada. —Nunca le he contado a un chico sobre Andy. Mis amigos lo saben, pero eso es todo. Siento como si me tuvieras miedo o algo así.

Respiré hondo y le dije la verdad. —No quiero asustarte. No quiero hacer algo que te haga huir. Me gustas mucho, Elise, y supongo que no sé qué puedo o debo hacer ahora mismo.

—Si yo fuera cualquier otra mujer y estuviéramos en una cita en tu casa y le hubieras cocinado la cena, ¿qué estarías haciendo?

—¿Honestamente?

Ella asintió.

—Probablemente estaríamos en la habitación.

Se rio. —Mis experiencias con hombres desde Andy han sido solo en la habitación. Tenemos sexo, luego me voy.

—No quiero que te vayas.

Sonrió. —Yo tampoco. Pero sé que...

—No quiero apresurar esto —le dije.

Sonrió y suspiró. —Realmente eres un unicornio.

Me reí. —Tengo el cuerno para probarlo ahora mismo.

Ella jadeó. —Esa es la primera cosa sucia que me has dicho. Vaya. Me siento mucho menos tensa ahora.

—¿Estabas tensa?

Asintió. —Tengo una mente un poco sucia, y me he estado conteniendo porque pareces todo formal y correcto.

Resoplé. —Ni de cerca. Créeme, soy fan de lo sucio.

—¿Ah, sí?

Me acerqué más. —Sí. Especialmente cuando involucra a una mujer hermosa con su propia boca sucia.

Sonrió, con una sonrisa descarada y tentadora, y dijo: —Definitivamente tengo una de esas. Y sé cómo usarla.

Mi miembro palpitó con sus palabras, y gemí. —Sí, me vas a matar.

Se rio. —Pongamos una película.

Sonreí y le entregué el control remoto. Estaba bastante seguro de que no tenía suficiente sangre en el cerebro para entender nada, así que era mejor que ella eligiera.

Se recostó en el sofá y pasó por la sección de películas. La observé mientras buscaba. Inclinaba la cabeza mientras consideraba cada opción, luego la sacudía cuando la respuesta era no. Su nariz se arrugaba cuando pasaba una película que no le interesaba para nada. Y cuando finalmente encontró una que quería ver, sus ojos se iluminaron y su sonrisa me hizo sonreír.

—¿Alguna vez has visto esta? —preguntó cuando dejó el control remoto a su lado.

Miré la pantalla y negué con la cabeza. —No. ¿Es buena?

Asintió. —Una de mis películas favoritas.

Me recosté y la observé más que a la pantalla. Me sentía como un adolescente en una primera cita con mi padre en la habitación de al lado, en lugar de un hombre de casi cuarenta años en mi propia casa. Elise y yo no nos tocamos excepto por algunos roces incidentales. No hablamos. Solo nos sentamos juntos y vimos la película.

Y todo el tiempo, pensé en todas las cosas que le haría si fuera cualquier otra mujer. El sabor que tendría su piel cuando pasara mi lengua entre sus pechos. Cómo cambiaría su respiración cuando deslizara mi mano entre sus muslos. Cómo se iluminarían sus ojos cuando entrara en ella.

Era una tortura. Quería todas esas cosas, pero ella estaba contenta viendo la película. Seguiríamos su ritmo porque yo no era un idiota. Y si yo era quien quería ir despacio, sabía que ella estaría de acuerdo.

Y así era. No estaba interesado en apresurarla. Quería que supiera que podía confiar en mí y que nunca la empujaría a hacer algo que no quisiera hacer.

Cuando la película terminó, suspiró felizmente como si estuviera tan involucrada como los personajes. Me miró y preguntó: —¿Te gustó?

—Sinceramente, apenas la vi.

—Lo siento —dijo—. Debería haber elegido algo que hubieras disfrutado. ¿Qué tipo de películas te gustan?

Me reí suavemente. —No habría importado. Estaba demasiado ocupado mirándote.

Toda su actitud cambió. Una sonrisa sexy y seductora curvó sus labios. Se acercó más. —¿Sí? —preguntó con voz suave y tímida.

Asentí. —Absolutamente. Estoy hipnotizado por ti.

—El sentimiento es bastante mutuo.

Me reí. —Lo dudo. Me preguntaba qué sonidos harías cuando te corrieras. No creo que tú estuvieras pensando en eso.

Negó con la cabeza. —No, no lo estaba. Porque ya sé qué sonidos hago cuando me corro.

Una carcajada escapó de mí. Ella se unió y apoyó la cabeza en mi pecho.

—Me gustas, Colin. Y me asusta.

—Te dije que no pasará nada sin que tú lo quieras.

—¿Eso significa que no vas a dar el primer paso? —preguntó, levantando la cabeza para mirarme.

Respiré hondo y asentí. —Así es. Porque por mucho que te desee, y por doloroso que sea estar aquí sentado, me niego a hacerte sentir que tienes que hacer algo.

Se echó un poco hacia atrás y cambió de posición. Levantó la pierna y la pasó sobre mi regazo, sentándose a horcajadas sobre mí en el sofá.

Gemí y cerré los ojos para detener la oleada de deseo que me atravesaba. Si la miraba, no podría evitar tocarla.

—Tócame, Colin —susurró.

—Elise —gemí.

—Quiero sentir tus manos sobre mí.

Abrí los ojos y la miré. Me estaba mirando con tanto deseo apenas contenido que no pude contenerme. Le agarré el trasero y amasé ambas nalgas con mis dedos.

Ella gimió y se deslizó por mis muslos hasta que su cuerpo se encontró con el mío. Soltó un gemido cuando mi erección se anidó entre sus muslos y se frotó contra ella.

—Yo... prométeme que no vamos a tener sexo hoy —susurró. El dolor y la tensión en su voz me hicieron alejarme.

—Ya dije que nada...

—Si me tocas, voy a suplicarte. Te deseo. Quiero sentirte dentro de mí. Quiero gritar tu nombre y sentir algo. No podré contenerme, pero si lo hacemos...

—No vamos a tener sexo esta noche, Elise —dije con firmeza—. Te lo prometo.

—Gracias —respiró—. Ahora, sigue tocándome.

Sonreí. —Con gusto.

ada sonido que hacía me arrastraba más y más profundamente bajo su hechizo. No podía tener suficiente de ella. Me dolía hacer cualquier cosa y todo lo que me permitiera, pero le había hecho una promesa, y no iba a romperla.

—Bésame —susurró.

Tomar el control era algo nuevo para Elise. Podía sentirlo en la manera asustada en que me preguntó si yo iba a dar el primer paso. No le gustaba ser quien iniciaba las cosas, pero era la única manera hasta que se sintiera cómoda diciéndome que no.

Deslicé una mano por su espalda cuando me pidió que la besara. Mi otra mano permaneció en su trasero, manteniendo su cuerpo cerca del mío. Se retorció impaciente, esperando que hiciera lo que me pedía. Iba a dejar que ella decidiera lo que pasaba, pero lo haría a mi propio ritmo.

Deslicé mi mano hasta su cabello. Los sedosos mechones de su cola de caballo se enredaron entre mis dedos. Me moví para apartar el pelo de su rostro y descubrí que me estaba observando.

—Hola —dije suavemente.

—Hola.

Le sonreí y no pude resistir hacer exactamente lo que me había pedido. Me incliné y presioné mis labios contra los suyos. Ella suspiró, como si no estuviera segura de que haría lo que me pidió, y se dejó caer contra mí.

La confianza era algo poderoso. Saber que confiaba en mí, no solo con sus palabras sino con su cuerpo, me hacía sentir como el hombre más grande del mundo. Elise Webber, una mujer que rara vez dejaba entrar a la gente, especialmente a los hombres, me había dado un regalo que pocos hombres habían recibido jamás.

Su lengua jugó con la comisura de mis labios, diciéndome que quería más. Gemí y apreté su mejilla, acercando su cuerpo aún más al mío mientras abría la boca y la dejaba entrar.

No era nuestro primer beso, ni mucho menos, pero era uno que recordaría para siempre. Era uno que sabía que era diferente. Esto ya no era algo casual, no para mí. Quizás nunca lo fue, pero antes podía decirme a mí mismo que era casual. Cuando su lengua se deslizó contra la mía, su cuerpo provocándome, supe que para mí no había vuelta atrás.

El impulso de tomar el control era casi tan fuerte como el deseo de dejarla liderar. Elise envolvió su lengua alrededor de la mía y me provocó con cada caricia. Succionó mi lengua con fuerza, y mi miembro palpitó como si lo hubiera hecho con él. La mujer era una fantasía en la vida real.

Gemí y deslicé mi mano bajo su camiseta. Necesitaba sentir su piel desnuda. Era suave, delicada y cálida. Extendí mi mano sobre su costado, tocando tanto de ella como podía. Quería subir más, quitarle la camiseta y disfrutar con la vista de todo su cuerpo, pero ella seguía al mando.

Se echó hacia atrás y tiró de la parte inferior de su camiseta. La ayudé a quitársela y me quedé paralizado cuando vi de cerca su sostén blanco apenas conteniendo sus pechos.

Estar con una mujer a la que ya había visto casi desnuda era un tipo diferente de experiencia. Era como hacer todo con una sensación de déjà vu. Excepto que no era una sensación de repetición, era una segunda oportunidad.

Me incliné y apoyé mi cabeza en su pecho. Ella me rodeó con sus brazos y me mantuvo allí. Su corazón latía contra mi oído, el ritmo constante coincidiendo con los rápidos latidos de mi propio corazón. Nos quedamos así por un minuto, ella sosteniéndome mientras yo la sostenía, sin hablar, solo estando juntos.

—Colin —dijo suavemente.

Levanté la cabeza y encontré su mirada. —¿Sí?

—Todavía no me has tocado.

Me reí. Luego mantuve su mirada mientras levantaba mis manos para acariciar sus pechos. Sus ojos se cerraron cuando pasé mis pulgares sobre sus erectos pezones. No podía decidir qué quería mirar más... su rostro o su cuerpo. Su rostro me decía lo que disfrutaba, pero de su cuerpo no podía tener suficiente.

Sostuve sus costillas quietas y me incliné para capturar su pecho en mi boca. La tela sedosa de su sostén no era tan suave como su piel, pero cedió ante mí, empapándose casi instantáneamente y permitiéndome rodear su pezón con mi lengua. Ella gimió mientras la provocaba, y sus caderas se movieron sobre las mías.

Contuve mi gemido, sabiendo que iba a avergonzarme frente a esta mujer si no me controlaba. Esta noche era para ella. Cocinarle la cena. Hablar con ella. Hacerla sentir bien. Hacerle saber que estaba segura conmigo. No me importaban mis propias necesidades, no cuando ella tenía necesidades insatisfechas.

Succioné con fuerza su pezón, metiendo en mi boca tanto

este como parte del sostén. Su respiración se entrecortó mientras susurraba mi nombre. Sus caderas seguían moviéndose sobre mí, y me pregunté si siquiera se daba cuenta de que lo estaba haciendo.

Solté el primer pezón y casi me corrí cuando vi el contorno de mi boca alrededor de su pezón erecto. Era casto en comparación con la mayoría de las mujeres con las que había estado íntimamente, pero se sentía erótico y tan personal que casi me asustaba.

La última mujer con la que estuve me dijo que yo era fóbico al compromiso. Le dije que simplemente no quería comprometerme con ella. Los dos teníamos razón de alguna manera porque no quería comprometerme con ella, pero hasta Elise, no estaba seguro de si alguna vez me comprometería con alguien. Quería hacerlo, y estaba abierto a ello, pero había una parte de mí que siempre se contenía. Con Elise, quería correr a toda velocidad hasta que no pudiéramos ir más lejos.

Me moví a su otro pezón, enterrando mi cara en ella para dejar de soñar con todas las otras cosas que quería hacer con ella. Cosas que significarían que sería mía para siempre.

Ella respondió arqueando su espalda y presionando su pecho contra mi cara. Un pequeño gemido escapó de sus labios. La rodeé con mis brazos, su piel quemando la mía. No podía tener suficiente de ella, pero solo tocarla era perfecto. Era como el mejor manjar del planeta. Uno que quería tanto saborear como devorar.

—Colin —susurró.

La miré, pero ella no me estaba mirando. Sus ojos estaban cerrados y su cabeza echada hacia atrás. Tenía una expresión de puro éxtasis en su rostro.

Besé su pecho hasta llegar a su cuello y la saboreé allí. Los anillos húmedos de sus pezones me hacían querer más de ella. Su cuello era dulce bajo el sabor salado de su sudor y el agua del río.

—Más, Colin. Por favor.

—¿Esta es la parte donde suplicas? —pregunté contra su cuello.

Ella asintió. —Te necesito.

—Cualquier cosa, Elise. Dime lo que necesitas.

—Te necesito a ti, Colin.

Me empujé contra ella, frotándome contra su entrepierna. Sus vaqueros eran un obstáculo, pero era lo mejor que podía hacer en esas circunstancias.

—Oh, Dios —gimoteó.

Lo hice de nuevo, besando el camino de regreso a sus pezones y llevando uno a mi boca. Ella me cabalgó, tomando lo que necesitaba de mí y dejándome ayudarla.

Sus movimientos eran frenéticos, su cuerpo tomando el control. Gimoteó, como si algo no estuviera bien.

—Colin —gimió—. Más, por favor. Ayúdame.

La alejé lo suficiente para deslizar mi mano entre nosotros. La miré, esperando hasta que abriera los ojos y se encontrara con mi mirada. —¿Puedo tocarte, Elise?

—Por favor —me suplicó.

Gracias a Dios por los pantalones de yoga. Se estiraron cuando deslicé mi mano por el frente. Primero, rizos rozaron mis dedos, luego carne húmeda que me hizo gemir. Seguí adelante, introduciendo un dedo apenas dentro de ella.

Inmediatamente comenzó a mover sus caderas de nuevo, su cuerpo atrayéndome. La provoqué hasta que dejó que un dedo se deslizara dentro y moví mi pulgar hacia arriba hasta su clítoris. Ella gimió y cabalgó mi mano.

Sus dedos se clavaron en mis hombros. Su cabeza cayó hacia atrás. Besé su estómago y sus pechos y presioné su clítoris, provocándola y jugando con ella hasta que su canal tiró de mis dedos y su cuerpo se tensó.

Entonces todo se liberó.

La miré, queriendo recordar la expresión en su rostro mientras se corría por primera vez. Sus ojos estaban fuertemente cerrados, como si no pudiera enfrentar lo que estaba sucediendo. Sus labios estaban entreabiertos formando una O. Su piel estaba sonrojada y húmeda, un rubor que continuaba hasta sus pechos.

Era la mujer más hermosa que había visto en mi vida.

Tembló durante su orgasmo, luego se estremeció con las réplicas. Hice lo mejor que pude por quedarme quieto, pero cada vez que se movía, mis dedos rozaban contra ella.

—Joder —respiró—. Nunca me he corrido tan fuerte.

—¿Nunca? —pregunté, retirando lentamente mi mano.

—Oh, Dios —gimió, su cuerpo temblando una vez más—. Oh, sí.

Cayó hacia adelante sobre mí, dejando que soportara su peso. Me limpié la mano en mis vaqueros y la abracé. Su respiración se ralentizó y su cuerpo dejó de temblar, y entonces se tensó.

—Necesito irme —dijo rápidamente, bajándose de mi regazo—. Yo, um, yo... lo siento.

Se levantó y se alejó de mí sin su camiseta. Sus movimientos eran bruscos y erráticos. Se apresuró hacia la puerta, mirando alrededor como si supiera que estaba olvidando algo pero no sabía qué.

—Elise —dije suavemente.

Me miró, y levanté su camiseta. Bajó la mirada hacia sí misma y su pecho se volvió rosado. —Eh, sí, supongo que necesito eso.

Esperé hasta que se acercó a mí y luego pregunté: —¿O podrías decirme qué pasó y podemos dejarla en el suelo?

—Yo... no debería haber hecho eso.

—¿Hecho qué?

Hizo un gesto hacia el sofá. —Hecho... eso.

—¿Tener un orgasmo? —pregunté.

Sus mejillas se sonrojaron. —Sí, eso. Yo... te sentías bien. Y me aproveché de ti.

—¿Cómo crees que te aprovechaste de mí? Créeme cuando te digo que disfruté eso.

—Pero te supliqué, y no te di opción. Y te hice prometer que no íbamos a tener sexo esta noche.

—Y no lo tuvimos.

—No, pero tú querías.

—Sí y no. No te invité aquí con la esperanza de que termináramos en la cama. Quería verte.

—Pero me tocaste. Te lo pedí y me tocaste. Me diste un orgasmo y ahora tú...

Levanté una ceja.

Ella miró mi pene, presionado contra mi cremallera.

Me reí entre dientes. —Él sobrevivirá.

—Debería... ayudarte. O podemos tener sexo.

Negué con la cabeza. —Nada de sexo, Elise. Te lo prometí. Y nada de quid pro quo. No se trata de eso. A veces me contentaré con tocarte y verte perdida en tu propio placer. Y a veces tú harás lo mismo por mí. Pero no estoy dispuesto a negociar por sexo.

—Realmente creo que eres un unicornio. Tú simplemente... todo lo que dices es lo opuesto a lo que espero.

—¿Qué quieres decir?

Se encogió de hombros. —Pensé que pedirías algo.

Negué con la cabeza. —Te lo dije, no voy a empujarte a hacer nada que no quieras hacer. Nunca. Te quiero aquí porque quieres estar aquí. No porque pienses que tienes que estar o creas que me enojaré si te vas o cualquier otra razón que no sea que quieras estar.

—Gracias —susurró. La guerra aún se libraba en sus ojos. Quería que se quedara pero ella no iba a hacerlo. Estaba lista para irse. No importaba por qué, y no iba a hacer que sintiera que no debería.

Me acerqué a ella y sostuve su camiseta para que se la pusiera. Deslizó sus brazos y luego me ayudó a tirar de ella sobre su cabeza. Se la alisó en el frente y luego me miró con pesar en los ojos.

Froté el punto entre sus cejas donde su frente estaba arrugada de preocupación.

Sonrió tristemente. Inclinó la cabeza hacia atrás para mantener sus ojos fijos en los míos. —¿Estás enfadado?

Negué con la cabeza y la atraje contra mi pecho. —Ni un poco. Estoy decepcionado de que no confíes en lo que digo, pero no estoy enfadado en absoluto. ¿Vamos a hacer esto de nuevo?

—¿Qué? ¿Una cita o dejarme colgado al final de la noche?

Me reí. —Bueno, con suerte lo primero, pero si lo segundo también sucede, no me matará.

—Los hombres normalmente quieren sexo, y si no lo consiguen, se enfadan. ¿Qué pasa contigo?

Deslicé mi mano por su espalda y respiré su aroma. —Sé ser paciente. Tengo una granja de arce, y no hay nada más lento que la savia de arce goteando de un árbol frío.

Ella se rió.

—No hay razón para apresurarte, Elise.

—Gracias. —Tomó aire—. Eso me hace querer saltarte encima.

Besé la parte superior de su frente. —No lo digo por esa razón. Y creo que necesitas saber que estás segura. Todavía no te sientes segura conmigo.

—Nadamos en un estanque en ropa interior.

Me encogí de hombros. —Supongo que estar en mi casa es más difícil. Solo tú sabes por qué.

Tomó otro respiro profundo, y la solté. Fue doloroso, pero era lo único que podía hacer. Ella me besó rápidamente, luego caminó hacia mi puerta. Antes de salir, dijo: —Gracias por esta noche. La próxima vez no te provocaré.

—Sí, lo harás —bromeé con ella—. Porque solo caminar por esa puerta ya es una provocación. Respirar tu aroma, verte sonreír, todo eso me provoca. Pero eso solo significa que será mucho mejor cuando la savia comience a fluir.

Volvió y me besó rápidamente, luego salió por la puerta.

Me quedé allí por un minuto, debatiendo qué hacer. La cocina estaba limpia. La atracción de la televisión no estaba ahí. Todo lo que quería era a Elise, pero se había ido. Su aroma me llenaba y fluía a mi alrededor, y mi erección pulsaba con cada respiración. Una ducha fría parecía la única opción que tenía.

Excepto que cuando abrí el agua, la hice tibia. Cuando entré, la puse más caliente. Y cuando la risa de Elise flotó en mi mente, envolví mi mano alrededor de mi polla y gemí.

Dejé que mi mente repasara la noche. Desde el segundo en que entró, sus ojos llenos de asombro por la casa, hasta cuando se abrió un poco conmigo y coqueteó. Luego ella subiéndose encima de mí y volándome la mente con su sensualidad natural.

Dejé que el agua golpeara mi pecho y se deslizara por mi cuerpo, haciendo que mi polla estuviera más resbaladiza con cada caricia. Lo que comenzó lento se volvió rápido y casi doloroso. Imágenes de Elise inundaron mi mente. Ella en el estanque. Ella riéndose de mí. Ella flotando. Sus mejillas rojas de vergüenza. Sus ojos amplios y alegres. Su cuerpo meciéndose sobre el mío. Su pecho sonrojado de deseo. Sus ojos cerrados y boca abierta.

—Elise —gruñí. Mi puño golpeaba contra mi abdomen, apretando la punta y retrocediendo. Cada respiración era arrancada de mí solo por necesidad. Nada en mí importaba excepto Elise.

Mi cuerpo se tensó. Mi polla palpitó. Mi columna hormigueó. Estaba bastante seguro de que iba a enfermarme.

Entonces todo se liberó. Me corrí con tanta fuerza que salpiqué la pared frente a mí. Golpeé mi mano libre contra la pared para evitar colapsar mientras seguía acariciándome. Cada latido de mi corazón empujaba otro chorro hasta que temblé de agotamiento.

Me solté y presioné ambas manos contra la pared. El agua golpeaba mi espalda. Dejé que la ducha ayudara a que mi respiración volviera a la normalidad, luego terminé de ducharme y salí. Me envolví una toalla alrededor de la cintura y caminé a mi habitación. Me dejé caer sobre la cama y me quedé dormido antes de terminar de secarme al aire. Soñando con Elise.

16

ELISE

—He oído un rumor de que Trent MacKellar va a regresar a la casa de los MacKellar —dijo Laura una vez que todas estábamos comiendo pastel.

Trinity trajo un pastel de limón con un glaseado de ron alcohólico que estaba delicioso, y que me resultaba mucho más interesante que otro rumor sobre los MacKellar.

—Siempre dicen eso —le contestó Karissa—. Durante años, ha habido rumores sobre alguien mudándose allí. He oído de todo, desde que Trent MacKellar volvía a casa hasta que Trent tenía una esposa y un montón de hijos y los iba a criar aquí, o que la esposa de Trent murió y traía a sus hijos. Incluso escuché una vez que la habían vendido. Y que Trent perdió la casa en un juego de cartas. Nada de eso es cierto.

—¿En serio? —preguntó Laura, sonando decepcionada. Arrugó la nariz y sacudió sus rizos rubios apartándolos de su cara.

Karissa asintió.

—Sí. Trent MacKellar estaba deseando largarse de aquí tan pronto como pudiera. Odiaba vivir aquí tanto como le encantaba.

—¿Qué significa eso? —preguntó Blake, inclinándose hacia adelante.

A todo el mundo le gustaba escuchar sobre los MacKellar. Quienes conocieron a Trent eran casi como de la realeza. El resto devorábamos cualquier cosa que pudiéramos saber sobre la familia que fundó Cala MacKellar.

Karissa se reclinó y ladeó la cabeza mirando todas las caras que la observaban.

—¿Vosotras no lo conocíais?

Negamos con la cabeza.

—¿Tú no, Melody? —preguntó Karissa, dirigiendo sus ojos marrones hacia Mel. Melody era un año menor que Karissa, pero siempre estaba con Ramsey e Ian, que también se graduaron con Trent.

Melody negó con la cabeza.

—Sabía quién era, pero no era amiga suya. Tampoco lo eran Ramsey o Ian. No sabía que tú sí.

Karissa se rio. Cruzó sus largas piernas y se reclinó en su asiento. Tomó un bocado de su pastel. Ella era una de las cercanas a la realeza. Alguien que conocía a Trent y no lo consideraba especial. El resto no compartíamos sus pensamientos y estábamos desesperadas por saber por qué.

—No era amiga de Trent MacKellar. Una amiga mía salió con él durante unas semanas, pero nunca se quedaba mucho tiempo con nadie. Me contó que usó su apellido para librarse de una multa por exceso de velocidad una noche, pero siempre se quejaba de que a todos solo les caía bien porque era un MacKellar.

—Suena como un cretino —dijo Trinity, poniendo los ojos en blanco—. Ni siquiera sabía que había un MacKellar tan joven. Tuvo que ser raro crecer en un pueblo con el nombre de tu familia.

—Su madre fue quien insistió en la plaza. Decía que la gente debería tener un lugar donde reunirse. Se llama Parque

Catherine, pero todos lo llaman plaza del pueblo o simplemente la plaza —dijo Finley, añadiendo el poco de historia local que yo conocía—. No lo conocía, pero siempre pensé que sería genial tener tantos amigos. Solíamos ir a los partidos de fútbol con Ian y una vez intentó señalarnos a Trent. Estaba en medio de una multitud. No pude verlo bien.

—Que no te engañe la multitud —dijo Karissa. Frunció sus labios púrpuras, del mismo color que su mono—. Odiaba la multitud tanto como odiaba vivir aquí. No va a volver.

—¿Crees que tal vez sea alguien más de la familia? —le pregunté a Laura.

Ella negó con la cabeza.

—No, escuché que era él. Me lo dijo uno de mis pacientes.

—Es realmente una pena —dije—. La casa es preciosa, pero al estar vacía tanto tiempo, no puede estar en buenas condiciones.

—Tienen personal que la cuida —dijo Karissa—. Nunca dejarían que sus posesiones fueran menos que estelares. Trent rayó su coche en su tercer año y su padre le compró otro ese mismo fin de semana en lugar de simplemente arreglarlo.

—¿En serio? —preguntó Blake.

Karissa se rio y terminó su pastel. Se cortó otro trozo y asintió.

—Sí. Así eran ellos. Todo por las apariencias.

—Yo no podría vivir así —dijo Finley—. Me volvería loca preocuparme tanto por lo que piensen los demás.

Asentí, aunque en cierto modo lo entendía. Nunca le conté a mi familia sobre Andy porque me preocupaba que pensaran menos de mí. Era lo mismo con mucha gente que conocía o había conocido desde que lo dejé. Ser una víctima me hacía sentir débil, aunque muchos dijeran que fui fuerte por alejarme. Admitir cuánto tiempo me quedé, aunque fuera malo, me hacía sentir débil. Si irse era fuerte, entonces quedarse era débil.

Sabía que eso no era completamente cierto, pero era como me sentía. Él me hizo creer que nadie confiaría en mí, y años después, todavía dejaba que sus palabras dictaran mi vida.

—Mierda —murmuré, dándome cuenta de lo que había dictado más recientemente.

—¿Qué? —preguntó Trinity. Estaba sentada a mi lado y fue la única que escuchó mi palabra apenas pronunciada. Se inclinó más cerca—. ¿Estás bien?

Empecé a asentir, luego negué con la cabeza. No lo estaba. Ni un poco. Me alejé de Colin porque tenía miedo. No le di una oportunidad. Y sí, apenas nos conocíamos, y no, no estaba lista para tener sexo con él, pero lo convertí en el malo en mi cabeza. De nuevo.

—Yo... estoy muy confundida.

—¿Sobre qué? —preguntó Trinity.

—Colin. Tuvimos una cita anoche y me puse rara y me fui, aunque todo iba realmente bien.

—¿Qué tan bien? —preguntó Finley—. Ayuda a una chica con detalles.

Resoplé.

—No tan bien, pero del tipo de un orgasmo explosivo para mí. Él no recibió nada.

—Eso es mejor de lo que he tenido en todo el año —dijo Trinity—. Claramente no sé elegir a los adecuados porque los que he conocido no merecen una segunda ronda entre las sábanas.

—Eso es porque estás buscando una conexión en lugar de solo sexo —dijo Laura—. Los hombres no quieren relaciones. Quieren encuentros casuales. Y si el encuentro casual es lo suficientemente bueno, tal vez quieran algo más.

—Suenas como si hablaras por experiencia —dijo Karissa—. ¿Pasó algo con el Dr. Allison?

Laura puso los ojos en blanco y negó con la cabeza.

—No, no conmigo. Pero una de las otras enfermeras dijo que tiene una aventura regular en otro pueblo.

—¿Es la misma persona que te dijo que Trent MacKellar se está mudando de vuelta? —preguntó Karissa con una mirada irónica.

Laura negó con la cabeza.

—No. Es una enfermera que ha trabajado para él más tiempo que yo. Ella lo sabría. Y normalmente no suele chismorrear.

—Entonces, ¿cómo surgió esa conversación? —preguntó Blake.

—No lo sé. No importa. ¿No estábamos hablando de Elise? —dijo Laura.

Negué con la cabeza.

—No, podemos analizar tu relación con tu jefe en su lugar.

—No, creo que el hecho de que tú realmente tengas una relación hace que la tuya sea mucho más interesante —respondió Laura con una sonrisa.

—Tiene razón —dijo Trinity—. Lo siento, Laura.

Laura se encogió de hombros.

—¿No lo sientes por mí?

Trinity negó con la cabeza, haciendo volar sus tirabuzones.

—Ni un poquito. Porque necesitas ayuda si vas a mantener a ese hombre en tu vida.

—¿Por qué necesito un hombre? —pregunté.

—No lo necesitas —dijo Karissa—. Y esto viene de la mujer que creó una aplicación de citas. Pero si quieres un hombre en tu vida, eso es diferente. Eres una protectora, Elise. Creas una familia y atraes a la gente hacia ti. No eres solitaria.

—¿De qué estás hablando? Vivo sola —argumenté.

—En una comunidad que está tan metida en los asuntos de todos que puedes dejar las puertas sin llave y saber que nadie pondrá un pie dentro —argumentó Karissa.

—Me gusta eso —dije—. Me siento segura allí.

—Y eso es bueno —dijo Finley—. Pero lo que Rissa está diciendo es que no eres el tipo de persona que estará sola para siempre. Eres el tipo de persona que quiere una relación y alguien con quien compartir su vida.

—Pero no he estado en una relación desde Andy.

—Porque tienes miedo —dijo Laura—. Y tienes todo el derecho a tenerlo. Pero eso no significa que quieras estar sola. Creo que tu miedo a estar sola está empezando a superar tu miedo a dejar entrar a otra persona.

—No tengo miedo a estar sola. —Hice un puchero mientras ellas se reían y resoplaban.

—Elise, te queremos —dijo Blake—. Sabes que siempre estaremos aquí para ti. Como dijo Rissa, has creado un hogar aquí con nosotras. Quieres personas con quien compartir tu vida. No te culpo. La vida es mejor con Ian de lo que jamás pensé que podría ser. Estaba contenta de estar sola para siempre, pero ahora no puedo imaginar la vida sin él.

—No estoy enamorada de Colin —dije.

—Curioso cómo ninguna de nosotras dijo eso pero ese es tu argumento —dijo Karissa—. Creo que podrías tener más sentimientos por él de los que estás dispuesta a admitir, incluso a ti misma.

—Me gusta, pero eso es todo. Es un buen tipo. Es guapísimo y dulce e inteligente y divertido. Tiene un lado pícaro que te sorprende cuando lo escuchas. Y cocina de maravilla.

Dejé de hablar y las miré. Todas me observaban con sonrisas idénticas.

—No estoy enamorada de él —argumenté.

—Vale, no estás enamorada de él —dijo Trinity—, pero te gusta. ¿Cuál es el problema?

Suspiré.

—No lo sé. Solo...

—No quieres quererlo —dijo Laura.

Asentí.

—Sí.

—Dios, conozco bien ese sentimiento. Es horrible. Pero al menos en tu caso sabes que él también te quiere a ti —dijo Laura con una sonrisa triste.

—Lo siento, Laura.

Ella se encogió de hombros.

—Es algo bueno, Elise. No te sientas mal por mí. Sé feliz de que haya un chico dulce, amable y asombroso que cocina bien y es guapo y hábil con sus manos que te quiere. Yo lo aceptaría.

Le sonreí, odiando que ella y el Dr. Allison no estuvieran juntos. Él era inteligente, pero vaya si era tonto por no verla.

—¿Quieres sexo o una relación? —preguntó Finley.

—Yo... —Cerré la boca cuando me di cuenta de que mi respuesta habitual de sexo no era precisa. Quería conocer a Colin. Me gustaba y quería pasar tiempo con él. Me hacía reír y me hacía sentir segura.

—Ambas es una respuesta aceptable —dijo Blake. Giró su anillo de compromiso alrededor de su dedo y sonrió.

—No he querido una relación en ocho años. Es mucho tiempo para estar sola —dije.

—No has estado sola. Nos tienes a nosotras y tienes a tu familia y tienes a tu comunidad —dijo Karissa—. No has tenido un hombre compartiendo tu cama, pero eso no significa que hayas estado sola.

—No da miedo estar con vosotras. Me conocéis y no me juzgáis —admití.

—¿Crees que Colin lo haría? —preguntó Melody.

Negué con la cabeza.

—Le conté sobre eso anoche. Sobre Andy. No detalles, pero entendió que mi única otra relación terminó muy mal.

—¿Tú qué? —soltó Karissa.

Me quedé helada, mirando a mis amigas sorprendidas.

—¿Qué?

—¿Se lo contaste? —preguntó Karissa.

Asentí, con las mejillas ardiendo y el pecho apretándose. No sabía por qué no debería haberlo hecho, pero me asustaba haberlo hecho y que no debería.

—¿Por qué no debería?

—No es eso —dijo Laura—. Es que no nos contaste nada durante mucho tiempo. Has conocido a Colin, ¿qué, unas pocas semanas?

—¿No debería habérselo contado? —pregunté. Mi cuerpo se calentó mientras entraba en pánico.

—No es eso en absoluto —dijo Trinity—. Estamos sorprendidas porque no hablas de ello. Ni siquiera casualmente o un poco. Lo entiendo, sabes que lo entiendo, pero si te sentiste lo suficientemente cómoda con él como para compartir algo, significa que confías en él. Mucho.

—Lo hago, supongo. Puedo hablar con él y pasar tiempo con él, pero me asusté cuando... le dije que tenía que detenernos si le suplicaba por sexo —confesé.

—¿Que tú qué? —preguntó Karissa.

Me cubrí la cara con las manos.

—Es una tontería, pero sabía que si empezaba a besarlo, terminaría queriendo tener sexo. Es todo lo que he hecho. No he tenido sexo con alguien con quien me haya enrollado. Todo ha sido rápido y sucio y, para ser honesta, no tan bueno. Pero todo con Colin ha sido tan bueno. Y yo...

—Querías tener sexo con él —dijo Melody—. Lo que lo movió de la zona segura y amistosa a la zona arriesgada y sexy. Y no has tenido a nadie que cruce esa línea desde tu ex.

Asentí, sorprendida por su perspicacia.

—Cuando Ramsey me pidió el divorcio, tuve algunas citas. Lo odiaba, pero fue algo parecido. Otro padre me invitó a salir y fuimos. Estuvo bien, pero cuando lo volví a ver en la escuela fue raro. Era como si pudiéramos llevarnos bien cuando estábamos en la escuela, y tuvimos una cita aceptable, pero una vez que salimos, verlo en la escuela era incómodo y extraño —explicó Melody.

—Exactamente —dije—. Pero eso está seriamente jodido, ¿verdad?

—Ian fue uno de mis amigos más cercanos durante años —dijo Blake—. Cuando nos besamos por primera vez, me descolocó completamente. Era Ian. Se suponía que no debía estar interesado en mí. Pero él quería más y más, y fue halagador, por decir lo mínimo, que me quisiera. Pero todavía me liaba la cabeza.

—Estabas totalmente confundida por él —dijo Finley con una sonrisa.

—Realmente lo estaba —dijo Blake con una risita—. Soy como tú, Elise. Realmente no quería estar sola, pero me convencí de que sí. No era feliz, pero no estaba herida. No tenía miedo de perderme a mí misma como mi madre lo hizo tantas veces. Dejar entrar a Ian no fue fácil, pero soy mucho más feliz por ello.

—Simplemente no sé si puedo hacerlo. Yo...

—Mi madre nunca lo hizo —dijo Trinity—. Han pasado más de quince años y todavía no está dispuesta a tener citas. Es una elección que tienes que hacer, pero si confiaste en él lo suficiente para contarle sobre Andy, y confiaste en él para ir a nadar en ropa interior...

—¡No fuimos a nadar en ropa interior!

—Fuiste a nadar a un estanque en sujetador y bragas. Créeme cuando te digo que eso no ocultaba nada. Y apostaría a que cualquier calzoncillo o bóxer que él llevara tampoco ocultaba nada —argumentó Trinity con una ceja arqueada.

Mi sonrisa y las mejillas cálidas fueron toda la respuesta que necesitaba.

—Como decía, si puedes confiar en él con todo esto... —Dejó la frase en el aire, dejándome interpretar sus palabras.

Debería ser capaz de confiar en él con todo mi ser.

—Realmente odio cuando tenéis razón.

Karissa sonrió.

—Y nosotras odiamos cuando te guardas detalles sobre una buena sesión de besos. Ahora suelta todo.

Sonreí y les conté todo. Y mi único arrepentimiento fue no tener más que compartir con mis amigas sobre el hombre que me hacía querer abandonar todos mis miedos.

17

Cuando llegué a casa después de la noche de chicas, le envié un mensaje a Colin en En Busca del Galán de Papel sobre venir a mi casa algún día. Nunca había invitado a alguien a mi hogar, pero lo quería allí. Lo quería en mi espacio donde me sentía más cómoda.

Él dijo que estaba libre el martes, y fijamos una cita. Fui valiente y decidida hasta que salí del trabajo el martes por la tarde y Ava me deseó suerte.

Entonces empecé a entrar en pánico.

Había una razón por la que no invitaba a hombres a mi casa. Mis vecinos, para empezar. Lo interrogarían hasta que llegara a mi remolque. Y luego, cuando estuviera allí, yo no podría salir e irme a casa si la cita no iba bien. Y si algo llegara a pasar, mis vecinos probablemente lo sabrían porque vigilarían mi remolque y verían cuándo se iba, y probablemente lo acosarían cuando saliera del vecindario.

Quizás no debería haberlo invitado.

Cuando llegué a casa, vi un mensaje esperándome en En Busca del Galán de Papel. Lo abrí y me reí cuando vi que era de Colin.

COSAS DULCES

He comprado un pastel de crema de arce
para el postre de esta noche, si te parece
bien. También quería asegurarme de que
seguimos en pie.

CAPITANA

Seguimos en pie. Intentaré no dejarte
insatisfecho otra vez. El pastel suena
increíble.

COSAS DULCES

El pastel es increíble. Lo he probado antes y
se ha convertido en otra de mis debilidades.
Y créeme, quedé muy satisfecho la otra
noche. Verte fue... no hay palabras.

CAPITANA

Estoy segura de que eso no es cierto, pero
gracias.

COSAS DULCES

Es definitivamente cierto. Me diste mucho
material para fantasear durante los últimos
días.

CAPITANA

Sucio. Viejo. Verde.

COSAS DULCES

Me hieres. No soy tan viejo.

CAPITANA

¿Pero sí eres sucio?

COSAS DULCES

Tú sacas ese lado de mí.

CAPITANA

Jajaja. Necesito ducharme. Te veo pronto.

COSAS DULCES

Y a mi pastel. Provocadora.

Era con él con quien realmente estaba hablando.

COSAS DULCES

Jajaja. Ahora sé cuál es mi lugar.

Me reí y dejé el teléfono. Todo iba a estar bien.

Corrí al baño y tomé una ducha rápida para limpiarme el día. Me vestí con ropa suave y cómoda porque, aunque era una cita, era una cita en casa. Y Colin me había visto en peores condiciones. Me recogí el pelo en una cola de caballo suelta y empecé con la cena. No tomaría mucho tiempo cocinar el arroz ya que todo lo demás ya estaba hecho. Encontré una receta en línea para estofado de carne y lo hice el día anterior. Fue bastante fácil, pero no tenía todos los ingredientes correctos. Estaba bien, sin embargo. Era imposible estropear un estofado. Eso es lo que decía mi madre.

Calenté el estofado, y la cocina olía delicioso. Pensé que eso era una buena señal y saqué felizmente todo lo que necesitábamos para comer.

Unos quince minutos después de cuando esperaba a Colin, revisé mi teléfono. No tenía ningún mensaje perdido de él. No estaba segura de qué había pasado hasta que escuché voces afuera.

Mis vecinos.

Salí corriendo y encontré a la Sra. Carter hablando con Colin fuera de mi remolque. Le estaba preguntando quién era y por qué estaba allí.

—Soy amigo de Elise. Ella me invitó a cenar. El pastel es para ella —dijo Colin.

—A Elise le gusta el pastel. También es buena haciéndolos. Vino y horneó un pastel conmigo no hace mucho. Es una buena chica. ¿Eres un buen chico?

—Sí, señora —dijo Colin automáticamente.

—Te estaré vigilando —dijo la Sra. Carter—. No voy a dejar que nadie lastime a Elise.

—Tiene suerte de tenerla en su vida —dijo Colin con una sonrisa.

—Hola, Sra. Carter —la llamé.

—Hola, Elise —respondió con una amplia sonrisa—. ¿Lo invitaste tú?

Asentí. —Sí. Él va a cenar conmigo y ver una película.

—¿Cocinaste? —preguntó la Sra. Carter.

Asentí. —Sí.

Su sonrisa se desvaneció. —¿Debería llamar a Steve?

Le fruncí el ceño. Steve era un amigo del hijo de ella y era dueño de una de las pizzerías locales. La Sra. Carter me dio su número la primera vez que cocinamos juntas. Me gustaba hornear, pero cocinar no siempre era un éxito. —No, Sra. Carter. Estoy segura de que la cena está bien. Que tenga una buena noche.

Ella saludó con la mano y volvió a su remolque. Colin finalmente salió de su camioneta, como si fuera seguro sin los perros guardianes alrededor.

—Tus vecinos son intensos. No pensé que la señora de enfrente me dejaría entrar —dijo Colin, mirando alrededor.

—La Sra. Lockhart es mejor que un policía para averiguar cosas. Ha vivido aquí toda su vida y nos protege como si todos fuéramos sus propios hijos.

—Casi se cae del porche cuando le dije que venía a verte. Me dijo que no había forma y que nunca tienes visitas. Especialmente no hombres —dijo Colin cuando llegó a mi puerta.

Se veía bien. Los vaqueros le colgaban bajos en las caderas y su camiseta verde era lo suficientemente suelta como para dar una pista de los músculos que yo sabía que estaban debajo. También olía bien. Como si acabara de ducharse. Fresco y limpio, pero masculino de una manera picante.

Pero todo eso no fue suficiente para distraerme de mi vergüenza de que él supiera que nunca invitaba a gente.

—Um, sí, bueno, yo...

—Gracias por invitarme —dijo suavemente, extendiendo la mano y acariciando mi mejilla.

De repente, ese calor de mi vergüenza se convirtió en un tipo totalmente diferente de calor. El tipo de calor que me hacía querer arrastrarlo adentro y hacer cualquier cosa menos darle de cenar.

Un golpe llamó mi atención hacia la ventana de la Sra. Carter, donde ella nos estaba observando. Me aparté de Colin y saludé a la Sra. Carter. Ella correspondió el saludo.

Retrocedí para que Colin y yo pudiéramos entrar. Él miró hacia atrás y sonrió a la Sra. Carter, luego me siguió adentro. Cerré y bloqueé la puerta mientras él observaba mi casa. Era pequeña, pero la mantenía limpia y ordenada. Entramos directamente a mi sala de estar. Un sofá suave que te envolvía cuando te sentabas y te daba la bienvenida como parte de él ocupaba la mayor parte del espacio. Tenía mesitas auxiliares y un televisor, pero ningún otro mueble ya que nunca tenía más de una o dos personas de visita. Y siempre mis amigas. A un lado estaba mi cama y al otro mi cocina. Ambos eran visibles desde la puerta principal.

—Esto es todo tuyo aquí. Realmente me gusta —dijo Colin.

—Es pequeño. Me gusta que sea pequeño, pero es pequeño.

—No hay nada de malo en eso. La gente no necesita casas grandes o muchas cosas para ser feliz. Tienes personas que claramente se preocupan por ti aquí. Eso no sería tan probable si todos tuvieran casas grandes y estuvieran a kilómetros de distancia unos de otros.

—Esa fue una de las razones por las que me mudé aquí. Me gustaba saber que había gente cerca. No había pasado mucho tiempo después de Andy cuando compré este lugar, y quería saber que nadie podría esconderse aquí y que las personas estaban cerca si alguna vez necesitaba algo.

—Estoy seguro de que si no fuera una amenaza, serían personas muy agradables.

—No eres una amenaza —dije con una risa.

Él negó con la cabeza. —Ellos no saben eso. Todo lo que saben es que aparecí para verte, y eso no es normal.

—Está bien. No es gran cosa.

Colin no dijo nada, pero pude ver en sus ojos que quería hacerlo. Ambos lo dejamos pasar. Hablar de ello solo me haría sentir incómoda. De alguna manera, él siempre captaba cosas así.

—¿Deberíamos cenar? Este postre huele increíble, pero lo que sea que hayas cocinado huele aún mejor —dijo Colin.

Asentí. —Sí, deberíamos. Um, no tengo mesa de comedor. Siempre como en el sofá.

Él sonrió. —Normalmente hago lo mismo.

Me siguió a la cocina y puso el pastel que trajo en el refrigerador. Colin se quedó atrás para que yo pudiera servir nuestras comidas ya que la cocina era tan pequeña. Era gracioso porque nunca parecía pequeña cuando Laura, Blake o Karissa estaban. Solo cuando Colin apareció, mi casa parecía que no podía contenerlo todo.

Le entregué un tazón de comida e hice el mío. Ambos nos servimos vasos de agua y fuimos al sofá. Colin se sentó y gimió. —Este podría ser el sofá más cómodo en el que me he sentado jamás.

Me reí. —Lo sé, ¿verdad? Cuando lo encontré en la tienda, tuve que comprarlo.

—No te culpo. Creo que dormiría en esto si fuera mío. Vaya.

Me reí tontamente y tomé el control remoto. —¿Quieres ver algo?

Él asintió. —Claro, suena bien.

Observé por el rabillo del ojo cómo revolvía su estofado y mezclaba el arroz en él. Tomó un bocado y masticó, luego se quedó inmóvil.

Oh, no. Olía increíble. No había forma de que estuviera mal. Lo probé. Sé que lo hice. ¿No es así? Debí haberlo hecho.

Colin terminó de masticar y tragó. Revolvió su comida de nuevo pero no fue por otro bocado. Tenía que saber cuán malo estaba.

Mezclé el mío y tomé un bocado. Casi lo escupo. Sabía salado y dulce al mismo tiempo. Demasiado salado y demasiado dulce. La carne estaba poco cocida y dura. O tal vez estaba sobrecocida. No estaba buena. Para nada. Y había preparado y comido algunas cosas bastante malas en mi vida.

—Dios mío. ¿Por qué está tan malo? —solté.

—No está tan mal —dijo Colin.

Lo miré fijamente. —Pensé que eras un tipo honesto.

Él soltó una carcajada y sacudió la cabeza. —Tienes razón, es horrible. ¿Seguiste una receta?

Asentí. —Lo hice. Más o menos. No sé qué pasó.

—Creo que podrías haber confundido la sal y el azúcar.

—¿Cómo podría confundirlas? Están en diferentes recipientes y las usé en diferentes momentos. Y sabe tanto salado como dulce. Y la carne está dura. ¿Qué demonios?

—Um, ¿tienes el número de Steve?

Traté de mirarlo fijamente, pero terminé estallando en carcajadas. —Steve está en marcación rápida.

Colin tomó mi tazón y los llevó a la cocina mientras yo llamaba a Steve. Pedí una pizza grande, algunas alitas y pan de ajo. Steve dijo que me traería el pedido pronto.

—Lo siento —le dije a Colin cuando se sentó de nuevo.

Él se encogió de hombros. —No hay nada de qué disculparse. A veces las recetas no salen bien.

—Las mías nunca parecen salir bien. Aunque sonaba tan fácil. Realmente pensé que esta saldría bien. Y quería disculparme.

—¿Por qué? ¿Por cocinar?

Traté de no reír. —No. Por estar loca.

—No estás loca. Y nada de lo que pasó me hizo pensar que lo estabas. Eres cautelosa y cuidadosa. Eso no es estar loca.

—Pero me subí encima de ti y te monté hasta que llegué al clímax, luego hui antes de que tuvieras la oportunidad de hacer lo mismo. Eso es un poco loco.

Colin negó con la cabeza. —El sexo es diferente a la intimidad. Lo entiendo. A veces puedes separar los dos y tener sexo con cero sentimientos. Puedes dejar que sea físico, no emocional. Eso está bien. Pero cuando es emocional desde el principio, el sexo no puede ser solo físico. Te apegas, incluso si no tienes la intención de hacerlo.

Asentí. —Estoy siendo una provocadora.

—¿Lo estás haciendo para provocar?

Negué con la cabeza.

—Entonces no estás siendo una provocadora. Escucha, Elise, tengo casi cuarenta años. No soy un hombre joven que piensa que el sexo es lo único que importa en la vida. Créeme, tuve esos años, pero he pasado suficiente tiempo preguntándome si alguna vez encontraría a alguien con quien pudiera compartir mi vida para saber que no todo en una relación va a ser fácil. No me estás provocando, solo estás trabajando en tus propios pensamientos y miedos.

—Gracias por ser tan comprensivo.

Él sonrió. —De nada. —Mantuvo mi mirada por un largo minuto—. Realmente quiero besarte ahora, pero no quiero hacer algo que no quieras que haga.

—Puedes besarme —dije suavemente.

Colin se inclinó hacia mí, su cuerpo acercándose cada vez más. Se deslizó por el sofá. Su pierna rozó la mía primero, luego su mano se extendió y acunó mi mandíbula. Se acercó, como si todo estuviera en cámara lenta, y presionó sus labios contra los míos.

Me besó suavemente, apenas un beso antes de retirarse y besarme de nuevo. Inclinó la cabeza y besó otra parte de mis labios. Separó sus labios y lamió los míos. Saqué mi lengua para atrapar la suya, y él me atrajo hacia sí.

Un beso y estaba perdida. No me importaba la cena o el mañana o Andy o cualquier otra cosa en el mundo. Todo lo que me importaba era Colin y conseguir más de él.

Él presionó contra mí, su cuerpo cubriendo parcialmente el mío. El miedo amenazó con surgir dentro de mí, pero antes de que pudiera hacerlo, él se reclinó y me llevó con él. Tiró de mi cuerpo sobre el suyo para que fuera yo quien lo presionara contra el sofá.

Su mano se deslizó más abajo y apretó mi cintura. Yo estaba a cargo de nuevo. Él me estaba dejando liderar. Quería que me sintiera segura. Siempre.

Antes de que pudiera hacer nada más, el agudo sonido de mi timbre me sobresaltó, alejándome de Colin. Sintiéndome como una adolescente atrapada por sus padres, salté del sofá y me alisé el cabello y la ropa. Corrí a abrir la puerta antes de que Colin se levantara.

—Hola, Steve —dije cuando abrí la puerta.

Steve era un poco mayor que yo, con cabello y ojos oscuros. Parecía un buen tipo, pero nunca hizo nada por mí. Y mirándolo después de haber estado prácticamente encima de Colin unos segundos antes, no había comparación. No para mí.

—Hola, Elise. ¿Cómo estás?

—Bien. Cometí el error de intentar cocinar de nuevo. La Sra. Carter amenazó con llamarte cuando escuchó que yo cocinaba.

Steve se rió. —¿Tienes un auto nuevo? No reconozco ese.

—Oh, no. Tengo un amigo de visita.

—Oh, lo siento. No me di cuenta —dijo Steve. Sus ojos se desviaron detrás de mí y se agrandaron.

—Hola, ¿cómo estás? —dijo Colin.

—Ah, bien. Soy el chico de la pizza.

Colin asintió. —Encantado de conocerte, Steve. ¿Por qué no me llevo eso?

Steve forcejeó con las cajas mientras Colin las alcanzaba. Colin le entregó un billete de cincuenta y le dijo que se quedara con el cambio una vez que las cajas estuvieron en sus manos.

—Yo iba a pagar la pizza —le dije—. Yo fui quien arruinó la cena.

Colin negó con la cabeza. —No tienes por qué hacerlo. O puedes pagar la cena la próxima vez.

—¿La próxima vez? —preguntó Steve.

Había olvidado por un segundo que él estaba allí. Cuando lo miré, me sentí culpable. Steve tenía la mirada de un hombre con el corazón roto. —Steve.

Él sonrió. —Disfruten la pizza, Elise. Que tengan una gran noche.

—Steve —dije de nuevo, pero él ya se había ido.

Cerré la puerta y me volví hacia Colin. Él estaba en mi cocina, abriendo armarios y buscando platos. Sacó dos y puso rebanadas de pizza en cada uno con alitas y pan de ajo. Estaba a mitad de camino de regreso al sofá antes de encontrarse con mi mirada.

—¿Todo bien?

—No sabía que le gustaba.

Colin sonrió. —Hay mucho que gustar de ti, Elise.

—¿Por qué pagaste?

—Tenía efectivo a mano, y no fue gran cosa. Mi padre me enseñó a pagar la cena siempre que pudiera. Decía que un hombre debería cuidar de la persona que ama.

—Incluso si ella puede cuidarse sola.

Colin asintió. —Sí, porque algunas personas cuidan de otras con dinero, algunas cuidan de otras con su simpatía, algunas limpian, algunas cocinan. Todos tienen un talento, una forma de mostrar que se preocupan. Mi madre era el tipo de mujer que cocinaba. Cuando alguien en nuestra área tenía un bebé o iba al hospital, mi madre cocinaba. Les traía comida que duraba días para que no tuvieran que preocuparse por eso. Mi abuela era el tipo de persona que limpiaba. Le consiguió a mi padre un servicio de limpieza cuando obtuvimos nuestra primera casa. Mi papá siempre me daba dinero cuando estaba en la universidad y cada vez que me veía. Todo era por amor.

—Nunca lo había pensado de esa manera. Andy solía pagar todo porque quería que me sintiera en deuda con él.

Colin se congeló. —Prometo que no tenía la intención de que fuera así. Lo siento, Elise. Nunca consideré ese lado de las cosas.

—Está bien —dije—. Lo que hiciste fue el tipo de cosa que él habría hecho. Dejarle claro al otro tipo que yo estaba contigo y darle una gran propina y pagar para que yo supiera que él estaba a cargo.

Colin cerró los ojos y negó con la cabeza. —No quise decir nada de eso, Elise. Le di el único efectivo que tenía en mi billetera y le dije que se quedara con el cambio porque no es fácil estar afuera entregando pizzas. He hecho ese trabajo y sé que no todos dan propina, así que me gusta dar buenas propinas. Y no quise insinuar nada sobre nosotros. Ese no es mi lugar para hacerlo, nunca. A quién le cuentas sobre nosotros es asunto tuyo, no mío. Y estar a cargo... te dije antes que tú estás llamando las jugadas, y lo dije en serio. Estoy en esto, Elise. Estoy aquí porque me gustas, mucho. Pero todo lo que sucede es tu elección.

No creo que su respuesta pudiera haber sido más perfecta.

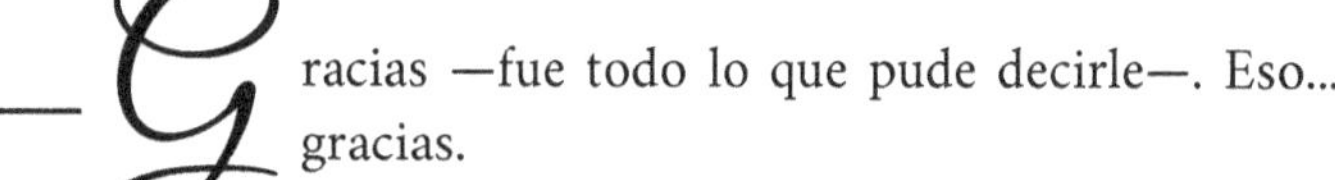

18

—Gracias —fue todo lo que pude decirle—. Eso... gracias.

—Siento recordarte a tu ex.

—Andy era abusivo. No al principio, pero con el tiempo. Era mayor que yo, como tú. Era el tipo de hombre que le caía bien a todos, también como tú. Era encantador, amable y fácil de tratar. Pero solo era así para conseguir lo que quería.

—Elise, no tienes que contarme nada que no quieras.

—Cuando empezamos a salir —continué—, lo mantuvimos en secreto porque él estaba en posgrado y yo era estudiante de licenciatura. Después de un tiempo, nos mudamos juntos porque decía que no nos veíamos lo suficiente. No estaba tomando su clase, así que no era gran cosa, pero fue solo uno de los movimientos que hizo para controlarme.

Tomé aire y fui al sofá. Puse un cojín en mi regazo y lo abracé con fuerza. Colin colocó la comida en la mesita y se sentó, mirándome pero sin tocarme.

—Poco a poco, me aisló de mis amigos y familia. No quería venir aquí a conocer a mis padres. Mi prima vino a visitarme, y él la hizo sentir tan incómoda que ella y yo terminamos peleando. Me puse de su lado. No pasó mucho tiempo después cuando me golpeó por primera vez.

Colin contuvo la respiración y cerró los ojos. Seguí hablando. Sentía que tenía que contárselo. Si no lo decía todo, sabía que nunca lo haría.

—Comenzó con una bofetada, en mi trasero o mi espalda. Un castigo. Intentó decirme que a otras chicas les gustaba que las castigaran así, pero a mí solo me asustaba. Una vez me agarró del brazo cuando intenté irme. Estábamos discutiendo, y me enfadé. Me agarró del brazo para retenerme. Tuve un moretón que duró semanas. Siempre decía que lo sentía y que yo lo hacía enojar tanto. Empecé a hacerme pequeña para poder ser la mujer que él quería.

Colin se acercó y tomó mi mano. No me interrumpió, pero sostuvo mi mano y me dio la fuerza para terminar de hablar.

—Pasaba semanas sin golpearme, pero cuando lo hacía, empeoraba cada vez más. Me vio en clase un día trabajando en un proyecto con un compañero. El compañero era un chico, y cuando llegué a casa esa noche, Andy se enfureció conmigo. Me dijo que le pertenecía y que tenía suerte de que todavía estuviera conmigo ya que había engordado. Me dijo que nadie me amaría como él lo hacía. Y luego me golpeó. Me encerré en el dormitorio y me negué a salir. Finalmente se rindió, y me quedé dormida. Desperté con sus manos alrededor de mi garganta. Luché contra él, pero era más fuerte que yo. Solo logré escapar porque nuestro correo fue entregado a una vecina que nos oyó y llamó a la puerta para devolverlo. Mientras Andy hablaba con ella, me escabullí por la ventana y fui al hospital. Tenía una costilla rota y mi tráquea estaba magullada. El médico de urgencias llamó a la policía, y presenté una denuncia.

—¿Fue a la cárcel? —preguntó Colin, con la voz tensa.

Negué con la cabeza. —No al principio. Le dio la vuelta a

todo y dijo que yo estaba mintiendo. Incluso hizo que la vecina que entregó el correo dijera que yo no estaba en casa cuando ella estuvo allí. Comenzaron rumores sobre mí. No tenía dónde vivir, así que me quedé en un motel durante unas semanas. Otra estudiante se presentó y denunció a Andy. Dijo que le había hecho lo mismo cuando ella se negó a acostarse con él a cambio de una calificación el semestre anterior. Cuando ya no fue mi palabra contra la suya, la policía lo arrestó.

—¿Cuánto tiempo estará en la cárcel?

Me encogí de hombros. —No lo sé, y no me importa. Tengo una orden de alejamiento contra él, y si alguna vez sale, me notificarán y alguien lo estará vigilando. No voy a dejar que me quite nada más. Ya me quitó suficiente.

Colin apretó mi mano y me ofreció una sonrisa tentativa. —¿Puedo abrazarte?

Asentí y lo rodeé con mis brazos. Me sostuvo contra su pecho, y lo abracé como había estado abrazando mi almohada.

Después de unos minutos, se apartó. —Gracias por contármelo. Lamento que hayas pasado por eso.

Asentí. —Yo también. Y siento que todavía siga afectando mi cabeza y afectándonos a nosotros.

Me apartó el pelo. —No nos está afectando. Él no tiene poder sobre nosotros. Gracias por confiar en mí.

Sonreí. —Siento que puedo confiar en ti. No sé por qué, pero siento que eres alguien en quien debo confiar. Alguien a quien debo permitir entrar.

—Bien.

Levantó un plato y lo tomé. Nos acomodamos en el sofá uno al lado del otro y elegimos una película para ver. Lo observé mientras veía la película, preguntándome cómo demonios encontré a un chico como él.

Después de Andy, nunca consideré entrar en otra relación. No me parecía posible. Una relación significaba ser vulnerable, y ya había sido vulnerable lo suficiente para toda una vida.

Cuando conocí a Colin, me recordó a Andy. Su encanto natural y la forma en que hablaba con la gente eran como Andy. Todos lo adoraban. Por eso las mujeres coqueteaban con él. Pero ese no era realmente quién era él. El encanto no era una actuación como había sido con mi ex. No era algo que Colin hacía para que la gente lo quisiera. Simplemente era una buena persona. El tipo de chico con el que querías estar. El tipo de chico con el que todos querían estar.

Y estaba en mi sala de estar, viendo una película en mi sofá, comiendo pizza que compró porque mi intento de cocinar para él fue terrible.

Definitivamente era un unicornio.

Y ya estaba cansada de esperar para ver si se convertía en un dragón.

Llevé nuestros platos a la cocina y me di una charla motivacional. Nunca había seducido a un hombre antes. Desde Andy, todos los hombres con los que había estado eran apuestas seguras. Nunca había sido una pregunta si íbamos a terminar desnudos. Pero con Colin, no habíamos dado ese paso. Él tenía cuidado de dejarme tomar la iniciativa. Estaba lista para tomarla.

Me solté el pelo de la coleta y lo sacudí. Comprobé mi reflejo en la tostadora y pensé que tendría que ser suficientemente bueno.

Cuando me di la vuelta, Colin me estaba mirando con una sonrisa. —¿Qué estás haciendo?

—Um, ¿nada?

—¿En serio?

Asentí y caminé hacia él. Me observó, echando la cabeza hacia atrás y apoyándola en el sofá cuando me paré frente a él. Me quité la camiseta, y él contuvo la respiración. Sus manos fueron a mis caderas para ayudar a guiarme sobre su regazo.

Siguió observándome, dejándome decidir qué iba a pasar. Quería que me tocara, pero no lo haría a menos que se lo dijera. —Pon tus manos en mis pechos —dije en voz baja.

No dudó en seguir mis órdenes. Los cubrió y rodó mis pezones entre sus dedos. Gemí y dejé que mis ojos se cerraran. Pellizcó un pezón con fuerza, y mis ojos se abrieron de golpe.

—Míranos, Elise. Quiero que sepas quién soy.

Sabía lo que me estaba pidiendo. Asentí y miré hacia abajo. Las manos morenas de Colin me sostenían. No se parecían en nada a las manos de Andy, y eso me ayudó a recordar con quién estaba. Colin me apretó y acarició hasta que no fue suficiente. Necesitaba más.

Me estiré hacia atrás y desabroché mi sujetador. Colin encontró mi mirada mientras deslizaba los tirantes por mis brazos y apartaba la tela de mi cuerpo. Él gimió y se lamió los labios.

—Por favor —susurré.

Enterró su rostro entre mis pechos y presionó besos en los lados de cada uno. Besó su camino hasta un pezón y trazó un círculo a su alrededor, luego besó hasta el otro e hizo lo mismo. Sostuve su cabeza, gimiendo al sentir su lengua en mi piel desnuda.

—Sabes tan bien —susurró contra mí—. Perfecta.

—Se siente bien. Oh, Dios.

Lamió mi pezón y lo succionó en su boca, rodándolo suavemente contra el paladar. Mordió suavemente y lamió de nuevo para aliviar el ardor. Era perfecto y al mismo tiempo no suficiente.

—Quítate la camisa —le dije.

Se apresuró a hacer lo que le pedí y arrojó su camisa al suelo. Me incliné hacia atrás para verlo bien. Lo había visto sin camisa antes, pero una vez definitivamente no era suficiente. Una cicatriz tenue cortaba por debajo de su clavícula. Otra estaba en su abdomen. —¿Qué te pasó? —pregunté, pasando mis dedos por cada una.

—Bicicleta cuando tenía siete años —dijo, señalando la primera—. Golpeé una roca y me fui por encima del manillar. Tuve suerte de que eso fuera todo lo que me pasó. Y esa fue un accidente de trabajo. Solía trabajar en una granja de árboles de Navidad y un árbol se atascó en una máquina y escupió astillas. De nuevo, tuve suerte.

—Vaya. ¿Eres propenso a los accidentes?

Negó con la cabeza. —No habitualmente. Cosas raras más que nada.

—¿Alguna otra cicatriz?

Levantó una ceja. —Tengo una en el muslo.

—Oh, um, genial.

—Elise, no tenemos que hacer nada —dijo en voz baja, alejándose de mí.

—¿Qué quieres decir?

Suspiró. —No estás lista, y está bien. Podemos simplemente ver el resto de la película.

Negué con la cabeza. —Te deseo, Colin. Pero no sé cómo seducir a un hombre. No sé cómo decirte que todo lo que quiero es que me arranques toda la ropa y hagas conmigo lo que quieras. Quiero sentirte dentro de mí y saber que no estoy completamente rota porque puedo tener sexo con un hombre que me gusta. Yo...

Colin se puso de pie conmigo en su regazo. Grité y envolví mis piernas alrededor de él.

—Soy demasiado pesada. Bájame.

—Eres perfecta. Y si quieres que te arranque toda la ropa, necesito que vengas conmigo.

—Tú... yo...

—¿Sí o no, Elise? —preguntó, deteniéndose en medio de mi sala.

—Sí. Dios, por favor, sí.

Me llevó el resto del camino hasta mi cama y me dejó en el borde. Me miró fijamente por un largo momento. Metió mi pelo detrás de mi oreja y dijo: —Si quieres que me detenga en cualquier momento, lo haré. Te lo prometo.

Asentí. —Confío en ti, Colin. Solo, um, no toques mi cuello. No pongas tus manos alrededor de mi cuello ni nada por el estilo.

Asintió. —Entendido. ¿Algo más?

—No. No creo.

Sonrió y se inclinó sobre mí. —¿Estás lista para que te arranque la ropa?

Le devolví la sonrisa. —Diablos, sí.

Agarró los bordes de mis pantalones de yoga y enganchó sus dedos en mis bragas y tiró de ambos en un solo movimiento. Me presionó hacia atrás para que me acostara en la cama y simplemente me miró.

Quería cubrirme con mis manos, pero la mirada en sus ojos decía que no le molestaba cómo me veía.

—Eres aún más impresionante que aquel día en el estanque. Te deseaba tanto ese día, Elise. Se ha vuelto aún más difícil resistirme a ti a medida que te he ido conociendo.

—Siento lo mismo —admití—. No sé si sería capaz de negarte nada.

—Siempre puedes decir no, Elise. Siempre.

Asentí. —Gracias.

Se inclinó sobre mí y apoyó su peso suavemente sobre mi cuerpo. Su pecho presionado contra el mío, su vello pectoral áspero rozando mis sensibles pezones. Su miembro anidado entre mis muslos. Sus labios cubrieron los míos, separándose para probar mis labios. Envolví mis brazos a su alrededor y lo acerqué más, necesitando sentir más de él encima de mí. Abrí mi boca y succioné su lengua dentro, saboreándolo.

Apoyó su peso en sus codos mientras me besaba. Se tomó su tiempo, saboreándome y provocándome hasta que me moví impaciente debajo de él.

Se apartó y deslizó su lengua por mi cuello. Besó su camino hasta mis pezones y me torturó más con su lengua y dientes. Cuando abandonó mis pechos y siguió bajando, me di cuenta de lo que estaba haciendo.

—No tienes que hacerlo.

—¿No lo disfrutas?

—Yo... um, no lo sé. Nunca...

—¿Estás dispuesta a intentarlo? Puedes decir que no.

—Yo, um, no quiero que sientas que tienes que hacerlo.

—Quiero hacerlo, pero si tú no quieres, está bien.

—Podemos intentarlo. Si estás seguro.

Asintió y se puso de pie. Se elevaba sobre mí antes de cubrirme de nuevo y besarme con fuerza. No disminuyó la velocidad ni hizo una pausa antes de sumergir su lengua entre mis labios y presionar mis muslos abiertos con sus caderas. Sus manos cubrieron mis pechos. Era un asalto de cuerpo completo, uno que nunca quería que terminara.

Gemí e intenté envolver mis piernas alrededor de sus caderas. Tan pronto como lo hice, se echó hacia atrás y me sonrió.

—Tenía que asegurarme de que estabas bien con ello.

Sonreí mientras se arrodillaba junto a mi cama. Me miró y se lamió los labios. Sus manos presionaron mis muslos para abrirlos, pero mi cuerpo se resistió. Todo acerca de Colin era nuevo, diferente y aterrador.

—Elise —dijo suavemente. Besó un muslo, luego el otro —. Hueles tan bien. No puedo esperar a probarte. A hacerte sentir bien. A saber que soy el único hombre que ha hecho esto.

Mientras hablaba, mis muslos se relajaron y se abrieron para dejarlo entrar. Trazó mi hendidura con un dedo, y casi salté de la cama.

Besó mis muslos de nuevo, acercándose cada vez más a mi centro. Me di cuenta de que estaba a punto de besarme que nunca me depilaba ahí abajo. Como nunca.

Casi lo detengo, pero su lengua se deslizó sobre mi clítoris y todos los pensamientos cesaron.

Colin comenzó lentamente, su lengua deslizándose sobre mi carne sensible. Lamió por todas partes, provocándome cuando sumergía su lengua dentro de mí.

—Santo cielo —respiré.

Colin gimió en acuerdo, luego deslizó su lengua hasta mi clítoris y dibujó un círculo alrededor. Me empujé contra su cara, preguntándome por qué no había exigido esto a cada hombre que había conocido.

Deslizó un dedo alrededor de mi entrada y elevó mi deseo a unos siete mil. Entre su lengua y su dedo, no podía concentrarme. Los dos juntos me estaban volviendo loca rápidamente, y estaba disfrutando el viaje.

Golpeó mi clítoris con su lengua, y jadeé. Estaba cerca. Si estuviera sola, estaría deslizando furiosamente mis dedos sobre mi clítoris para terminar, pero Colin no tenía prisa por terminar. Lo estaba prolongando, y no estaba completamente enfadada por ello.

Mi pulso rugía en mis oídos, y cada célula de mi cuerpo luchaba contra el impulso de tomar el control. Jadeé, suspiré y gemí. Luego recurrí a suplicar. —Por favor, Colin. Por favor.

Chupó fuerte mi clítoris y empujó su dedo dentro de mí, y el mundo explotó. Fuegos artificiales, estrellas fugaces y todo lo bueno del mundo se juntaron y estallaron dentro de mí, enviándome a otro mundo donde todo lo que existía era paz, alegría y placer. Tantísimo placer.

Colin besó mis muslos y me miró mientras yo intentaba averiguar dónde estaba arriba. Le sonreí y doblé mi dedo para que se acercara. Me besó, dejándome saborearme en él. Era una sensación extraña, pero no iba a dejar que nada me impidiera besarlo.

Envolví mis brazos alrededor de su cuello y mis piernas alrededor de su cintura y me di cuenta de que todavía estaba vestido de cintura para abajo.

—¿Por qué no te quitaste los pantalones? —pregunté cuando me apartó.

—Porque esto es para ti, Elise.

—Pensé que ibas a quitarme la ropa y hacer conmigo lo que quisieras.

—Acabo de hacerlo.

—Pero...

Me besó de nuevo, pero no había terminado. Quería más.

—Esperaba que hacer conmigo lo que quisieras implicara sexo.

—Me dijiste la última vez que no tuviera sexo contigo aunque me lo suplicaras. Supuse que no había forma de que eso hubiera cambiado en solo unos días.

—Ha cambiado.

—No traje condones —dijo con una sonrisa tímida como si eso fuera el final.

Hombre tonto y simple.

19

—Tengo condones —le dije, sintiéndome avergonzada y esperanzada a la vez—. Nunca he traído a nadie aquí, pero por si acaso, compré algunos. Es decir, sé que es raro, pero...

—Elise, me estás matando. Me siento como un imbécil si digo que sí y como un idiota si digo que no.

—Entonces di que sí porque no creo que seas un imbécil. Creo que me harás un gran favor. Te deseo, Colin. Por favor.

Observé la guerra en sus ojos y decidí jugar sucio. Levanté uno de mis pechos con mi mano y deslicé mi pulgar sobre mi pezón. Abrí mi boca en un gemido silencioso, luego me acerqué a él y acaricié su pezón. Se tensó y gimió.

—No estás jugando limpio.

—Nunca prometí jugar limpio.

—No puedo resistirme a ti, Elise.

Deslicé una mano entre nosotros.

—Entonces no lo hagas.

Metí la mano en sus vaqueros y la envolví alrededor de su polla. Se sacudió contra mi palma y gimió.

—Elise.

—No digas que no, Colin. Por favor.

—¿Estás segura de esto? —preguntó.

Asentí.

—Sí, por favor. Te lo prometo. Te deseo, Colin.

Se apartó de mí y se desabrochó los vaqueros. Los dejó caer al suelo y perdí el hilo de mis pensamientos. Era impresionante sin ropa. Su polla era gruesa y larga, y estaba erguida. Un nido de vello oscuro rodeaba la base. Quería saborearlo. Quería sentir su peso en mi mano. Lo quería dentro de mí.

Me di la vuelta y abrí el cajón donde había guardado los condones. Abrí la caja y saqué uno. En lugar de entregárselo, rasgué la envoltura metálica y me volví hacia él.

Él permaneció allí, observándome todo el tiempo. Asintió cuando hice el gesto de ponerle el condón. Sujeté la punta y lo desenrollé por su erección. Se sacudió contra mi mano y gimió cuando lo apreté.

—Joder, Elise.

Besé su estómago y me puse de rodillas para poder besarlo desde ahí hasta sus labios. Me devolvió el beso con entusiasmo, sus brazos estrechándose a mi alrededor y manteniéndome cerca mientras su lengua exploraba mi boca y su polla palpitaba entre nosotros.

Colin nos giró y se dejó caer en la cama, arrastrándome encima de él.

—¡Aah! —grité, sin esperar el movimiento. Colin nos acomodó con mis rodillas a ambos lados de sus muslos y mi cuerpo sobre el suyo.

—Tú estás al mando, Elise —dijo suavemente, apartánddome el pelo de la cara. Sus dedos se enredaron en mi cabello y tiraron un poco.

—No estoy acostumbrada a eso. Nunca he estado arriba.

—Pruébalo —me animó—. Siéntate y guíame cuando estés lista.

Dudé, pero quería sentirlo dentro de mí. Me levanté un poco y dejé que me ayudara a posicionar nuestros cuerpos correctamente. Su polla rozó mi entrada, y me volví más audaz. Me deslicé un poco hacia abajo, acogiéndolo, luego me levanté y bajé el resto del camino hasta que estuvo completamente dentro de mí.

—Dios, se siente muy bien —gimió Colin—. Joder, Elise.

—Tan malditamente bien —estuve de acuerdo con un gemido.

Mi cuerpo tardó unos segundos en adaptarse a su tamaño. Una vez que lo hice, me levanté y bajé sobre él lentamente. Ambos gemimos con cada embestida de él dentro y fuera de mí. No quería apresurarme, pero también necesitaba sentir lo que estaba haciendo.

Se sentía bien. Demasiado bien. El sexo nunca había sido tan bueno para mí. Él acariciaba mi piel y me susurraba palabras sensuales. Besaba mis palmas y pasaba sus manos por todo mi cuerpo. Y me dejaba estar al mando.

—Tan hermosa —dijo—. Se siente tan bien. Me ajustas perfectamente. No puedo tener suficiente de ti.

—Yo también —murmuré en respuesta.

Mis muslos dolían, pero no quería parar. Me encantaba la sensación de llevar las riendas. Había algo que decir sobre un hombre que tomaba el control, pero ser la mujer al mando tampoco estaba nada mal.

Él empujó hacia arriba para encontrarse con mi siguiente movimiento y gemí fuerte. Mi cuerpo se tensó, cada centímetro de mí enfocado en llegar a la meta. Estaba cerca, tan cerca.

La mano de Colin se deslizó entre nosotros mientras nuestras miradas se encontraban. Acarició mi clítoris con su pulgar, y mi cuerpo se sacudió. Comenzó suavemente, pero cuanto más rápido me movía, más rápido frotaba mi clítoris. Presionó con más fuerza y todo se tensó dentro de mí. La sensación de su dura polla dentro de mí, la presión de su pulgar sobre mi clítoris y el pellizco de mi pezón me empujaron más y más alto hasta que todo explotó dentro de mí.

—Oh, Dios, sí. Colin. ¡Sí!

—Oh, Elise. Joder. Tan jodidamente hermosa —gimió. Sus manos se cerraron en mis caderas mientras me ayudaba a seguir subiendo y bajando sobre él. Sus dedos se clavaron en mi carne, pero sabía que no estaba tratando de lastimarme.

Luché por mantener la fuerza y usé el último poco que me quedaba para rebotar arriba y abajo sobre él hasta que se vino.

—Elise —gimió, succionando mi pezón con fuerza en su boca mientras pulsaba profundamente dentro de mí.

Me desplomé sobre él, hundiéndonos ambos en mi cama. Hice un movimiento para quitarme de encima, pero él me mantuvo quieta.

—No estoy listo para que te vayas todavía. Si está bien.

Asentí y me acomodé contra él. Mis músculos temblaban pero se sentían bien. Todo se sentía bien.

Después de un minuto, Colin se rio.

—Nos olvidamos del pastel.

—Eso es un regalo para más tarde, supongo —dije.

Negó con la cabeza.

—Tú eres el único regalo que necesito.

Resoplé.

—Eso fue cursi.

—Sí, pero era verdad. Tomaremos pastel pronto. Ahora mismo solo quiero estar aquí contigo un minuto más.

Asentí.

—Me parece bien.

Cuando finalmente tuvimos suficiente energía para levantarnos de la cama, Colin fue al baño y yo me dirigí a la cocina. Agarré su camisa en el camino y me la puse por la cabeza. Se tensaba en mis pechos y vientre, pero me cubría el trasero.

Agarré un cuchillo y saqué el pastel de la nevera. Olía bien, dulce con un toque de arce que me hizo agua la boca. Corté dos porciones grandes y las puse en platos. Cuando me di la vuelta, Colin me estaba observando.

Se había puesto los vaqueros y le colgaban bajos en las caderas. Los había subido la cremallera pero dejó el botón sin abrochar. La forma de uve en su abdomen era visible y me hizo agua la boca aún más que el pastel.

—Hola —dijo, deslizando lentamente sus ojos por mi cuerpo y de vuelta hacia arriba.

—Hola. Pensé que podríamos comer el pastel.

Asintió y se acercó. Cuando llegó a mí, tomó ambos platos de mis manos y los puso en la encimera detrás de mí. Su cuerpo se presionó contra el mío, permitiéndome sentir su erección.

—Tú con mi camisa es mejor que cualquier fantasía.

—Está un poco apretada.

—Está jodidamente sexy, Elise —se inclinó y chupó suavemente mi oreja, luego presionó su nariz contra mi hombro—. Nunca voy a lavar esta camisa. Huele a ti. A nosotros.

Envolví mis brazos alrededor de su cuello y sonreí cuando levantó la cabeza y me besó.

—Creo que me has convertido en un animal. No voy a poder pensar en otra cosa que no seas tú ahora que te he probado. Nada más va a saber tan bien.

Gemí y presioné mis curvas contra su cuerpo. Deslizó sus manos debajo de mi camisa y gimió.

—¿Y no llevas nada debajo? No voy a sobrevivir.

—Pero trajiste pastel. Necesitamos pastel.

Se rio.

—Tienes razón. Necesitamos pastel. Porque nada va mejor con sexo increíble que pastel.

Me reí con él y sonreí cuando recogió los platos y los llevó al sofá. Se sentó en un extremo y esperó a que me uniera a él antes de entregarme mi porción. Y sí, noté que me dio la que era ligeramente más grande.

—¿Otra película? —preguntó.

Asentí.

—Suena bien. Creo que necesito un respiro.

Sonrió.

—Sé a lo que te refieres.

Nos recostamos y comimos nuestro pastel. Estaba bueno. Muy bueno. Era como una mezcla entre pastel de crema de plátano y pastel de nueces. Estaba bastante segura de que el glaseado de arce era de su granja, y el crujiente interior definitivamente era de nueces y chocolate crujiente y algo más. La corteza era buena, y la crema de encima estaba para morirse.

—Esto es increíble —le dije.

Asintió.

—¿Verdad? Una vieja amiga de mi abuela los hace. Los vendemos en la tienda, pero siempre se acaban a los pocos minutos de que ella los trae. Le pedí que hiciera uno para nosotros.

Levanté las cejas.

—¿En serio?

Asintió.

—El único pago que aceptaría era un resumen de la noche. Creo que tendré que modificar los detalles.

Me reí de la expresión de horror en su rostro.

—No esperaba tener algo así para compartir cuando hice el trato.

Me incliné y lo besé.

—Gracias. Por no esperarlo y por ceder cuando te supliqué.

—Como te sigo diciendo, tú estás al mando, Elise. No puedo decirte que no.

Sonreí, sintiéndome más que un poco complacida con su respuesta.

Terminamos nuestras porciones de pastel y nos acurrucamos en el sofá. No pasó mucho tiempo antes de que las manos comenzaran a vagar. Cuando deslizó su mano debajo de mi camisa y acarició el interior de mi muslo, admití que no estaba nada interesada en la película.

—¿Cuántos condones más tienes? —preguntó Colin mientras yo abría mis muslos para que deslizara un dedo dentro de mí.

—Oh, joder. Muchos más. Muchísimos más.

—Bien —susurró.

Me provocó, acariciando mi piel sensible mientras sondeaba suavemente dentro de mí. No estaba asustada esta vez, ni tímida, y abrí mis muslos ampliamente para que explorara. Mantuvo su mirada fija en la mía todo el tiempo que me tocaba, besándome y diciéndome lo hermosa que era mientras me llevaba hacia el borde y más allá.

—Quiero saborearte —le dije cuando hizo un movimiento para levantarse del sofá.

—Elise —gimió.

—Solo por un minuto —dije—. Trae un condón también.

Se quitó los vaqueros y corrió desnudo por la habitación. Agarró un condón y corrió de vuelta hacia mí. Me puso de pie y me besó con intensidad.

—¿Dónde me quieres? —preguntó cuando finalmente me soltó.

—En el sofá —dije, señalando.

Se sentó y se reclinó, acariciando su polla unas cuantas veces y limpiando la punta.

Me arrodillé frente a él. A Andy le encantaban las felaciones, pero yo las odiaba con él. No había intentado con otro hombre desde entonces, pero con Colin, quería hacerlo.

—Ha pasado un tiempo —le dije.

Él acunó mi mandíbula y encontró mi mirada.

—No tienes que hacerlo.

Asentí.

—Lo sé, pero quiero. Tal vez tengas que decirme lo que te gusta.

—Tus labios en mi polla van a ser como el cielo, Elise. Créeme, estaré conteniéndome desde el momento en que me toques.

Sonreí y me incliné hacia adelante. Él se movió para acercar su polla a mis labios. Abrí mi boca y lamí la punta. Él gimió larga y profundamente, y se tensó.

—Oh, maldita sea, Elise.

Sus manos tocaron mi cabeza por un brevísimo instante, luego desaparecieron inmediatamente. Ambas aterrizaron en mis brazos superiores y apretaron.

Lo tomé más profundo en mi boca y me eché hacia atrás cuando llegó a mi garganta. Chupé un poco la punta, y él gimió de nuevo.

—Jooooder.

Sonreí alrededor de su polla, amando que pudiera complacerlo. Había pasado mucho tiempo desde que pude disfrutar complaciendo a un hombre. No se trataba de asegurarme de que estuviera feliz, se trataba de asegurarme de que se sintiera bien. Se trataba de disfrutar el hecho de que él se sintiera bien. Y el hormigueo entre mis muslos y la humedad que cubría mi piel decían que definitivamente estaba disfrutando hacerlo sentir bien.

Sus manos se deslizaban arriba y abajo por mis brazos, apretando y relajándose mientras se mantenía quieto. Podía sentir su necesidad de moverse, pero no estaba segura de poder soportarlo. Incluso en medio de su placer, estaba pensando en mí.

—Elise —gimió.

Lo miré y lo encontré observándome.

—Eres increíble. Tan jodidamente sexy. Tus bonitos labios rosados alrededor de mí. Necesito detenerte pronto. No voy a poder parar. Oh, Dios.

Lo chupé más fuerte y lo tomé un poco más profundo. Gimió y me apartó.

—Lo siento, Elise. Joder. Lo siento tanto —susurró—. ¿Estás bien?

Asentí.

—Estoy genial. Gracias.

—Siento haber sido brusco contigo.

Negué con la cabeza y sonreí.

—No tocaste mi cuello. Estoy bien. Lo prometo. Mejor que bien, en realidad. Eso fue increíble.

—¿Sí?

Asentí.

—Oh, sí.

—Ven aquí, Elise —dijo, extendiéndose hacia mí—. Déjame sentir lo que eso te hizo.

Me acerqué y dejé que pasara una mano por mi muslo. Cuando deslizó un dedo profundamente dentro de mí, ambos gemimos.

—¿Todo eso por chupármela?

Asentí y gemí cuando sacó su dedo y volvió a entrar con dos.

—Ven para mí, Elise.

Cabalgué su mano allí mismo de rodillas frente al sofá. Él me provocó y me acarició hasta que mis muslos dolían y mi cuerpo palpitaba.

—No te contengas, Elise. Ven para mí. Déjame escucharte de nuevo.

—Oh, sí —gemí—. Colin. ¡Sí! —me dejé llevar, dándole todo. Él me sostuvo todo el tiempo, hasta que me desplomé en el suelo frente a él.

Me sonrió.

—Eres tan hermosa cuando te vienes. Parece que tendré que llevarte a la cama, sin embargo.

—Solo si vienes conmigo —dije.

Asintió.

—Trae el condón.

Hizo lo que le pedí y me siguió hasta la cama. Me acosté y abrí mis muslos.

—¿Estás segura? —preguntó.

Asentí.

—No tengo la fuerza para estar arriba otra vez, pero todavía te deseo.

Se puso el condón y se posicionó entre mis piernas. Me provocó, deslizándose arriba y abajo por mi carne húmeda. Salté con cada roce de él contra mi clítoris hasta que mis muslos se apretaron a su alrededor.

Se deslizó dentro en un solo movimiento suave. Se inclinó sobre mí una vez que estuvo completamente dentro.

—Gracias.

Sonreí.

—Gracias a ti.

Mantuvimos los ojos fijos mientras él se deslizaba dentro y fuera de mí. Cada embestida era otro pulso en mi corazón diciéndome que él era diferente. No era como Andy. No era como nadie que hubiera conocido antes. Era especial, y eso significaba que podía dejarme llevar.

No llegué al orgasmo, pero cuando él lo hizo, lo sentí dentro de mí. Sus brazos cedieron y se desplomó sobre mí, ambos jadeando por aire. Nos rodó hacia un lado, manteniéndonos conectados mientras nos abrazábamos.

Colin se levantó unos minutos después para deshacerse del condón, luego regresó y se metió en la cama conmigo.

—Me iré pronto, pero quería acostarme contigo solo un minuto. ¿Está bien?

Asentí. Tampoco estaba lista para que se fuera. La mañana llegaría lo suficientemente pronto, pero por el momento, lo único que importaba éramos Colin y yo.

—Solo por un minuto —susurré mientras mis ojos se cerraban—. Se siente bien. Puede que necesitemos más pastel también —Entonces me quedé dormida.

20

COLIN

Me estiré y sonreí en mi sueño. Elise seguía ahí. Mi pierna rozó la suya. Mi mano se deslizó hacia arriba y cubrió su pecho.

Pensé que era un sueño, el mejor tipo de sueño, pero cuando abrí los ojos, ella estaba allí en la cama.

Mi sonrisa se hizo más profunda hasta que miré alrededor y me di cuenta de que no estaba en casa. Todavía estaba en su lugar.

Ella había sido bastante firme en que no hacía quedadas para dormir, pero había algunas otras cosas que dijo que no hacía antes de anoche, así que esperaba que estuviera bien que me hubiera quedado dormido en la cama con ella después de la tercera ronda, ¿o fue la cuarta?

Me acurruqué contra su cuello e inmediatamente me di cuenta de que fue un movimiento equivocado. Pasó de estar relajada por el sueño a completamente despierta y tensa.

—Soy solo yo, Elise. Me quedé dormido.

Saltó de la cama y me encaró. Su cuerpo me distrajo, sus curvas totalmente expuestas para que yo las viera, hasta que arrancó la sábana y se envolvió con ella.

—Pensé que te ibas a ir —dijo. Su tono era acusatorio y su rostro mostraba que estaba enfadada.

Me levanté despacio de la cama por el otro lado y me acerqué lentamente hacia ella.

—Planeaba hacerlo, pero me quedé dormido. Acabo de despertarme hace un minuto.

—Tienes que irte. Ahora. No puedes estar aquí.

—¿Por qué no?

—¡Porque no puedes!

Había una parte de mí que quería presionarla para obtener una mejor razón que esa, pero también sabía que intentar hacer hablar a alguien cuando no estaba listo para decir lo que necesitaba decir era inútil.

Recogí mi ropa y me vestí mientras ella observaba cada uno de mis movimientos. Cuando ya tenía todo puesto, me volví hacia ella.

—¿Puedo besarte?

Dudó por un segundo, luego negó con la cabeza.

Todo su cuerpo estaba temblando. Tenía miedo de mí. O tal vez solo tenía miedo, pero no estaba dispuesta a dejarme acercarme más.

Asentí una vez y dije:

—Hablaré contigo más tarde, Elise. Me divertí anoche. Lo siento por haberme quedado.

Ella asintió pero no respondió.

Salí de su remolque por mi cuenta y escuché el cerrojo volver a su lugar tan pronto como cerré la puerta.

—¿Por qué sigues aquí? ¿La has lastimado? —dijo la señora Carter. Estaba parada al borde de su remolque, fulminándome con la mirada—. Mi esposo era policía, y todavía tengo amigos. Puedo averiguar cualquier cosa que quiera sobre usted, señor Jones.

Me acerqué a ella.

—¿Puedo pedirle un favor, señora Carter?

Estaba claramente sorprendida por la petición. Asintió.

—¿Podría revisar cómo está Elise? Me pidió que no me quedara, pero me dormí. Estaba muy alterada hace un momento.

—¿Qué le hiciste?

—No hice nada que no fuera mutuo, señora Carter. Lo juro por mi vida que esa es la verdad. Y si no fuera así, creo que usted sabe, como esposa de un policía, que no le estaría pidiendo que se asegurara de que está bien. Estaría corriendo lo más rápido posible y diciendo que no hice nada malo.

—Has dicho que no hiciste nada malo —argumentó la señora Carter. Entrecerró los ojos y me miró fijamente. No importaba que estuviera en bata y pantuflas, ella era quien tenía el mando.

—Dije que todo fue mutuo. Hay una diferencia. No estuvo mal, pero si Elise tiene remordimientos ahora que es de mañana, por favor dígale que lo siento.

La señora Carter me miró fijamente durante un largo momento.

—Te importa, ¿verdad?

La miré detenidamente y asentí.

—Así es. Mucho. Nunca haría nada para lastimarla intencionalmente. Sé que ella no quería que me quedara, y me habría ido, pero me quedé dormido con ella en mis brazos. No pretendía quedarme.

El rostro de la señora Carter cambió. Me sonrió.

—Ha tenido mucho dolor en su vida. Necesita un hombre que la ame como merece ser amada.

Asentí.

—Estoy de acuerdo. Y quiero ser ese hombre.

La señora Carter sonrió ampliamente.

—Bien. Iré a ver cómo está nuestra chica. Llevaré mi té con algo bueno para el desayuno. Ahora, vete a tu granja. Necesitamos tener una charla de chicas.

Sonreí, sin sorprenderme lo más mínimo de que la señora Carter supiera más sobre mí de lo que había dejado entrever. Le di las gracias y me subí a mi camioneta para conducir a casa, agradecido de que el resto de los vecinos de Elise no me detuvieran.

Cuando llegué a casa, estacioné frente a la casa y entré corriendo para una ducha rápida. Sabía que Nicky estaba en la casa de azúcar, pero necesitaba un minuto para despertarme antes de enfrentarlo. Preparé una cafetera mientras me duchaba y lo serví en una taza grande antes de ir a comprobar cómo había comenzado el día.

—Vaya, miren quién finalmente decidió venir a trabajar —bromeó Nicky. Vestía su uniforme estándar de jeans bien gastados y una sudadera de Jones Farm. La casa de azúcar se calentaba la mayoría de los días, pero Nicky siempre llevaba una sudadera—. Diría que estoy feliz de que te hayas tomado la mañana libre, pero pasé por tu casa y vi que tu camioneta no estaba temprano. ¿Dónde estuviste esta mañana?

—Estaba en casa de Elise —admití, incapaz de inventar una mentira antes de que la verdad saliera a borbotones. No es que no quisiera contarle a Nicky, era más que no quería admitir cómo terminó nuestra cita.

Nicky silbó.

—Vaya, maldición, muchacho. Bien por ti. Es una chica hermosa. Podrías haberte tomado el día libre y pasarlo con ella. No me habría importado.

Negué con la cabeza.

—No, necesitaba volver aquí.

—No, no lo necesitabas —argumentó Nicky—. Deberías haberte quedado en la cama con tu chica. A las chicas les gustan esas cosas. Podrías haberla llevado a desayunar o, mejor aún, haberle preparado el desayuno en la cama. Necesitas aprender a ser más romántico, muchacho.

—Me echó —admití.

La sonrisa de Nicky desapareció.

—¿Por qué?

Me encogí de hombros.

—No lo sé. Me desperté en su cama, y cuando se dio cuenta de que estaba allí, se alteró. No le gusta quedarse a dormir, pero me dormí. No pretendía quedarme.

—¿Qué le pasa que no le gusta quedarse a dormir? Esas son las mejores noches, cuando se agotan tanto el uno al otro que ninguno puede moverse. Recuerdo una noche...

—Dios, por favor, no me cuentes sobre sexo con mi abuela —gemí.

Nicky dejó de hablar y se pasó la mano por la cabeza.

—Lo siento, muchacho. Olvidé por un momento con quién estaba hablando.

Asentí.

—Está bien. Simplemente trabajemos.

—¿Lastimaste a esa chica? —preguntó Nicky, con voz oscura y letal.

Lo miré fijamente y negué con la cabeza.

—No. No soy ese tipo de hombre. Nunca lastimaría a nadie, pero especialmente a ella. Yo la a... —me interrumpí.

—¿La amas?

Dudé y asentí.

—Todavía no se lo he dicho, pero sí. Ella... no tiene el mejor historial con las relaciones. Es cautelosa. Espero que su enojo sea por eso y no porque se arrepintiera de nuestra noche. No podría vivir conmigo mismo si supiera que hice algo que la lastimó o la asustó.

Nicky asintió.

—Estoy seguro de que todo estará bien.

Asentí, pero no tenía su confianza. Esperaba que todo estuviera bien con Elise, y esperaba que la señora Carter la revisara como dijo que lo haría. Solo quería que Elise estuviera bien.

Nicky y yo trabajamos codo con codo el resto de la mañana. Se me pasó volando, lo que fue bueno. Logré apartar a Elise de mi mente mientras trabajaba y hacer muchas cosas. Pero tan pronto como tomamos un descanso y estuve solo en mi oficina, ella volvió a mi mente.

Su olor, su sabor, su risa, la forma en que llegó al clímax. Todo sobre ella me hizo enamorarme aún más. Pensé que la noche fue buena. Casi perfecta. Tenía la intención de irme, pero me quedé dormido.

Saqué mi teléfono y revisé si había mensajes. No había ninguno de ella, así que abrí la aplicación, la forma en que nos habíamos comunicado principalmente. Nuestro último intercambio estaba allí, pero no había nada nuevo.

COSAS DULCES

Lo siento por lo de esta mañana. Pensaba irme.

Me quedé mirando el teléfono, esperando que respondiera pronto. Afortunadamente, lo hizo.

CAPITANA

Está bien.

COSAS DULCES

No quería quedarme dormido. Te prometo que nunca volverá a pasar.

CAPITANA

Eso es bueno.

COSAS DULCES

¿Estás bien?

CAPITANA

Todavía estoy tratando de decidir eso.

COSAS DULCES

Lo siento. Por lo que vale, lo pasé muy bien
anoche. Suena cursi, pero es verdad.
Disfruto pasar tiempo contigo.

CAPITANA

Yo también. Gracias. Lo siento, pero tengo
que ir a trabajar.

COSAS DULCES

¿Puedo llamarte más tarde?

CAPITANA

No lo sé. Creo que necesito un poco de
tiempo.

COSAS DULCES

De acuerdo. Lo entiendo. Estaré aquí cuando
estés lista para hablar.

Respuestas cortas y evasivas no me hicieron sentir mejor. Pero respondió, lo que era bueno. Todavía no estaba seguro de en qué situación nos dejaba esto. Si iba a asustarse cuando me quedara a pasar la noche... no iba a preocuparme por eso todavía.

Revisé algunas cosas en la oficina y estaba casi listo para hacer mi recorrido diario por la granja cuando sonó mi teléfono. Sonreí al ver la cara de mi padre mirándome. Tomé la foto en una de mis visitas a casa hace más de un año. Lo sorprendí con la visita, y se notaba en su rostro. Aunque vivíamos cerca entonces, no nos veíamos tanto como a cualquiera de los dos nos hubiera gustado.

—Hola, papá.

—Hola, Colin. ¿Cómo estás?

—Estoy bien. ¿Qué pasa? ¿Está todo bien?

—¿Qué, no puedo llamar a mi hijo?

Negué con la cabeza.

—No es eso. Normalmente llamas de noche.

—Bueno, quería ver si esa invitación para visitar la granja sigue en pie. Estaba pensando en ir el fin de semana después de este. Si tu viejo no va a estropear tu estilo.

—Por supuesto, papá. Eres bienvenido cuando quieras venir.

—Bien, excepto que no pareces tan feliz por eso.

Negué con la cabeza.

—No, papá, sería genial que vinieras. Me encantaría saber qué piensas del lugar.

—¿Y qué hay de tu chica? ¿Quieres saber también lo que pienso de ella?

Suspiré y negué con la cabeza. Típico de mi padre escuchar algo más en mi voz.

—¿Las cosas no van bien con ella? —preguntó.

—No lo sé, para ser sincero. Nosotros... pasé la noche con ella anoche. Me pidió que me fuera antes de que me quedara dormido. Lo sabía, y estaba bien con eso porque entendía por qué no quería que me quedara. Me dormí y me desperté esta mañana todavía en su cama.

Mi padre se rió.

—Siempre has tenido el sueño pesado. Recuerdo haber intentado despertarte para ir a la escuela una mañana. Estabas tan profundamente dormido que no pude levantarte. Para nada. Terminé dejándote dormir porque simplemente no te despertabas. Entraba cada treinta minutos para asegurarme de que todavía respirabas, pero estabas completamente noqueado.

—Tal vez puedas contarle esa historia a Elise si alguna vez la conoces. Hacerla sentir mejor por no haber dejado su casa.

—Estoy seguro de que no estaba molesta porque no te fueras. Probablemente fue otra cosa lo que la molestó. Conozco al hombre que eres, Colin. Nunca harías nada para lastimar a una mujer. Es probable que ella también lo sepa. Incluso si a veces lo cuestiona.

—Su ex...

—Me lo imaginaba. Necesitas tener cuidado con ella. Es difícil para las personas confiar cuando han sido lastimadas de esa manera. Dale tiempo, y asegúrate de que sepa que sigues ahí cuando esté lista para darte otra oportunidad.

Asentí.

—Lo estoy intentando.

—Bien. Eso es todo lo que puedes hacer.

Hablamos unos minutos más antes de que mi padre dijera que necesitaba volver al trabajo. Yo tenía que hacer lo mismo y le agradecí el consejo. Con suerte, todo con Elise saldría bien.

Ramsey me dijo que él y los demás tenían una reunión habitual los jueves por la noche en O'Kelley's. Era informal y quien pudiera asistir terminaría allí en algún momento. Tenía una invitación abierta para unirme si quería, y necesitaba el descanso de pensar en Elise.

Había pasado más de un día desde que me echó de su casa, y no habíamos hablado desde que intercambiamos mensajes en la aplicación. Pensé en comunicarme, pero ella dijo que necesitaba tiempo y espacio lejos de mí, así que no lo hice.

Estacioné a una cuadra de O'Kelley's y me tomé mi tiempo para caminar hasta el bar. Era una noche agradable, con una buena brisa que venía del agua. La gente caminaba de la mano en la ribera, algunos se detenían para sentarse y otros continuaban un paseo tranquilo. El verano estaba a la vuelta de la esquina, y en dos semanas, mi cuadragésimo cumpleaños. Definitivamente esperaba con más ganas una cosa que la otra.

O'Kelley's estaba lleno, justo lo que necesitaba. Ramsey,

Ian y James ya estaban en el bar con cervezas frente a ellos cuando los vi. Tenían un taburete extra para mí, así que no tuve que luchar contra la multitud.

—Gracias —le dije a James. Su chaqueta estaba reservando el taburete.

Asintió.

—La gente normalmente no toca mis cosas. Tienen miedo de que los arreste.

Hudson resopló.

—Nadie te tiene miedo.

James lo fulminó con la mirada.

—Lo tienen cuando saco las esposas.

—Especialmente las mujeres —dijo Ramsey con una risita.

Ian y Hudson se unieron a él, y yo no pude resistirme.

James nos mostró el dedo medio a todos.

—Vaya amigos que tengo.

—Oh, vamos —dijo Ramsey—, eso fue demasiado fácil. Te habrías decepcionado si no aprovecháramos esa.

James lo pensó por un segundo y luego asintió.

—Cierto.

—Es una lástima que ninguna mujer se haya acercado lo suficiente a él para usar sus esposas últimamente —dijo Hudson.

James le mostró el dedo medio.

—¿Y qué sabrías tú de mi vida sexual?

—Solo que no tienes una. —Hudson levantó una ceja, desafiando a James a discutir.

—Jódete.

—Esa es toda la acción que estás teniendo. Una amenaza para mí. —Hudson se rió disimuladamente y se alejó.

Ian se inclinó hacia adelante y dijo:

—Puedo compartir algunas historias para que vivas vicariamente. Blake y yo tenemos una gran vida sexual. Esta mañana, ella...

—Por favor, no —dijo James—. No quiero pensar en ti desnudándote con nadie.

—Bueno, Melody... —comenzó Ramsey.

—Tú tampoco —dijo James firmemente.

Ramsey e Ian se rieron de él y luego Ramsey me señaló con la cabeza.

—Tal vez Colin pueda contarte una historia. Corre el rumor de que estaba escabulléndose de la casa de Elise ayer por la mañana.

—¿Cómo demonios sabes eso? —solté antes de pensar en lo que estaba diciendo.

—Bueno, era solo un rumor antes. Ahora sabemos que es cierto. Bien por ti, hombre. Y bien por ella. Siempre que ella te quisiera allí —dijo Ian.

—No estoy tan seguro.

Los tres se volvieron y me fulminaron con la mirada. Si fuera un hombre más débil, podría haberme orinado encima por las miradas asesinas en sus rostros.

—No es así. Nuestra cita fue buena, pero ella no hace quedadas. Me desmayé y se asustó por la mañana. No hice nada.

James se inclinó cerca de mí.

—Puedo meterte en una celda tan profunda y oscura que desearás no haber nacido. Si siquiera piensas en...

—La amo —dije—. Nunca la lastimaría. Y no habría venido aquí si lo hubiera hecho. Ya me dijisteis que todos me patearíais el trasero si la lastimaba. Sé que lo haréis, y si las cosas no funcionan entre nosotros, espero que lo hagáis con el siguiente. Pero lo que pasa entre Elise y yo es entre nosotros. Vosotros dos podéis estar bien contando historias sobre vuestras mujeres, pero yo no voy a compartir una mierda con vosotros sobre Elise. Eso no es asunto vuestro.

James mantuvo mi mirada por un largo momento y luego asintió.

—Bien. No tenemos que patearte el trasero. Necesitábamos asegurarnos de que ella estuviera bien contigo.

—¿De qué demonios estás hablando?

—Nuestras mujeres hablan —dijo Ian—. Elise estaba molesta ayer. Si aparecías esta noche, teníamos órdenes de patearte el trasero o averiguar qué pasó.

—¿Y? —pregunté.

—Y ahora podemos decirles que no eres el imbécil que temían que fueras. Todos sabemos que Elise tuvo un ex de mierda. No conocemos los detalles, pero la cuidamos, a todas ellas. Necesitábamos asegurarnos de que no eras como él.

—No soy nada como él —gruñí.

—¿Lo sabes? —preguntó James.

Asentí.

—Ella me contó todo.

James, Ian y Ramsey intercambiaron una mirada.

—Entonces volverá —dijo James—. Si te dejó entrar, hay una buena razón. Solo tienes que darle tiempo y hacerle saber que estás ahí para ella.

—Mi padre dijo lo mismo —admití.

—Tu padre es inteligente. Elise es como un testigo asustado. Dile que llame y de vez en cuando, recuérdale que todavía estás interesado en lo que tiene que decir. Eventualmente, te dirá lo que quieres oír —dijo James.

—Vaya —dijo Ian—. Nunca habría esperado que fueras tú quien diera consejos sobre relaciones.

James puso los ojos en blanco.

—Conozco a las personas. El hecho de que todas las mujeres con las que salgo pierdan interés una vez que la emoción de salir con un policía desaparece no significa que no sepa cómo tratar a una mujer.

—Si lo supieras, la emoción no sería la única razón por la

que estuvieran allí —dijo Hudson mientras entregaba la comida.

—Nadie pidió tu opinión —gruñó James.

Hudson se encogió de hombros.

—Es mi bar. Si no quieres mi opinión, puedes irte. —Hudson cruzó los brazos y sonrió con suficiencia a James.

James puso los ojos en blanco otra vez y negó con la cabeza.

—Es una maldita suerte que hagas las mejores quesadillas de la ciudad.

—Ajá. Y tú tienes suerte de ser policía o nunca conseguirías una cita en primer lugar —dijo Hudson.

Los dos siguieron molestándose mutuamente mientras Ian, Ramsey y yo comíamos nuestra comida y nos reíamos. Eran como hermanos peleando por la misma chica. Fue entretenido, y definitivamente apartó mi mente de Elise por la noche.

ELISE

No sabía qué decirle a Colin, así que simplemente no hablé con él. Era cobarde, pero era lo único que podía hacer hasta que descubriera cómo hablarle.

Cuando me desperté con él en mi cama, entré en pánico. No había compartido la cama con un hombre desde Andy, y mi mente me convenció de que era Andy quien estaba en la cama conmigo. Ya había tenido sueños sobre él estando allí antes. Sobre él persiguiéndome. Seguía en la cárcel, y no creía que intentara contactarme nunca, pero de vez en cuando el miedo se apoderaba de mí y enloquecía.

La señora Carter estaba preocupada por mí y me trajo el desayuno. Antes de irse, admitió que Colin le había pedido que me vigilara. Fue muy dulce de su parte, y a pesar de mi miedo irracional, lo aprecié.

La señora Carter me hizo sentir mejor, y cuando se fue, supe que necesitaba disculparme con Colin. Simplemente no sabía cómo.

Así que lo pospuse. Cuando él se comunicó conmigo, seguí postergándolo. No sabía cómo expresarlo con palabras, así que retrasé decir todo lo que necesitaba decir.

Para el fin de semana, sabía que estaba siendo cobarde, pero el miedo volvía a superar el deseo de estar con él. Me dije a mí misma que estaba ocupada con el trabajo y el evento para empleados que teníamos esa noche. Era solo parcialmente cierto.

Trabajé el sábado con Ava y Cami. Las tres estábamos empezando a formar un buen equipo. Se llevaban bien, y todas parecíamos tener un sexto sentido para lo que las demás necesitaban. Me impresionó la dedicación de Cami y su facilidad con los clientes, y ella apreciaba que Ava y yo la ayudáramos y le diéramos consejos.

Cuando terminamos nuestro último recorrido del día, nos dirigimos a la casa de botes para ayudar a Walter a preparar la fiesta. Como era la primera del año, era solo para empleados. Normalmente la fiesta incluía algo de bebida, mucho tiempo para conocerse, y juegos para romper el hielo que nadie realmente quería jugar.

—¿Cómo está mi equipo de ensueño? —preguntó Walter cuando las tres entramos.

—Bien —respondió Ava por nosotras—. Muy bien.

—Me alegra oírlo. ¿Algún progreso en la búsqueda de trabajo, Ava? —preguntó Walter.

Ava negó con la cabeza. —Estoy hablando con diferentes distritos y enviando mi currículum, pero hasta ahora solo he recibido respuesta de unos pocos.

—Mi madre está preguntando por ahí —le dije—. Dice que la oferta de enseñar con ella sigue en pie si quieres, pero le dije que realmente esperabas conseguir algo en secundaria.

Ava asintió. —Así es. Tendré mi certificación para toda la secundaria, así que puedo enseñar desde séptimo hasta bachillerato, pero me encanta la secundaria básica.

Cami se estremeció. —Yo odiaba la secundaria básica. No creo que pudiera soportar estar allí para siempre.

—Sí, pero como maestra en lugar de estudiante, es diferente. Piensa en todo lo que aprendiste cuando estabas en secundaria básica. Es divertido y emocionante. En primaria, todo es muy básico. En el bachillerato, las actitudes dominan y los chicos dejan de esforzarse. La secundaria básica es cuando todavía son medio pequeños pero están listos para aprender cosas más avanzadas. Es divertido —dijo Ava con una gran sonrisa.

Negué con la cabeza. —Y por eso tú eres maestra y yo no. Me alegra que haya personas como tú que quieran enseñar porque yo preferiría hacer casi cualquier otra cosa antes que enseñar.

—¿Cualquier cosa? —preguntó Walter con una sonrisa.

Asentí. —Casi cualquier cosa. Yo, eh, en realidad quería hablar contigo sobre eso. ¿Tienes un minuto?

Su sonrisa se desvaneció y asintió. —¿Por qué no me ayudas por aquí?

Asentí y lo seguí, agradeciendo su comprensión de que quería privacidad.

Se volvió hacia mí y sonrió. —Entonces, ¿cuánto tiempo?

—¿Cuánto tiempo de qué?

—¿Cuánto tiempo hasta que me dejes? Conozco esa transición. La he escuchado antes de otros. Estábamos hablando de cambiar carreras y dijiste que querías hablar. Entonces, ¿cuánto tiempo? ¿Te vas antes del final del verano?

Me reí y negué con la cabeza. —No, no es eso. En realidad, no me voy a ir en absoluto, a menos que tú quieras que me vaya.

—¿No te vas? —preguntó Walter.

Negué con la cabeza. —Quería pedirte tu opinión sobre conseguir mi licencia de capitán. Estoy pensando en conducir un poco en lugar de solo dar recorridos.

—Vaya, qué me aspen. ¿En serio? —preguntó.

Asentí. —Si no crees que sea adecuada, está bien. Puedes decírmelo. Solo siento que quiero hacer algo más. Algo más significativo. Pero me encanta estar allí afuera. Solo estoy tratando de decidir si quiero seguir dando recorridos para siempre.

—Elise, serías genial. Puedes hacer cualquier cosa, y si esto es lo que quieres, me encantaría tenerte como una de nuestras capitanas.

—¿Estás seguro?

Walter asintió. —Absolutamente. Algunos de los chicos están hablando de disminuir un poco. No es un trabajo difícil, pero ya sabes que los horarios no son los mejores. He estado buscando a alguien, pero no he tenido a nadie interesado. Si tú lo estás, haré todo lo posible para asegurarme de que estés preparada. Pagaré tu curso y te daré tiempo libre. Entrenamiento. Lo que necesites.

—No tienes que hacer todo eso —le dije.

—Elise, sabes que esta empresa es todo lo que tengo. Ustedes son como mis hijos. La mayoría está aquí por uno o dos años y luego se va volando. Tú has estado conmigo durante seis años. Eres como una hija para mí, para todos nosotros. Si esto es lo que quieres, voy a ayudarte.

—Gracias, Walter. Eso significa mucho. Realmente no estaba segura si estarías de acuerdo.

—Lo tienes, Elise. Dime qué necesitas y cuándo lo necesitas. Y hablaré con los capitanes para que sepan que deben darte toda la práctica que puedan. Y consejos.

—Muchas gracias, Walter. También planeo seguir como guía. Podemos hablar de conducir algo el próximo año, suponiendo que pase el examen.

—No tengo ninguna duda de que lo harás. Te ayudaré a estudiar también. Hace tiempo fui un capitán bastante bueno.

Sonreí. —No tengo ninguna duda de que lo fuiste. El mejor capitán de todos, me imagino.

Se rio. —No estoy seguro de eso. Estos chicos conocen

trucos que yo nunca supe. Los barcos han cambiado mucho desde que yo conducía uno todos los días. Podría hacerlo, pero no salgo tanto como quisiera.

—Tal vez sea hora de que eso también cambie —sugerí.

Walter asintió y se frotó la barbilla. —Sabes, puede que tengas razón. Pero primero, es hora de fiesta.

Me reí y volví con Ava y Cami mientras Walter saludaba a los otros empleados que iban entrando. Estaba en su elemento con todos nosotros alrededor. Podía entretener a una multitud sin siquiera intentarlo.

—¿De qué se trataba eso? —preguntó Ava cuando me reuní con ellas.

—Le dije a Walter que he estado pensando en obtener mi licencia de capitán. Quería saber qué pensaba de la idea.

—¿En serio? —preguntó Ava—. Nunca me lo dijiste.

Me encogí de hombros. —No estaba segura. Siento que me estoy haciendo demasiado mayor para seguir haciendo las mismas bromas sobre encontrar un hombre cuando cumpliré treinta en menos de un año. No pasará mucho tiempo antes de que parezca desesperada en lugar de graciosa.

—Sigue siendo hilarante porque no lo esperan. Pero sé a qué te refieres. Es como si hubiera una edad en la que bromear sobre estar soltera es aceptable, y luego pareces un poco loca, pero cuando eres mayor de nuevo, está bien. Por supuesto, también pienso que la gente apesta y que no importa lo que piensen de ti la mitad del tiempo, así que probablemente no soy la mejor juez —dijo Ava.

—¿No te importa lo que la gente piense de ti? —le tomé el pelo.

Ella negó con la cabeza. —No. Tuve una revelación después de la orientación cuando volví a la escuela. Había un chico que me gustaba, pero solo estaba interesado en mí por mis calificaciones. Me estaba usando para obtener una buena calificación en la clase que teníamos juntos. Coqueteaba conmigo, pero tenía novia.

—Lo siento, Ava —dijo Cami con una mano en el brazo de Ava.

—Gracias —dijo Ava—. Pero me enseñó que la gente va a ver lo que quiere ver y hacer lo que quiere hacer. No importaba que yo ayudara a este chico o que él fuera agradecido, seguía usándome. Y si un chico como él, que realmente es básicamente un buen tipo, iba a hacer eso, cualquiera lo haría. Así que, a la mierda con ellos. Cuídate a ti misma y haz lo que te haga sentir bien. Si a alguien más no le gusta, ese es su problema.

—Tiene razón —coincidió Cami—. Por supuesto, yo fui estudiante de teatro, así que claramente no sigo lo que la gente quiere que haga. Mi madre me rogó que obtuviera un título en algo útil. Mi padre me dijo que empezara a trabajar y no me molestara en acumular deudas cuando no iba a poder pagarlas con un salario de teatro. Ignoré a ambos, pero ahora entiendo por qué dijeron lo que dijeron. Aun así, sé que fue la elección correcta para mí.

—Tienen razón, pero aún quiero probar algo nuevo. He estado pensando en ser capitana desde hace uno o dos años. Creo que finalmente es hora de intentarlo.

—Entonces bien por ti —dijo Ava—. Felicidades. No puedo esperar para ser la guía en uno de tus cruceros. Será increíble.

—El equipo de ensueño puede continuar —dijo Cami.

Las tres nos reímos y abrazamos.

A medida que más personas entraban en la habitación, socializamos y hablamos con los demás. Mantuve mi noticia entre Ava, Cami y Walter, pero estaba segura de que todos los demás lo sabrían antes del final del verano. Por ahora, solo quería relajarme y conocer a algunos de mis compañeros de trabajo.

Consideré invitar a Ava y Cami a la noche de chicas, pero aún no lo había hecho. Era extraño tener dos grupos diferentes de personas con las que pasaba mi tiempo. Aún más extraño sería mezclarlos. Sabía que Ava encajaría en el grupo, aunque era más joven que todas nosotras. Cami requería un poco más de tiempo para acostumbrarse. Era amable y realmente me caía bien, pero solo había hablado con ella sobre el trabajo. Cuando estaba con mis amigas, nos poníamos muy personales. No estaba segura de cómo se sentiría Cami al respecto.

Nada de eso importaba cuando entré en Novios Literarios Ilimitados el domingo por la noche. Estaba con mis mejores amigas, lo que significaba que no tenía que explicarle nada a nadie ni hacer nada que no quisiera hacer. Por eso llevaba pantalones cortos de yoga y una camiseta suelta que era como no llevar nada. Estaba cómoda y me sentía bien.

Melody trajo un pastel que me resultó terriblemente familiar. No quería decir nada, pero ella anunció: —Colin dijo que este pastel de crema de arce está para morirse. Compramos dos porque dijo que se agotan tan rápido como los recibe. Pensé que sería bueno para esta noche.

Mi corazón se hundió. No quería pensar en Colin, ni en cómo había dejado las cosas con él. Pero no tenía opción.

Melody cortó el pastel y gemidos recorrieron la habitación mientras todas probaban el dulce y sabroso pastel. Podía saborear la dulzura antes incluso de recibir un trozo. El crujido me hizo agua la boca. Sabía que iba a ser bueno, pero también trajo recuerdos.

Recuerdos de Colin untando crema en mi pezón y lamiéndolo hasta dejarlo limpio.

Recuerdos de ponerlo en su erección y chuparlo.

Recuerdos de todo lo que hicimos después de devorarnos mutuamente, centímetro a centímetro.

Mis mejillas ardían con los pensamientos sucios y mis muslos dolían. Lo extrañaba.

—¿Estás bien? —me preguntó Melody.

Levanté la mirada y sonreí. —Estoy bien.

—¿Estás segura? Porque pareces no sentirte bien.

Negué con la cabeza. —Solo estoy... Colin pasó la noche la semana pasada.

—¿Qué? —preguntó Laura.

—¿En serio? —dijo Karissa.

Asentí.

—¿Por qué es un gran problema? —preguntó Trinity.

—No he pasado la noche con un hombre desde Andy.

—Yo nunca paso la noche —dijo Trinity—. Demasiada presión a la mañana siguiente.

—Andy intentó matarme mientras dormía. Me desperté con sus manos alrededor de mi garganta —admití suavemente.

—¿Colin...? —preguntó Melody.

Negué con la cabeza. —Él solo estaba allí. Y me asustó. Pero antes de eso, trajo este mismo pastel.

Trinity sonrió. —Y a juzgar por la expresión de tu cara, fue una muy buena noche. Solo que la mañana siguiente no fue tan buena.

Asentí. —Odio que Andy siga teniendo un impacto en mi vida. Quería que Colin se quedara. No se lo dije, pero no quería que se fuera. Cuando me dormí, me sentí segura. Fue solo cuando me desperté y él estaba allí, acariciándome el cuello, que me di cuenta de lo aterrador que era tener a alguien más allí mientras dormía y sin ser consciente de todo.

—¿Fue él estando allí o fue él tocándote el cuello? —preguntó Melody.

—Yo… —Estaba segura de que sabía la respuesta hasta que Melody me preguntó. Solo entonces me di cuenta de que no era el hecho de que se quedara lo que me molestaba. Era que me tocara el cuello lo que no podía soportar.

—Te doy mucho crédito, Elise —dijo Trinity—. De verdad. Hablas con nosotras sobre estas cosas todo el tiempo. No creo que yo fuera tan valiente como tú. No sé si podría compartir tanto con la gente. Estás dispuesta a intentarlo y estás dispuesta a hablar. Eres increíble.

Le sonreí. —Gracias. Eso significa mucho.

—Tiene razón —dijo Laura—. Has cambiado en los últimos meses, pero especialmente desde que conociste a Colin. Él te ha hecho más abierta. Y no tengo idea de lo que es pasar por lo que pasaste con Andy, pero recuerdo lo asustada que estabas cuando te recogí ese día. Le digo a la gente que tiene cáncer todos los días, pero nunca había visto a nadie tan aterrorizada como estabas tú. Haber dado la vuelta a tu vida y dejar que alguien más entre, y estar sentada aquí hablando con nosotras sobre ello, me dice que no estás dispuesta a alejarte de Colin.

Negué con la cabeza. —No lo estoy. Me gusta. Mucho. Y no estoy lista para que eso termine.

—Entonces no dejes que termine. Habla con él —dijo Blake—. Dile lo que estás pensando. No te escondas de él porque estés asustada. Déjalo entrar porque no es Andy. Es mejor que eso. Y creo que es bueno para ti. Ustedes dos funcionan bien juntos.

—Lo hacéis —coincidió Melody.

Las demás asintieron.

—Gracias a todas. Sí, lo hacemos. Espero que Colin entienda.

—Llámalo —dijo Finley.

Negué con la cabeza. —Ahora no. Pero voy a enviarle un mensaje.

Abrí la aplicación y le pregunté a Colin si estaba libre para reunirse pronto.

COSAS DULCES

En cualquier momento.

CAPITANA

Sé que tienes trabajo y una vida. Estoy libre mañana y miércoles.

COSAS DULCES

Haré tiempo para ti, Elise. Dime qué te funciona, y estaré allí. Donde quieras que esté.

CAPITANA

Mañana. ¿Almuerzo?

COSAS DULCES

Nos vemos entonces. ¿Y Elise?

CAPITANA

¿Sí?

COSAS DULCES

Gracias por contactarme.

CAPITANA

Gracias por responder.

COSAS DULCES

Siempre estaré aquí.

Sonreí porque le creía. Era ese tipo de hombre.

COLIN

Intenté no estar ansioso por mi almuerzo con Elise, pero estaba preocupado. O me iba a dar una explicación y las cosas volverían a la normalidad, sea lo que fuera eso, o me iba a decir que no podía continuar con esto y terminaríamos.

Estaba casi seguro de que sería lo segundo.

Llegué un poco temprano y no la vi. Encontré una mesa hacia la parte trasera del pequeño restaurante y le dije a la camarera que estaba esperando a alguien. Trajo dos vasos de agua y dijo que volvería cuando viera llegar a mi acompañante.

Vigilé la puerta, queriendo hacerle señas a Elise tan pronto como entrara. Bebí un sorbo de agua y eché un vistazo al menú, pero hasta saber lo que iba a decirme, mi estómago estaba hecho un nudo.

Nunca había estado así por una mujer. Cuando mis amigos me hablaban de esa sensación, pensaba que estaban locos, pero ahora me arrepentía de haberme burlado de ellos. Era una tortura pura.

Elise entró uno o dos minutos antes de la hora acordada.

Sonrió a la anfitriona y miró alrededor mientras hablaban. Cuando me vio, señaló y saludó a la anfitriona con la mano. Me pregunté si se conocían, pero luego recordé que en Cala MacKellar todos conocían a todos.

—Hola —dijo Elise, deslizándose en el asiento frente a mí—. Gracias por reunirte conmigo aquí.

Asentí. —Por supuesto. Es uno de los muchos lugares del pueblo donde nunca he estado.

Elise sonrió y miró alrededor. —Trabajé aquí cuando estaba en la preparatoria. Es uno de mis lugares favoritos para comer.

—Vaya recomendación. Tendré que volver otra vez.

—Deberías. Hay demasiadas cosas buenas en el menú como para venir solo una vez.

Asentí y fingí mirar el menú. Había un restaurante mediterráneo cerca de donde vivía antes, así que sabía que me gustaba la comida, pero no podía concentrarme en la comida con la tensión entre nosotros. Quería que dijera lo que había venido a decir para poder seguir adelante, ya sea juntos o por separado, pero ella actuaba como si las cosas no fueran completamente incómodas entre nosotros.

Pedimos nuestro almuerzo y bebimos a sorbos, y con cada segundo, las cosas se volvían más y más tensas.

—Esto es incómodo —dijo finalmente Elise.

Asentí.

—Lo siento.

—¿Por qué?

Sonrió, una sonrisa tensa y apretada. —Me gustas, Colin. Mucho. De verdad. Y sé que te debo una explicación por lo de la otra mañana.

Negué con la cabeza y me recliné. —No me debes nada. Siempre dije que no tenías que contarme nada que no quisieras. No debería haberme quedado. No fue mi intención. Y obviamente no volverá a suceder.

—¿Por qué dices eso?

Levanté una ceja y encontré su mirada. —Estás aquí para terminar las cosas. Puedo verlo en tus ojos. Agradezco que no me lo digas por mensaje, pero no es necesario almorzar juntos.

Estaba negando con la cabeza, pero no refutó mi declaración. Simplemente siguió negando. Luego se rio. —Parece que últimamente tengo problemas para expresarme. Esta es la segunda vez en pocos días que intento decir algo y lo comienzo completamente mal. No estoy aquí para terminar las cosas.

—¿No?

Volvió a negar con la cabeza. —No. Quería disculparme por asustarte y decirte que no tuvo nada que ver contigo.

Me encogí de hombros. —Lo imaginé, pero independientemente de eso, te asusté.

Asintió. —Sí, porque rozaste mi cuello. Cuando Andy...

Se detuvo y se frotó la garganta. Era un hábito nervioso suyo, y uno que nunca conecté hasta ese momento. Se frotaba el cuello por él. Cuando estaba ansiosa. Porque él puso sus manos allí e intentó matarla.

Tomó un respiro profundo y me miró de nuevo. —Cuando Andy me estranguló, estaba dormida. Me había encerrado en nuestro dormitorio porque me había golpeado. Forzó la cerradura mientras dormía, y desperté con sus manos alrededor de mi cuello. Cuando desperté contigo tocando mi cuello, aunque no fueran tus manos, me devolvió a ese momento. Fue un flashback, y pensé que eras él.

Suspiré profundamente. —Elise, lo siento mucho. Ni siquiera pensé en besarte allí.

Negó con la cabeza. Sus ojos se llenaron de lágrimas que secó rápidamente. —No es tu culpa. No sabía que tendría ese tipo de reacción.

La camarera apareció con nuestro almuerzo, obligándonos a detener nuestra conversación. Elise forzó una sonrisa y casi pareció como si todo estuviera bien. Aparentemente no lo suficiente porque la camarera me lanzó una mirada desagradable por hacer llorar a mi cita.

—Me alegro de que ya haya traído la comida porque si no lo hubiera hecho, definitivamente habría escupido en la mía por hacerte tan triste —dije.

Elise se rio. —Lo siento. No quería hacerte quedar mal.

Negué con la cabeza. —Tu opinión es la que más me importa ahora. ¿Estás bien?

Asintió. —Estoy mejor ahora. Pensé que había superado todo lo relacionado con él, al menos creía saber qué me pondría mal, pero no he pasado la noche...

—Lo sé, y lo siento —dije rápidamente—. No tenía intención de quedarme.

Sonrió y puso su mano sobre la mía. Volteé la palma y sostuve su mano, mis dedos rozando su muñeca. —No quería que te fueras, pero tampoco quería asustarte. Nada de esto tuvo que ver contigo, y lamento haber tardado tanto en hablar contigo. Supuse que probablemente ya habías tenido suficiente locura de mi parte y necesitabas espacio.

Negué con la cabeza. —Ni un poco. Aceptaré toda la locura que tengas.

Sonrió y se rio. —¿Estás seguro? Porque apostaría a que tengo más.

Asentí. —Puedo manejarlo, siempre que estés dispuesta a hablar conmigo. Ayúdame a evitar asustarte tanto como sea posible.

—Lo haré.

—Bien. Tengo un favor que pedirte.

Inclinó la cabeza hacia un lado.

—¿Estarías dispuesta a conocer a mi padre este fin de semana?

Sonrió ampliamente. —Me encantaría.

No recordaba haber reído tanto en toda mi vida. Me reí para mí mismo junto a la parrilla, escuchando a Nicky, papá y Elise conocerse. Era como si todos estuvieran compitiendo para ver quién podía contar la historia más extravagante.

—¿Qué le dijiste? —le preguntó papá a Elise.

Ella les estaba contando sobre uno de sus tours donde un cliente se emborrachó y preguntó si podía orinar mientras cruzaban la frontera de Estados Unidos y Canadá.

—Le dije que era ilegal —dijo Elise, tan seria como podía estar.

—¿Lo es? —preguntó Nicky.

Elise negó con la cabeza. —Técnicamente, no, pero sí es ilegal que saque sus partes en público. Supuse que no importaba qué ley estaba usando para explicarle por qué el tipo borracho que apenas podía mantenerse en pie no debía subirse al borde de un barco y orinar en el río.

Papá y Nicky rieron con Elise. Miré por encima de mi hombro a los tres y negué con la cabeza. Era bueno ver sonrisas tan grandes.

—¿Cómo van esos filetes? —preguntó mi padre.

—Casi listos —le dije.

Se levantó y se acercó, dejando a Elise y Nicky hablando. Papá golpeó mi hombro y sonrió. —Realmente me cae bien —dijo en voz baja.

Asentí. —A mí también.

—¿Ya se lo has dicho?

—¿Decirle qué? —pregunté, aunque sabía de qué estaba hablando.

—¿Que la amas?

Negué con la cabeza. —Es asustadiza. Te dije que no tiene buena historia con las relaciones.

Papá se encogió de hombros. —Nadie la tiene. Por eso

seguimos intentándolo hasta que encontramos a la persona adecuada. Es como buscar mis llaves. No sigo buscando después de haberlas encontrado por si encuentro llaves para una mejor camioneta. Dejo de buscar porque me gusta la que tengo.

Volví a mirar a Elise. Se rio de algo que dijo Nicky. Se veía relajada allí en la terraza. Nada la molestaba. Toda la tensión que había visto en ella tantas veces había desaparecido, y era simplemente una mujer normal teniendo un buen día. Era agradable verla así.

—Ustedes dos deberían ir al lugar de baño después del almuerzo. Nicky iba a mostrarme un poco los alrededores.

—Pensé que íbamos a pasar tiempo juntos —dije. Apagué la parrilla y puse los filetes en un plato y las verduras en otro.

Papá asintió. —Lo haremos, pero el hecho de que yo esté aquí no significa que no debas pasar tiempo también con Elise. Además, voy a necesitar algo de tiempo para mí. Estoy feliz de haber venido, pero sigue siendo difícil.

—Lo siento, papá. No tienes que quedarte todo el fin de semana si no quieres.

Se rio. —Quiero hacerlo. Estar de vuelta aquí... casi me dan ganas de regresar, pero tú tienes tu vida aquí. No necesitas que yo la complique.

—No lo harías. La casa es enorme, y podemos ampliarla si es necesario.

Negó con la cabeza. —Esa casa está hecha para una familia. No para una familia y tu viejo.

—Todavía no tengo familia, y me encantaría que vinieras.

Papá asintió. —Lo pensaré. Tal vez pueda conseguir un lugar en el pueblo.

Negué con la cabeza. —Papá, quédate.

Sonrió. —Vas a tener que hablar eso con tu Elise, no conmigo.

La miré de nuevo. Ella nos observaba y sonreía suavemente. Me guiñó un ojo.

—Es una joya, hijo. No quiero poner eso en peligro.

—No lo harás, papá. Creo que le gusto más ahora que te conoce —dije, llevando la comida a la mesa.

Elise la había preparado antes con platos brillantes y alegres que encontró en el armario. Dijo que un hogar debería tener cosas que hagan sonreír a la gente, y que la comida debería presentarse de una manera que emocione a las personas. Nunca presté mucha atención a los platos en los que comía, pero los amarillos, morados y azules brillantes contra la mesa de madera oscura se veían bien. Todo con el toque de Elise era mucho mejor.

—Solo tienes suerte de que no sea veinte años más joven. Podría haberte dado batalla —dijo Elise con una sonrisa traviesa.

—¿Eso crees? —pregunté.

Se rio.

—Nada de filete para ti.

—¡Eh! ¡Eso no es justo! —dijo.

—Toma, Elise. Puedes tener el mío —dijo papá, intercambiando platos con ella.

—Al menos sé que alguien por aquí me aprecia —dijo. Me sacó la lengua.

Me incliné y le robé un beso. Le susurré: —Creo que todos te apreciamos mucho.

Puso su mano en mi pecho y sonrió cuando me alejé. —El sentimiento es mutuo.

Hablamos mientras comíamos y reímos tanto que me dolían las mejillas. Elise y papá limpiaron cuando terminamos, y Nicky repitió las palabras de mi padre.

—Me cae muy bien.

—A mí también.

Se rio. —Sí, lo sé. Tu padre quiere daros tiempo juntos y

me pidió que deambulara con él. Nos mantendremos alejados del lugar de baño, eso sí. Dijo que ustedes dos se dirigían allí.

Sonreí. —Probablemente sea buena idea.

Elise intentó discutir con papá y Nicky sobre ir a la granja sin nosotros, pero papá le dijo que también quería algo de tiempo para sí mismo, y ella cedió. Cuando se alejaron, ella se volvió hacia mí y me dijo: —Bueno, tengo el resto del día libre. ¿Quieres hacer algo hasta la cena?

Asentí y me acerqué a ella. Me dejó atraerla hacia mis brazos y abrazarla. No la había abrazado desde la noche antes de que me echara de su casa. Aunque habíamos aclarado el aire y estábamos bien, nuestros horarios de trabajo hicieron que fuera una semana ocupada para ambos y no habíamos pasado mucho tiempo juntos aparte del almuerzo. Ella cambió un día libre a principios de semana para poder estar allí y conocer a mi padre.

—Lo siento —susurró.

—¿Por qué? —pregunté.

—Por hacer las cosas raras entre nosotros.

La besé rápidamente y me aparté. —¿Qué te parece si vamos a nadar y nos olvidamos de todo?

—¿En serio?

Asentí.

Sonrió con picardía. —Pero no traje traje de baño.

Me encogí de hombros. —Es bueno que no lo necesites.

Caminamos por el bosque, mitad casualmente como si no tuviéramos prisa y mitad apresurados como si no pudiéramos esperar para llegar. No estaba seguro de cómo se sentía Elise, pero yo estaba nervioso, igual que la primera vez que fuimos allí.

Cuando el estanque apareció a la vista, Elise contuvo la respiración. La luz del sol se filtraba a través de los árboles, iluminando el agua como si fuera un estanque enviado directamente desde el cielo. Se sentía aún más aislado que la primera vez que estuvimos allí, con los árboles más frondosos ahora. El agua corría un poco más rápido sobre las rocas, haciendo que la cascada fuera más ruidosa de lo que había sido. Todo era diferente, pero la magia de estar allí era definitivamente la misma.

Nos detuvimos en el borde y miramos hacia las profundidades del agua. Sabía que todavía estaba fría, pero la luz del sol ayudaría. La temperatura del aire era casi veinte grados más alta que la primera vez, así que secarnos sería más fácil ya que, de nuevo, no pensé en traer toallas.

—Bueno, supongo que no tienes que darte la vuelta esta vez —dijo apretando mi mano.

—Puedo hacerlo si te sientes más cómoda.

Negó con la cabeza y soltó mi mano. Primero se quitó la camiseta, seguida de sus sandalias. Sus brazos tenían un color dorado por estar en los barcos de turismo, pero su pecho estaba pálido por la falta de sol fuera de su uniforme. Se quitó los pantalones capri, luego me miró.

Estaba frente a mí en sujetador y bragas. Eran verde oscuro y hacían juego. La curva de su vientre y la suavidad de su cuerpo me llamaban, pero no me moví. No podía moverme. Era perfecta.

—¿No vas a entrar?

Me aclaré la garganta y negué con la cabeza. —No, voy a entrar. Solo estaba...

—¿Mirando mis pechos?

Solté una risa y asentí. —Son bastante fantásticos.

—¿Quieres verlos más de cerca? —preguntó. Alcanzó detrás de su espalda y desabrochó su sujetador.

Aspiré bruscamente cuando lo dejó caer al suelo a sus

pies. Luego enganchó sus dedos en los lados de sus bragas y también las dejó caer.

Siempre había sido hermosa. La primera vez que la vi, era hermosa. Pero de pie en el bosque completamente desnuda, solo para mí, era la mujer más impresionante que había visto en mi vida.

—Elise —gemí.

Sonrió. —Voy a nadar. Si quieres verme más de cerca, deberías unirte a mí.

Sonrió con picardía y se dio la vuelta y saltó al agua. Antes de que saliera a la superficie, yo estaba medio desnudo y deseando seguirla.

El agua estaba fría, pero no hizo nada para enfriar mi cuerpo con Elise justo ahí. Nadó lejos de mí, pero no llegó muy lejos antes de que la alcanzara.

—Ten cuidado. La última vez que estuvimos aquí, casi nos dejas ahogar —dijo con una sonrisa.

Gemí. —Nunca voy a olvidar eso, ¿verdad?

Negó con la cabeza. —Probablemente no.

Nadó hacia adelante y me besó en los labios. Nuestros cuerpos se rozaron, pero ninguno de los dos hizo un movimiento para profundizar el beso. Nos contentamos con compartir besos lentos y sentir como si tuviéramos todo el día juntos. Tal vez para siempre.

No podía recordar la última vez que me sentí tan en paz. La felicidad era una emoción fácil, pero la paz nunca lo fue. Siempre quería estar en movimiento. Haciendo algo.

Trabajo para mantenerse ocupado, lo llamaba mi padre. Decía que no podía quedarme quieto ni cinco minutos.

Pero viéndola deslizarse por el agua, su cuerpo curvilíneo flotando perezosamente antes de girar y sumergirse. Las gotas de agua corriendo por sus mejillas. Su cabello oscuro peinado hacia atrás.

La alegría en sus ojos ámbar. Alegría pura, real, sin

restricciones. Eso era lo que me impactaba. Eso era lo que me hacía querer acercarla y envolverla en mis brazos. Eso era lo que me daba paz.

—¿Qué? —preguntó, con los labios curvados hacia un lado.

Negué con la cabeza. —Nada.

Levantó una ceja. —No parece nada. ¿En qué estás pensando?

—Estoy pensando que me traes paz.

—¿Paz? —preguntó, con esa ceja levantándose de nuevo.

Asentí. —Paz.

Se rio. —No creo que nadie me haya dicho nunca que le traigo paz. Usualmente soy más un dolor de cabeza que otra cosa.

Negué con la cabeza. —No para mí. Definitivamente paz.

Bajó la barbilla y miró a las profundidades del agua. Cuando volvió a mirarme, se me cortó la respiración. Tal vez paz era la palabra incorrecta. Tal vez ella no me traía paz en absoluto. Tal vez solo me traía claridad. Un conocimiento profundo del alma de exactamente lo que había estado buscando toda mi vida.

Ella.

23

ELISE

*L*a mirada en los ojos de Colin disipó todo el frío que el estanque había impregnado en mí. Apenas me había tocado, a pesar de que yo estaba completamente desnuda. Sabía que me deseaba. Su polla, larga y gruesa, me lo decía. Pero estaba manteniendo su distancia.

Nadé hacia él nuevamente y me mantuve a flote frente a donde él estaba. Sus ojos estaban fijos en los míos, sin atreverse a deslizarse bajo la superficie del agua donde mi cuerpo desnudo brillaba bajo el sol de la tarde. Mis brazos y piernas estaban bronceados, pero el resto de mí era pálido y blancuzco, un perfecto bronceado de granjera.

—Fue una buena idea —le dije—. Venir aquí otra vez.

Él asintió.

—Es muy tranquilo aquí.

Otro asentimiento.

—¿Vas a decir algo o solo asentir?

Se encogió de hombros, y ambos nos reímos.

—Me cae muy bien tu padre.

Él gimió. —No creo que mi padre sea un buen tema de conversación ahora mismo.

Me reí. —Probablemente sea cierto. Realmente no sé qué decirte.

—¿Por qué no?

Me encogí de hombros. —Sigo estropeando las cosas.

Negó con la cabeza y se acercó a mí. —Tú no estropeaste nada. Fui yo. Nunca quise asustarte ni hacerte daño.

—No lo hiciste —le aseguré.

Sonrió, pero la sonrisa no llegó a sus ojos.

—Entonces, um, ¿alguna vez has tenido sexo aquí?

Su sonrisa cambió, y esa sí llegó a sus ojos. —No.

—¿Por qué no?

—No crecí aquí. Era joven cuando nos mudamos, y no visitábamos mucho, nada en absoluto desde hace tiempo. Eres la única mujer con la que he estado aquí.

—¿En serio?

Asintió.

Miré alrededor a los árboles que rodeaban el estanque, dándole una sensación privada e íntima. La cascada era romántica. El agua era sensual. Pero nada de eso importaba sin el hombre con quien estaba allí.

—Este lugar es como la fantasía de toda mujer —dije suavemente.

Se acercó por detrás, sus piernas rozando las mías. —No me importa nadie más. Solo quiero conocer tus fantasías.

—Tengo una —admití—. Nunca se lo he dicho a nadie, pero me encanta estar al aire libre y siempre he querido tener sexo en el exterior. Un lugar como este donde no me sienta expuesta. Privado, íntimo.

—¿Dentro o fuera del agua?

—¿Ambos? Cualquiera de los dos, supongo. No, dentro. No soy una mujer pequeña, y siempre he querido poder envolver mis piernas alrededor de la cintura de un hombre y que me sostenga durante el sexo. Creo que en el agua porque así podríamos hacerlo.

—Yo podría sostenerte, Elise.

Me volví y deslicé mis manos por sus brazos. —Eres bastante fuerte.

Sonrió, con arruguitas en las comisuras de sus ojos.

—Hola —susurré cuando me di cuenta de lo cerca que estaba.

—Hola —susurró él en respuesta.

Nadamos juntos hacia el borde del estanque, deteniéndonos solo cuando mi espalda tocó el costado. Un saliente de piedra estaba justo por encima de mi cadera, a la altura perfecta. Me acomodé sobre él.

Colin puso sus manos a ambos lados de mis caderas y se acercó. Mantuvo mi mirada con la suya oscura hasta que sus labios tocaron los míos. Mis ojos se cerraron, y mi cuerpo se relajó. Colin. Todo estaría bien porque Colin estaba allí.

Me besó suavemente al principio, luego se abrió paso con la lengua en mi boca. Su lengua se deslizó lentamente junto a la mía, permitiéndome saborearlo. Su erección descansaba sobre mi muslo, mientras sus piernas flotaban detrás de él.

Inclinó la cabeza hacia un lado y profundizó el beso. Me aferré a él, desesperada por más mientras presionaba su pecho contra el mío. El agua hacía que nuestros cuerpos estuvieran resbaladizos. Pasé mi mano sobre sus músculos, tocándolos todos y aprendiendo su cuerpo. En mi cama, nos habíamos tocado, pero todo fue apresurado porque era nuevo. Bajo el sol de la tarde, al aire libre, me tomé mi tiempo aprendiendo cada centímetro de él. Cada curva de sus músculos, cada plano de su cuerpo, cada punto que lo hacía gemir.

Cuando me recliné y separé mis muslos, él se apartó. Gimió y presionó el costado de su cabeza contra la mía.

—No traje condones —admitió—. No vine aquí para seducirte. Diablos, olvidé las toallas otra vez. Claramente no soy muy bueno planificando cosas cuando estás cerca para hacerme olvidar todo.

Tomé su rostro entre mis manos y lo atraje para mirarlo. Lo estudié cuidadosamente y tomé una decisión. —No he tenido sexo sin condón en más de ocho años. Lo he exigido con todos con los que he estado desde él. Estoy tomando anticonceptivos y me hago pruebas regularmente. Sé que no te he dado muchas razones para confiar en mí...

—Confío en ti con mi vida, Elise. Pero esto es algo importante. Más para ti que para mí.

Me aparté lo suficiente para que supiera que no entendía.

—No he estado con nadie antes de ti en mucho tiempo. Años. Estoy limpio, pero si él...

—Él no me va a quitar nada más. Casi te ha arrebatado más de una vez, y me robó años de vida. He estado viviendo con miedo. Ya basta, Colin. Pero eso no significa que tengamos que tener sexo sin condón. Sé que es algo muy importante, y si no estás seguro...

—Estoy seguro de todo contigo, Elise. Todo. No dudo de ti. Pero no quiero hacerte daño otra vez.

Sonreí. —No lo harás. Yo... quiero esto. Te quiero a ti.

Cubrió mi boca y me besó con fuerza. No se contuvo, simplemente forzó su lengua en mi ansiosa boca y me besó. El asalto era exactamente lo que necesitaba para dejar de pensar y dejar que mi cuerpo tomara el control. Los pensamientos sobre Andy se borraron con cada movimiento de la lengua de Colin dentro de mi boca.

Luego deslizó una mano por mi muslo, y dejé de pensar en todo.

—Oh, Elise —gimió cuando su dedo se deslizó dentro de mí—. Estás tan mojada.

—He estado mirándote durante mucho tiempo. Provocándome con tu cuerpo perfecto.

Negó con la cabeza. —Tú eres la provocadora, Elise.

Cuando te recostaste y tus pechos salieron a la superficie del agua casi me muero. Y ni hablar de cómo me sentí cuando te desnudaste completamente en esas rocas de allá. Casi me corro en mis pantalones cortos en ese momento.

—¿Es por eso que no me tocaste cuando entramos por primera vez?

Se rió y asintió. —Sabía que si lo hacía, me avergonzaría.

—No hay necesidad de avergonzarse ahora —dije, seguido rápidamente por un gemido.

—Córrete primero para mí, Elise. Desearía poder saborearte ahora mismo. Déjame oírte y sentirte.

Sus dedos se hundieron más profundamente, y todo mi cuerpo tembló. Cualquier parte que estuviera tocando enviaba chispas de fuego a través de todo mi ser. Lo había intentado con muchos vibradores para tener los mismos efectos, pero nada se comparaba con la mano de Colin.

Presionó su pulgar contra mi clítoris, y me sacudí de la roca donde descansaba. —Oh, Dios —gemí con fuerza, olvidando que estábamos afuera—. Por favor, dime que tu padre y Nicky no están cerca de aquí.

Colin negó con la cabeza. —Se están manteniendo bien lejos.

—Gracias a Dioooos —gemí—. Oh, joder, Colin. Tan bueno. Sí.

Se inclinó y capturó uno de mis pezones. Apenas sobresalía del agua, mojándole toda la cara cada vez que me movía, pero no se detuvo.

Me apoyé en mis manos y moví las caderas al ritmo de las embestidas de Colin. Él empujó con más fuerza dentro de mí hasta que todo a mi alrededor se oscureció y luces brillantes estallaron detrás de mis ojos.

Sus dedos se retiraron instantáneamente, y gemí por la pérdida, flotando en medio de mi orgasmo. Al borde, a punto de caer, pero apenas sosteniéndome.

Entonces embistió con fuerza dentro de mí en un largo movimiento, y me deshice a su alrededor. Sostuvo el saliente de roca con una mano y envolvió mis piernas alrededor de sus caderas con la otra. Me llevó justo al borde, donde podría caerme con un movimiento equivocado, y me embistió.

Mi cuerpo estaba sensible por mi primer orgasmo y rápidamente giró hacia otro. Me aferré a los hombros de Colin, en el viaje de mi vida mientras nos llevaba a ambos hacia la meta.

—Oh, Elise —gruñó—. Tan jodidamente perfecta. Hermosa. Elise. Sí, Elise.

Sus movimientos eran erráticos, pero no me importaba. Estaba tan perdida como él, cerca pero apenas fuera del alcance de donde necesitaba estar. Apreté mis piernas alrededor de él, y se movió ligeramente, y ambos gemimos con fuerza.

—Sí —dijimos al unísono.

Sus embestidas se profundizaron, y mi respiración desapareció. No podía respirar. Todo lo que podía hacer era sentir. Colin. Colin. Colin.

Su cabeza descansaba en mi hombro. El sudor goteaba de su frente. Pero no se detuvo. Continuó, más fuerte, más rápido y más profundo hasta que comencé a temblar.

—Oh, Dios. Oh, sí —gemí—. Colin. Oh, joder.

—Tócate, Elise —gruñó—. Yo... estoy intentando. Pon tu mano entre nosotros y ayúdate a ti misma.

Hice lo que me dijo, pero apenas había tocado mi clítoris cuando todo mi cuerpo se tensó a su alrededor y me corrí. Arrastré mis dedos por su espalda, necesitando algo a lo que aferrarme. Mi otra mano estaba atrapada entre nosotros, mis yemas rozando mi clítoris con cada sacudida de nuestros cuerpos juntos.

Entonces se hinchó dentro de mí y se derramó en mí.

Envolví mis piernas y brazos a su alrededor y lo mantuve

pegado a mí cuando se derrumbó. Nos quedamos allí mismo, en esa roca plana, nuestros cuerpos entrelazados y conectados por mucho tiempo.

Colin se retiró primero, deslizándose fuera de mí con un tirón al final. Mi cuerpo tampoco quería que se fuera. Apartó mi cabello salvaje y mojado de mi cara y me sonrió.

—Eso fue increíble.

Asentí. —Sí, lo fue.

—¿Te lastimé?

Negué con la cabeza. —Ni un poco. Se sintió asombroso.

—Elise —dijo suavemente.

Lo miré y sonreí.

—Te amo, Elise.

Mi sonrisa se desvaneció al instante. —Apenas nos conocemos. —Lo empujé y salí del estanque.

—Sabemos mucho el uno del otro, Elise. Y eso no tiene nada que ver con amarte.

—No digas eso. No. No puedes. No lo haces.

Recogí mi ropa, me metí en mis sandalias y comencé a correr. Me llamó, pero no me detuve.

Me puse la camiseta por la cabeza aunque me dolía correr sin sujetador. Me metí en mis capris, deseando haber usado shorts después de tropezar y casi caer de cara. Me guardé las bragas en el bolsillo y me sujeté los pechos, con el sujetador colgando detrás de mí, y corrí.

Cuando llegué a mi coche, salté dentro y arranqué, agradecida de no llevar nunca un bolso ni dejar nada en la casa de alguien. Mis llaves estaban en mi bolsillo, y mi bolso estaba en el coche.

Intenté recogerme el cabello durante el camino a casa para que la Sra. Lockhart no hiciera demasiadas preguntas cuando entrara en el vecindario. Afortunadamente, solo saludó con la mano y siguió barriendo su porche.

Estacioné en mi lugar en vez de hacerlo en reversa como

de costumbre, por si Colin me seguía. Cerré mi coche con llave y corrí a mi casa rodante.

Miré por las ventanas y jadeé buscando aire. Estuve allí parada cinco minutos antes de convencerme de que no vendría tras de mí y fui a sentarme.

Mis capris eran incómodos sin bragas, así que las saqué y me las puse. Estaba considerando tomar una ducha, pero alguien llamó a mi puerta.

Revisé el video del timbre en mi teléfono y suspiré aliviada al ver a Chelsea en mi puerta en lugar de Colin.

—Hola —dije con lo que esperaba fuera una voz alegre y normal—. ¿Qué haces aquí?

Abrió la puerta y entró. —Quería visitar a mi prima. ¿Está bien? ¿Acabas de salir de la ducha?

Toqué mi cabello mojado y negué con la cabeza. —Ah, no. Y sí, por supuesto que está bien. Siempre está bien.

Me lanzó una mirada pero no dijo nada.

—¿Quieres algo de beber?

—Suena bien. Parece que podrías necesitar una copa de vino. —Levantó una ceja.

Sonreí. —¿Todavía puedes ver a través de mí, eh?

Asintió. —Como pude notar que pasaba algo más con Colin Jones de lo que estabas diciendo. Parece que las cosas van bien entre ustedes dos.

—Bueno, sí, um, lo estaban. Supongo. Tal vez.

—¿Es otra de esas cosas como con Andy donde te enamoras de un tipo y te olvidas de todos los demás en tu vida, o hay algo mal?

Estaba de espaldas a ella cuando hizo la pregunta. Me pareció irónico que lo planteara así. Como si con Andy las cosas estuvieran bien, pero con Colin no.

Serví dos copas de vino y le di una.

—Ambas y ninguna, al mismo tiempo.

Levantó una ceja. —Eh, ¿cómo funciona eso?

—Sentémonos, y te lo explicaré —dije.

Llevé a Chelsea al sofá y le conté todo. Desde lo abusivo que fue Andy hasta cómo terminaron las cosas. Le conté sobre mi vida después de Andy y cómo intenté recuperar algo de control. Y luego le hablé de Colin y de aprender a confiar en un hombre otra vez con él.

—Lamento mucho que hayas pasado por todo eso —dijo Chelsea, secándose las lágrimas de los ojos—. Y que no estuviera allí para ti durante nada de eso. Pensé que eras solo una de esas chicas que eligen al novio y cortan lazos con todos los demás. No tenía idea.

—No quería que lo supieras. Me avergonzaba de todo eso.

—Sabes que no hiciste nada malo, ¿verdad?

Asentí. —Lo sé, pero a veces es difícil sentirlo. Siento que debería haberme ido la primera vez. O cualquiera de las otras veces antes del final.

—Parece que era un maestro manipulador. Sabía exactamente hasta dónde empujarte para conseguir lo que quería.

Asentí. —Definitivamente lo era. Y yo lo permití. Seguí confiando en él. Esa ha sido la parte más difícil con Colin. Confiar en él.

—No creo que se trate de confiar en él. Creo que se trata de confiar en ti misma. Tienes que saber que estás tomando la decisión inteligente. No se trata realmente de él. Quién sea el chico no importa. Lo que importa es si tomas la decisión correcta de confiar en un chico que es bueno o no confiar en uno que no lo es.

—Colin es un buen hombre. Todo lo que ha sucedido entre nosotros me dice que es un buen hombre.

—Bueno, entonces estoy feliz por ti. Esta vez te enamoraste de uno bueno —dijo Chelsea.

—¿Enamorarme de él? No. No, no, no.

Chelsea se rió. —Por supuesto que sí. ¿Por qué dices que no?

—Porque no lo hago. No lo amo. Apenas lo conozco.

Chelsea negó con la cabeza. —Eso no significa que no lo ames. Solo significa que tienes más por descubrir sobre él.

—Pero...

—Escucha, Elise, es aterrador. Dejar entrar a alguien es lo más aterrador del mundo. Es suficiente para volverte loca, pero ¿cuántas veces nuestras madres nos han hablado sobre el amor?

Me reí. —Miles.

—¿Y cuántas veces dijeron que necesitaban una cierta cantidad de tiempo para saber que estaban enamoradas?

Sonreí. —Ninguna.

—Exactamente. Me han roto el corazón, prima. Me han lastimado y he llorado y he jurado olvidarme del amor, pero cada vez, vuelvo por más porque un amor como el que tienen nuestros padres vale la pena. Tengo que creer eso.

—Pero ¿cómo sabemos si es real? ¿Cómo sabes que es el bueno y no el malo?

Chelsea sonrió. —No lo sabes. Esa es la parte aterradora. Pero cuando es correcto, deberías decirlo.

Tomé un respiro profundo. —Él lo dijo antes.

Chelsea levantó una ceja. —¿El hombre guapísimo con el que has estado saliendo te dijo que te amaba hoy, y en vez de gritárselo de vuelta entre sus sábanas, estás teniendo una fiesta de autocompasión aquí conmigo? ¿Qué te pasa?

—Muchas cosas —dije.

Chelsea resopló. —Cierto. ¿Es por eso que tenías el pelo mojado? ¿Estabas con él?

Asentí. —Fuimos a nadar desnudos a un estanque en la granja. Me dijo que me amaba justo después del mejor sexo de mi vida.

—Elise, si no le dices al hombre que lo amas, voy a decirle que yo lo hago y te lo robaré porque es un tesoro.

Me reí.

—¿Por qué huiste? En serio.

Sonreí. —Porque no sé cómo amar a alguien.

Chelsea extendió la mano y tomó la mía. La apretó y dijo: —Sí sabes. Has estado amando a nuestra familia toda tu vida. Y a tus amigos. Y espero que a ti misma, Elise. El amor verdadero no es lo que pasó con Andy.

Negué con la cabeza. —Pensé que lo era. Cuando estaba con él, pensé que lo amaba.

—Tal vez lo hacías, pero él no era digno de tu amor. Colin lo es. Ámalo. Déjalo entrar. Ambos se lo merecen. —Chelsea apuró su vino y llevó su copa a la cocina.

—Debería ir a verlo.

Chelsea asintió. —Deberías. Pero tal vez quieras ducharte primero. Y yo podría arreglarte el pelo.

Hubo un golpe en la puerta que hizo que ambas nos miráramos.

—No es mi casa. Quien sea claramente no está aquí por mí —dijo Chelsea.

Tomé mi teléfono y vi a Colin parado afuera. Las lágrimas se acumularon en mis ojos. —Es Colin —dije, girando el teléfono para mostrarle a Chelsea.

—Aww, y trajo flores. Por favor dime que no lo quieres para poder quedármelo.

Negué con la cabeza.

—Maldición. ¿Tiene un hermano?

—Solo un primo, pero está casado.

—¿Felizmente? —preguntó Chelsea.

—¡Chelsea!

Puso los ojos en blanco. —Solo estoy bromeando. Mayormente.

—¡Chelsea!

—Sí, sí, me voy. Pero voy a salir por la puerta principal para poder conocer a este hombre. Nuestras madres nunca me perdonarán por conocerlo antes que ellas. Más te vale invitarlo a la próxima cena —siseó.

Asentí y me reí.

Chelsea abrió la puerta cuando Colin estaba con la mano levantada para llamar de nuevo.

—Vaya, Colin Jones. Es tan agradable finalmente conocerte.

Él miró entre nosotras y forzó una sonrisa. —Lo mismo digo, Chelsea. Te pareces mucho a tu foto de cuando eran más jóvenes.

—Oh, eres encantador. ¿Estás seguro...?

—¡Chelsea!

—Bien, bien, me voy. ¡Nos vemos pronto! —dijo Chelsea con un gesto, dejándonos a Colin y a mí a solas.

24

COLIN

—¿Puedo pasar? —pregunté, parado en el umbral de su puerta. Había esperado estar más preparado o ser más elocuente o algo así, pero tan pronto como la vi, todo lo que quería era abrazarla y no dejarla ir nunca más.

Ella asintió y retrocedió. Mordió su labio, su mirada pasando de mí a las flores y de vuelta.

—Um, te traje estas. Las vi durante mi caminata de regreso y quería que las tuvieras.

—Gracias —dijo. Extendió la mano para tomar las flores y se las acercó a la nariz—. Huelen como la granja.

Sonreí y traté de respirar mientras ella llevaba las flores a la cocina y las ponía en una jarra.

Cuando regresó, abrí la boca, pero Elise se me adelantó.

—Lo siento —dijo.

Apreté los labios. Constantemente se estaba disculpando.

—No debí haberte dicho cómo te sentías. No tenía derecho.

Tomé aire y asentí. No era lo que esperaba que dijera. —Um, está bien.

—Aparte de mi familia y mis amigos, nunca he sabido cómo es el amor. Veo películas donde la gente se enamora en como cinco minutos, pero siempre parece tan ridículo. Tienes que conocer a alguien, realmente conocerlo, para saber si lo amas.

Abrí la boca para decir algo de nuevo, pero ella se alejó de mí caminando y siguió hablando.

—Siempre hay algún gran secreto que la gente está guardando o algún esqueleto en el armario o algo así, y te enamoras de alguien y luego lo descubres y dices que realmente no era amor. Pensaste que era amor. Pero si pensaste que era amor, ¿por qué no lo era? ¿Sabes? Quiero decir, o lo era o no lo era, ¿verdad?

Abrí la boca, pero ella siguió hablando sobre mí.

—Pero tal vez hay diferentes grados de amor. Como las quemaduras. El primer grado es como cuando crees que conoces a una persona, pero hay mucho enterrado en lo profundo. Más capas que descubrir antes de conocerla realmente. El segundo grado es cuando te acercas más, conoces más. Es más difícil de sanar cuando termina, y puedes tener cicatrices, pero no son perceptibles para los demás. Pero el tercer grado... ese es el que casi te mata. El que, si termina, te hace sentir que tú también terminarás. Es el que penetra profundamente, hasta lo más profundo de ti. Es del que nunca te recuperas. Tus cicatrices son permanentes y son feas. Pero si no termina, si dura, esa persona se convierte en parte de ti.

No estaba seguro de si horrorizarme o estar de acuerdo con ella, pero de todos modos no estaba buscando una respuesta.

—Con cualquier quemadura, puede suceder rápidamente. Tocas la estufa o una vela. Una explosión o un incendio en la casa. Algo que sería una quemadura menor puede empeorar si sigues aferrándote, pero el tiempo no siempre es un factor con las quemaduras. A veces hay una persona que te enciende con una mirada o un toque. Tal vez es una palabra amable, y sabes, sin lugar a dudas, que eres quien me arruinará para siempre. Que si te dejo acercarte demasiado, moriré si tengo que dejarte ir.

Me miró con lágrimas corriendo por su rostro.

—Tú eres mi tercer grado, Colin. Estoy aterrorizada de acercarme demasiado a ti porque sé que si te alejas, me quedarán cicatrices demasiado profundas para sanar.

—No me voy a alejar —le dije.

Las lágrimas seguían cayendo. —Y eso también me asusta. Porque ¿y si solo soy un amor de primer grado para ti? ¿Y si piensas que podría ser un tercer grado, pero descubres otra capa y no te gusta lo que encuentras?

La atraje a mis brazos y me aferré a ella. Mi pecho dolía con el dolor que ella estaba sintiendo. El miedo. —Te he estado diciendo durante semanas que tú estás a cargo, Elise. Estoy siguiendo tu ejemplo. Tú tomas las decisiones. No es porque seas un amor de primer grado para mí. Tú eres todo. Eres el incendio con una explosión que me derribó y me quemó hasta la médula. No hay vuelta atrás para mí. Y vine aquí porque no voy a dejarte huir de nuevo. No voy a dejar que me alejes de nuevo. No me importan tus cicatrices. Las veo, y creo que te hacen aún más hermosa. Quiero pasar el resto de mi vida mostrándote cuánto te amo.

Ella sollozó y asintió. —¿Estás seguro? Porque tengo capas bastante aterradoras.

Sonreí. —Confía en mí, quiero verlas todas, y puedo soportarlo.

—Pero ¿qué pasa con...

—Todo, Elise. Sé que pensaste que estabas enamorada antes. Supongo que lo estabas, como dijiste. Tal vez Andy fue un amor de tercer grado para ti. Uno que debería haber sido de primer grado, pero te aferraste demasiado tiempo y él te destruyó. No lo sé, pero lo que sí sé es que el amor nunca fue así para mí antes. Nunca dejé todo lo demás a un lado por una mujer antes de conocerte. No estuve soltero toda mi vida, pero nunca tuve un amor de tercer grado. Nunca te tuve a ti, Elise.

—Pero tú...

—No hay peros. Ya no más. No más lo siento y no más pero y no más discusiones. Te amo, Elise. Te amo tanto que me mata estar aquí parado mirándote y no saber si sientes lo mismo. Me mata preguntarme si crees que soy tu amor de tercer grado, pero descubres un día que solo soy otro amor de primer grado al que te aferraste demasiado tiempo. Estoy aquí, Elise. Voy a seguir volviendo. Por ti.

Ella se arrojó a mis brazos y envolvió sus piernas alrededor de mí. La atrapé y la sostuve. —Te amo, Colin — respiró.

Gemí y la besé y la llevé a su habitación para hacer realidad otra de sus fantasías.

—No puedo creer que no me dijeras que tu cumpleaños estaba tan cerca —dijo Elise con el ceño fruncido—. Deberías habérmelo dicho.

Negué con la cabeza. —Normalmente no es gran cosa.

—Pero cumples cuarenta. ¿Puedo llamarte mi Viejo?

—Solo si yo puedo llamarte mi Lolita.

Arrugó la nariz. —Eso es espeluznante.

Asentí. —Sí, lo es.

Ella suspiró. —Bien. Entonces te llamaré...

—¿Qué tal si me llamas Colin?

Puso los ojos en blanco. —Está bien.

Me reí y la atraje más cerca. Todo había cambiado en los últimos días para nosotros. Mi padre decidió quedarse durante la semana para celebrar mi cumpleaños el día exacto, y Elise y yo nos abrimos aún más el uno al otro. Nunca había estado más cerca de otra persona.

—¿Dónde nos quedaremos esta noche? —preguntó.

Ese era otro gran cambio. Le gustaba pasar la noche juntos. Pasamos la primera noche en su lugar, y cuando nos despertamos, se subió encima de mí y me dijo cuánto me amaba mientras me montaba.

La noche siguiente nos quedamos en mi casa, pero con mi padre al otro lado del pasillo, fue un poco menos aventurado.

Elise insistió en que pasara tiempo con mi padre, así que cuando ella trabajaba temprano, nos quedábamos en la granja, y cuando trabajaba más tarde en el día, nos quedábamos despiertos toda la noche en su casa, aprovechando que teníamos el lugar para nosotros solos.

—¿Trabajas mañana? —pregunté. Mordisqueé su oreja y deslicé mi lengua por el contorno.

Ella negó con la cabeza.

—Entonces definitivamente necesitamos quedarnos en tu casa. Porque planeo comenzar mi cumpleaños enterrado dentro de ti.

Ella gimió suavemente e inclinó su barbilla hacia arriba para un beso. —Me gusta mucho ese plan.

—Podríamos empezar ahora —sugerí.

—Hola, chicos —dijo una de sus amigas, colocando una jarra de cerveza en el centro de la mesa. Ruidosamente.

—Hola, Finley. Este es Colin. Colin, ¿recuerdas a Finley? La conociste hace un tiempo cuando estuvimos aquí para cenar.

Asentí, finalmente ubicándola. —Gusto en verte de nuevo.

—Igualmente —dijo con una sonrisa socarrona.

Otra mujer se unió a nosotros un segundo después.

—Esta es Karissa. Es la compañera de piso de Finley y la diseñadora de la aplicación —dijo Elise.

—Ah, encantado de conocerte. Y gracias.

Karissa sonrió. —Las parejas felices son geniales para mi negocio. Aunque ustedes dos tuvieron una ventaja. Igual lo contaré.

Me reí.

Ian se acercó con su brazo alrededor de una morena curvilínea que presentó como Blake. Luego Ian y Melody se unieron a nosotros con disculpas por llegar tarde ya que Amber estaba con una niñera.

—Nunca contratamos una niñera hasta hace unos meses. Amber y Willow eran amigas, pero simplemente ya no puedo pedírselo —dijo Melody.

Ramsey me puso al día sobre el desastre que llevó a que Melody y su hermana no se hablaran. No culpaba a Melody o a Ramsey ni un poco por no confiar en ella con su hija, o cualquier otra cosa, después de que intentó separarlos. Y casi lo consiguió.

Trinity y una mujer rubia, que se presentó como Laura, se unieron a nosotros. Después de otro minuto, Hudson acercó una silla y se hizo un lugar junto a Laura.

—¿Dónde está James? —preguntó Ian.

—Está en camino. Surgió algo —dijo Ramsey.

—No podemos brindar por el cumpleañero antes de que todos estén aquí —dijo Trinity.

Negué con la cabeza. —No necesitan brindar por mí en absoluto.

—Pero sí debemos. Los cumpleaños son especiales por aquí. Y los celebramos —dijo Blake—. El de Trinity es en unas semanas. Compartía fecha con la madre de Karissa.

Miré a Trinity y asentí. —¿Tú eres la siguiente, eh?

Trinity sonrió. —Lo soy, pero mi cumpleaños marca un

año desde que me mudé aquí, así que estoy algo emocionada por eso.

—¿Te mudaste aquí en tu cumpleaños?

Ella asintió. —La madre de Karissa y yo nos conocimos el año anterior y nos dimos cuenta de que compartíamos cumpleaños. Le dije que pensaba que el área era hermosa, y ella me convenció de mudarme. Me tomó un año, pero lo hice. Estoy muy feliz de haberlo hecho.

Elise me habló sobre la madre de Karissa. Sonaba como una mujer increíble, y alguien que me habría agradado. Por supuesto, era difícil imaginar a alguien que no la quisiera. —Ojalá la hubiera conocido —le dije a Karissa—. Elise tiene muchas buenas historias.

Karissa asintió. —Mi madre era especial. Única en su clase.

—La mía también. Imagino que habrían sido buenas amigas si las circunstancias fueran diferentes.

Karissa asintió. Perder a tu madre, sin importar a qué edad, era algo de lo que una persona nunca se recuperaba. Imaginar su vida si hubieran vivido era un consuelo, a veces el único que tenías.

—Ahí está —dijo Hudson, levantando su vaso—. Por fin podemos brindar.

Ian atrajo a Blake a su regazo y le ofreció la silla de Blake a James. James se sentó y se sirvió una cerveza, luego levantó su vaso. —Por no ser un imbécil.

Me reí. —Un brindis interesante.

James se encogió de hombros. —Ha sido un día. Estoy feliz con cualquiera que no sea un imbécil ahora mismo.

—Por no ser un imbécil —reiteró Hudson, con el vaso en alto.

Todos los demás se rieron y levantaron sus vasos. Choqué mi vaso con los de las personas más cercanas a mí y bebí un sorbo de cerveza.

Elise era parte de cada conversación que ocurría a nuestro alrededor. Intervino con Blake y Finley discutiendo sobre un libro, luego dijo algo a Melody sobre su hermana, y a Hudson y James sobre el bar. No sabía cómo se mantenía al día con todas las conversaciones a la vez, pero lo hacía.

Me recliné y lo asimilé todo. Cuando me mudé a Cala MacKellar, pensé que pasaría todo mi tiempo en la granja haciéndola lo que era cuando era niño. En cambio, seguí los pasos de mi padre y me enamoré.

Cuando terminó la noche, Elise abrazó a sus amigos y les agradeció a todos por acompañarnos. Yo también les agradecí, ya que eran principalmente amigos de Elise en lugar de míos. Ian, Ramsey, James y Hudson dijeron que tenía que comprar la primera ronda la semana siguiente ya que nunca les dije que era mi cumpleaños. No estaba seguro si hablaban en serio, pero dije que está bien.

Pasar el rato con mi abogado estaba resultando ser algo bueno.

Elise se sentó cerca de mí en mi camioneta durante el trayecto a su casa. Saludamos a la Sra. Lockhart, quien se había acostumbrado a ver mi camioneta y me aceptó como uno de ellos. Incluso la Sra. Carter preguntó si podía hornear pasteles para vender en la granja, sin cargo porque le caía bien. Insistí en que le pagáramos, pero ella seguía discutiendo. Elise me dijo que significaba que le agradaba, así que cedí y decidí que encontraría algo que hacer con el dinero. Tal vez una donación al departamento de policía en honor a su difunto esposo.

Nos dejé entrar con la llave que Elise me dio el día anterior. Dijo que quería que supiera que confiaba en mí. Yo también le di una llave de la casa de la granja, pero le dije que rara vez estaba cerrada con llave.

Nos sentamos en el sofá y pusimos una película, como se había convertido en nuestro ritual nocturno. Ella se acurrucó a mi lado y me dijo que me amaba antes de apoyar su cabeza en mi hombro.

—Mi padre está pensando en volver a mudarse aquí —le dije cuando terminó la película.

—Eso es genial. Debería hacerlo.

Asentí. —Le dije lo mismo, pero no está completamente seguro.

—No puedo imaginar lo difícil que es para él volver a su quemadura de tercer grado y vivir en ella.

Asentí. —Si alguna vez te perdiera, me sentiría igual que él. Me iría. No podría soportar vivir allí sin ti. Te veo en todas partes.

—No voy a irme a ninguna parte —dijo suavemente.

—Lo sé. —Estuvimos callados por unos minutos, luego dije—: Mi padre quería saber qué pensabas sobre su mudanza aquí.

Ella se encogió de hombros. —Ya dije que sería genial. Pero no es mi decisión.

—Bueno, él estaba pensando en vivir en la casa de mi abuela conmigo.

Ella se incorporó y sostuvo mi mirada. —Está bien. Es tu casa.

—Sí, pero mi padre está pensando que un día también será tu casa.

—Oh —respiró—. Realmente no había pensado en eso.

—No estoy diciendo ahora mismo ni nada. Sé que quiero pasar el resto de mi vida contigo, pero estoy disfrutando de donde estamos ahora mismo. Solo quería hacerte saber por qué él sigue pidiéndome que hable contigo sobre su mudanza aquí.

—Bueno, es muy dulce de su parte, pero tenemos que hacer las cosas que nos hacen felices. Si vivir en la granja hace feliz a tu padre, entonces debería estar allí. No importa si estoy allí contigo o no, si es donde él quiere estar, es donde debería estar.

Dudé por medio segundo y luego la besé. No pude contenerme. Ella pensaba que no sabía cómo amar a la gente, pero con todo lo que decía y hacía, se demostraba a sí misma que estaba equivocada. Era la persona más amorosa que había conocido.

—¿Por qué fue eso? —preguntó con una risa cuando me alejé.

—Por amar a mi padre también.

—Bueno, él dijo que si fuera veinte años más joven —bromeó.

Me puse de pie y la levanté del sofá. La tomé en brazos y apreté su trasero mientras ella envolvía sus piernas alrededor de mis caderas y soltaba un grito ahogado.

—No me dejes caer.

—No te dejé caer la última vez —le recordé—. Y no tengo planes de bajarte pronto. Es casi medianoche, y eso significa que estoy listo para comenzar mi celebración de cumpleaños.

Sus ojos se entrecerraron de forma sexy y su cuerpo se derritió contra el mío. Amaba la manera en que me dejaba entrar. No había nada más perfecto en el mundo que la mujer que encendía mi fuego. Y nadie con quien preferiría pasar mi cumpleaños que con ella.

*H*abía una parte de mí que realmente no quería celebrar mi cumpleaños. Pensé en ir a visitar a mi mamá y a mi abuela, pero ellas insistieron en que me quedara y me divirtiera con mis amigos en lugar de visitar a un par de ancianas.

La edad definitivamente era solo un número para esas dos.

Mi cumpleaños no fue lo que esperaba cuando me mudé a Cala MacKellar. La señora Georgia era el tipo de persona que te envolvía y te hacía creer que todo era posible. Saber que murió era algo que me asustaba todos los días. Ella era inmortal en mi mente, y el resto de nosotros solo intentábamos ser la mitad de buenos que ella.

Cuando perdí a mi padre, la vida cambió. Por supuesto que sí, pero la vida no era algo a lo que todos tuvieran derecho después de eso. La vida era preciosa, y no todos recibían la misma cantidad de tiempo. Perder a mi padre me enseñó esa lección a los trece años, y perder a la señora Georgia me enseñó la misma lección nuevamente.

Cuando dejé mi hogar para ir a la universidad, me dije a mí misma que era independiente y que no necesitaba a nadie. Mi mamá dependió de mi abuela cuando mi padre murió, y luego de mí con su ex. Era una mujer fuerte, pero no podía hacerlo sola. No quería ser así. Quería ser como la mujer que la señora Georgia dijo que veía en mí. Una mujer fuerte, segura e independiente que podía hacer lo que quisiera.

Por eso me mudé a Cala MacKellar. Era hermoso, y me enamoré del lugar en mi primer viaje. Vivir allí era como una fantasía, pero la fantasía no era tan idílica como esperaba. Las cosas malas todavía sucedían en Cala MacKellar. Las personas aún enfermaban de cáncer y morían. Las personas aún resultaban heridas. Las personas aún se trataban como mierda a veces.

Pero estaba tratando de vivir el momento. Estaba tratando de disfrutar cada día porque no había razón para no hacerlo. La vida iba a seguir su curso, estuviéramos involucrados o no. Así que, me puse las bragas de niña grande e me involucré.

Lo cual significaba ir a mi fiesta de cumpleaños y divertirme sin importar qué.

Finley y Karissa dijeron que me encontrarían en el vestíbulo de nuestro edificio a las ocho, así que bajé unos minutos antes. No había nadie cuando llegué al último escalón, así que saqué mi teléfono para ver si me había perdido algún mensaje de cualquiera de ellas.

Revisé mi correo electrónico ya que no había mensajes y esperé a que aparecieran. Sonreí y guardé mi teléfono cuando escuché sus voces y risas bajando por la escalera.

—¡Ahí está la cumpleañera! —dijo Finley—. Déjame ver qué cosas nuevas hiciste hoy.

Le dije a todas en la noche de chicas que iba a hacer algo nuevo para usar en mi cumpleaños. No estaba segura si iba a funcionar, pero resultó mejor de lo que esperaba.

Un colgante de resina transparente con un trébol de cuatro hojas colgaba alrededor de mi cuello. Lo combiné con una pulsera de resina que tenía ramitas recortadas de paniculata. Mis aretes eran simples tachuelas verdes, pero eran del mismo tono verde, combinando sin ser demasiado perfectos.

—Eso es increíble —exclamó Finley—. ¿Es un trébol de cuatro hojas real?

Asentí. —Lo es. Encontré algunos la semana pasada pero murieron casi tan pronto como los llevé a casa. Los prensé y los laminé, pero no pude usarlos para joyería. Como sabía que no duraban mucho, salí a buscar más ayer y encontré solo este. Tenía todo listo para hacer el colgante. Me encanta cómo quedó.

—Es hermoso —concordó Karissa—. Verdaderamente único.

Sonreí. Karissa estaba tratando de convencerme de que le permitiera diseñar una aplicación para mi negocio. Aún no había cedido, pero ella insistía en el hecho de que me haría un poco más única que los otros diseñadores de joyas. Sí, las grandes marcas tenían aplicaciones, pero los pequeños diseñadores como yo no.

Karissa y Finley también tenían ideas sobre branding y diseño de negocios que estaban promoviendo. Sabían cosas que nunca había considerado antes, especialmente porque la mayor parte de mi negocio antes de mudarme a Cala MacKellar era negocio a negocio. Vender directamente a un cliente en lugar de a un negocio que luego vendía al cliente era algo nuevo, pero emocionante.

—Deberías usar totalmente eso en tu marketing —dijo Finley—. Verdaderamente único. Podría ser uno de tus tres puntos.

—Yo dije lo mismo —concordó Karissa.

Yo solo negué con la cabeza y las seguí hasta la puerta.

—¿Quién vendrá esta noche? —preguntó Karissa.

—Sé que Ian y Blake estarán allí —dijo Finley—. Melody y Ramsey, Elise y Colin. Laura dijo que sí, ¿verdad?

Karissa asintió. —Sí. Y creo que Elise invitó a su primo y a un amigo del trabajo. ¿Te lo dijo?

Asentí. —Me preguntó. Le dije que se suponía que era una fiesta.

Finley sonrió. —¡Claro que sí! El año pasado fue triste, pero este año podemos celebrar un poco más. La señora Georgia siempre será parte de nosotros, pero podemos celebrar el cumpleaños de Trinity este año.

—Absolutamente —dijo Karissa.

El camino a O'Kelley's fue corto, y la multitud era grande. Era viernes por la noche, así que el lugar generalmente estaba lleno, pero se sentía más ocupado de lo habitual.

—Ugh —gruñó Karissa—. Demasiada gente.

—Algo debe estar pasando. ¡Espera, Trin! —dijo Finley, alcanzando mi mano.

Las tres nos abrimos paso entre la multitud cerca de la puerta hacia las mesas. Elise y Colin ya estaban en una mesa, pero claramente tenían problemas para mantener todos los asientos por sí mismos.

—Ian y Ramsey fueron a buscar bebidas. Esto es una locura —dijo Elise.

—¿Qué está pasando? —preguntó Finley.

—Algún tipo de evento deportivo o algo así —dijo Colin —. Ni siquiera sabía que había algo importante tan cerca.

—Debe ser al otro lado de la frontera —dijo Karissa—. No hay nada en horas a la redonda.

—Rugby —dijo Ian cuando llegó a la mesa con dos jarras de cerveza. Ramsey estaba justo detrás de él con dos más—. Son un montón de jugadores de rugby, y están locos.

—Definitivamente no les importa empujar. Espero que Hudson tenga a James de guardia —añadió Ramsey.

El oficial James Rucker. Vaya que me caía mal. Nos conocimos mi primer día en el pueblo, y pensó que era una turista tratando de robar cosas de los lugareños. Estacioné mi auto fuera de mi nuevo edificio de apartamentos y terminé dejándome las llaves dentro. Las llaves del auto estaban en el apartamento y las llaves del apartamento estaban en el auto. Sin nadie a quien llamar para pedir ayuda, traté de forzar mi propio auto. Cuando me vio, me detuvo y amenazó con arrestarme cuando no pude probar que vivía allí.

Menudo idiota.

Si lo hubiera conocido en cualquier otra circunstancia, podría admitir que era lo más sexy del pueblo, pero con esa actitud de sabelotodo y las miradas de no-te-metas-conmigo que me daba, juraría bajo juramento que no me movía ni un pelo si tuviera que hacerlo.

Porque no importaba lo guapo que fuera, era un imbécil de primera categoría. Y no tenía tiempo para hombres como él en mi vida. Yo estaba completamente a favor de la diversión, la libertad y vivir la vida al máximo.

El oficial James Rucker era un alfiler en el globo de la diversión. Y estaba harta de hombres como él.

GRACIAS POR LEER la historia de Elise y Colin. Cuando visité la zona donde se encuentra Cala MacKellar (ficticia), había una granja de arce que quería ver. Estaban cerrados mientras estábamos allí, pero me encantó el romanticismo de una granja y la privacidad en medio de la naturaleza. Parecía un lugar increíble para enamorarse.

La historia de Trinity y James es la siguiente. Trinity busca expandir su negocio y disfrutar de su vida, pero sigue cruzándose en el camino con el oficial Rucker. James la irrita de todas las formas equivocadas, pero cuando necesita su ayuda, comienza a preguntarse si estuvo equivocada sobre él todo este tiempo. *¡Su Frustración Curvilínea* ya está disponible!

¿No puedes tener suficiente de Elise y Colin? ¡Los suscriptores obtienen un epílogo extra exclusivo de Elise ayudando a Colin en la granja! ¡Suscríbete ahora!

USA TODAY La autora superventas Mary E Thompson pasó la mayor parte de su infancia deseando tener algunas curvas menos. Se escondía entre las páginas de los libros porque a sus personajes favoritos nunca les importaba qué talla de ropa usaba. Ahora, a Mary tampoco le importa, y escribe historias que celebran a mujeres como ella. Mujeres reales que tienen curvas, persiguen sueños y encuentran el amor, porque todas merecemos ser felices, sin importar nuestra talla.

Mary pasa su tiempo fuera de la escritura con su esposo y sus dos hijos, viendo demasiada televisión, animando a su equipo local de fútbol americano (¡Vamos Bills!) y escondiendo chocolate de su familia.

Suscríbete ahora al boletín de Mary. ¡Los suscriptores reciben libros electrónicos gratuitos y otras cosas divertidas, como contenido exclusivo solo para miembros y sorteos, además de ser los primeros en conocer los nuevos lanzamientos y ofertas!

www.ingramcontent.com/pod-product-compliance
Lightning Source LLC
Chambersburg PA
CBHW020746310726
48969CB00002B/439